Je suis parfaite, et alors ?

DANS LA MÊME SÉRIE

1. *Gossip Girl*
2. *Vous m'adorez, ne dites pas le contraire*
3. *Je veux tout, tout de suite*
4. *Tout le monde en parle*
5. *C'est pour ça qu'on l'aime*
6. *C'est toi que je veux*
7. *Je suis parfaite, et alors ?*
8. *Ma meilleure ennemie*

gossip girl

Je suis parfaite, et alors ?

Roman de
Cecily von Ziegesar

Fleuve Noir

Titre original :
Nobody does it better

Traduit de l'américain par
Marianne Thirioux-Roumy

ISBN : 978-2-265-08533-6

Il faut que je sois cruel rien que pour être humain

William Shakespeare – *Hamlet*

gossipgirl.net

thèmes ◀précédent suivant▶ envoyer une question répondre

Avertissement : tous les noms de lieux, personnes et événements ont été modifiés ou abrégés afin de protéger les innocents. En l'occurrence, moi.

salut à tous !

Plus que quinze jours avant de décider dans quelle fac nous souhaitons entrer – pour ceux qui ont le choix. Pendant ce temps, nous sommes bien occupés à maîtriser l'art de ne pas nous faire virer du lycée pour notre *tout dernier* trimestre, tout en passant le moins de temps possible en cours ou à faire nos devoirs. Si vous voyez un groupe de filles hyperbien pomponnées se débarrasser de leurs uniformes d'école en crépon de coton bleu et blanc, et s'allonger à Sheep Meadow dans Central Park dans leurs nouveaux bikinis Malia Mills tout mignons, c'est nous. Si vous voyez un groupe de garçons torse nu en khakis remontés aux genoux et pieds nus, leurs montres tank de Cartier en platine étincelant à leurs poignets bronzés et musclés par le lacrosse, ce devrait être nos petits amis. Et bon d'accord, c'est vendredi, il n'est que onze heures du matin et nous sommes censés être en gym ou en cours avancé de français, mais nous approchons de la fin de l'année la plus difficile de notre vie et nous avons beaucoup de stress à évacuer, alors facilitez-nous les choses, OK ?

Mieux encore, *rejoignez-nous*.

Au cas où vous vous cacheriez quelque part sous un rocher et que vous ne nous connaissiez toujours pas

– euh, est-ce encore possible ? – nous sommes les belles du bal, les princesses et les princes de l'Upper East Side, le quartier chic de New York. La plupart du temps, nous vivons dans des appartements luxueux dans ces majestueux immeubles à portier sur Park Avenue ou la Cinquième, ou dans des hôtels particuliers qui occupent un demi-pâté de maisons à eux tout seuls. Le reste du temps, nous nous trouvons dans nos maisons de « campagne », qui varient en taille et en emplacement, allant de complexes dans le Connecticut ou les Hamptons, à des châteaux médiévaux en Irlande, en passant par des villas en front de mer à Saint-Bart. En semaine, il y a les cours – *chiants à mourir* ! – dans l'une de ces petites écoles privées non mixtes, où l'uniforme est obligatoire. Les week-ends, on s'éclate, *grave*, surtout en ce moment : il fait beau et nos parents sont partis en voyage dans leurs yachts, jets privés ou voitures de ville avec chauffeur, nous laissant, nous, enfants terribles, faire ce qui nous plaît.

Et ce qui nous plaît le plus en ce moment, c'est l'un de nos mots préférés en cinq lettres. Peut-être ne le faites-vous pas, mais vous en parlez sûrement. *Tout le monde* en parle. Et certains le font. Surtout…

LE COUPLE QUI POURRAIT TOUT AUSSI BIEN ÊTRE MARIÉ

Ils dorment ensemble, mangent ensemble et ont même commencé à se prêter leurs fringues, comme si c'était le plus naturel du monde que de fouiller dans la pile de leurs vêtements tout froissés près du lit et d'enfiler à la va-vite le truc qui leur tombe sous la main, sachant qu'il sera redésenfilé sans tarder. Aucun des deux ne peut se rendre nulle part sans qu'on lui demande : « Où est… ? », comme s'il était totalement inconcevable qu'ils soient séparés plus de trente secondes. Je sais, je vous entends déjà pouffer. Genre, comme c'est chiant d'avoir un seul petit copain ! Mais, reconnaissez-le, ils font clairement plus que de *parler* de ce mot en cinq lettres, et l'on ne peut pas en dire autant de nous autres.

VOS E-MAILS

Q: Chère GG,
Mon père est un producteur de films indépendants et il se trouve à Cannes en ce moment pour le festival. Tout le monde parle de ce documentaire au sujet des « ados privilégiés de New York City », mais personne ne sait qui l'a réalisé. Premièrement, figures-tu dans le film ? Deuxièmement, est-ce toi qui l'as réalisé ?
— L.A. girl

R: Chère L.A. girl,
Je ne peux pas répondre à ta première question dans la mesure où je n'ai pas vu le film, mais il m'a l'air horriblement familier… Une certaine fille au crâne rasé *suivait* tout le monde partout avec une caméra voilà quelques semaines… Quant à ta deuxième question, j'ai déjà du mal à prendre des photos avec mon portable, alors…
— GG

ON A VU

S, à minuit passé, se rendre sur la pointe des pieds à la boîte à lettres devant son appartement sur la **5e Avenue,** les bras chargés de grosses enveloppes blanches blasonnées des armoiries de diverses universités. Elle portait une nuisette bleu clair Cosabella lui arrivant au ras des… fesses, bien connues pour leur beauté – pour le plus grand bonheur de tous les portiers de service et de tous les tacos coincés dans les embouteillages – mais rentrer, toujours sur la pointe des pieds, sans rien envoyer. Ça doit être dur de prendre une décision pour l'an prochain vu qu'elle a été reçue dans toutes les facs où elle a posé sa candidature, voire dans d'autres où elle n'a même pas postulé ! **C**, apporter chez **Tod's** ses bottes noires militaires qui fichent la frousse pour un petit astiquage. Il sera le tout premier élève officier à porter des pompons roses sur ses bottes. **D** et **J** se battre devant le miroir chez **H&M.** On dirait qu'une petite rivalité frère/sœur s'est instaurée, maintenant qu'ils sont tous les deux devenus si célèbres. **V,** dans un cybercafé à **Williamsburg,** envoyer des messages instantanés à de parfaits inconnus. Cette fille n'a peur de rien. **K** et **I** festoyer et comploter chez **Jackson Hole**. Oh, non, quoi encore ? Aucun signe de **N** et **O**… Putain, ils ne se lassent jamais l'un de l'autre ? Et s'ils devaient se séparer l'an prochain ?

Décisions, décisions… Où serons-nous tous dans un an pile ? Pourrons-nous raisonnablement survivre les uns sans les autres ? Essayez de ne pas flipper – pas encore. Vous savez où me trouver au cas où vous auriez besoin d'aide, de compagnie, ou si vous voulez m'inviter à l'une de ces soirées improvisées sur les toits qui font la réputation des lycéens à deux doigts d'être diplômés.

Je vous adore, ne dites pas le contraire.

gossip girl

*la chambre de **n** est 100 % amour pur*

— Réveille-toi !

Olivia Waldorf tira la couette écossaise Black Watch d'un coup sec, avant de la faire tomber par terre à côté du lit-bateau d'époque. Nate Archibald était étalé sur le ventre, en travers du matelas, nu et hyperdétendu. Olivia s'assit à côté de lui et rebondit le plus bruyamment possible. Sur le lit, le jeune homme garda les yeux fermés alors que ses bonds impitoyables agitaient ses cheveux châtain doré dans tous les sens. Pourquoi fallait-il que le s-e-x-e la mette dans un tel état de *surexcitation* et lui, d'*endormissement* ?

— Je suis réveillé, marmonna-t-il.

Il ouvrit un œil vert brillant et se sentit immédiatement plus alerte qu'une seconde plus tôt. Olivia était nue elle aussi, sur tout son mètre soixante-cinq, de ses orteils vernis de corail brillant aux ondulations noisette de sa coupe de lutin qui repoussait. Elle avait ce genre de corps encore plus beau nu qu'habillé. Mou sans être gras, et bien plus classe que ses tenues habituelles consistant en jeans BCBG bien repassés, en cardigans en cachemire ou en petites robes noires courtes et moulantes. C'était malgré tout une emmerdeuse, mais ils n'arrêtaient pas de tomber amoureux, de rompre et de se réconcilier depuis qu'ils avaient onze ans, et il désirait se déshabiller avec elle pour encore plus longtemps. C'était du Olivia tout craché d'avoir attendu six ans et demi pour ne plus se chamailler avec lui et sauter enfin le pas.

Et une fois qu'ils l'eurent fait, ils ne purent plus *s'arrêter* de le faire.

Nate tendit le bras et la fit venir sur lui, l'embrassa fougueusement, à l'aveuglette, parce qu'elle était enfin à lui, *tout à lui*.

« Hé ! » gloussa Olivia. Les stores bateau en soie bleu marine étaient relevés et les fenêtres, ouvertes, mais elle se fichait bien que quelqu'un les voie ou les entende. Ils s'aimaient, ils étaient beaux, et ils étaient des bêtes de sexe. Si on les regardait, c'était par pure jalousie.

De surcroît, elle adorait faire l'objet d'attentions, même de la part de voyeurs et de maniaques pervers en manque qui, occasionnellement, les espionnaient avec des jumelles de théâtre en plaqué or par les fenêtres des hôtels particuliers alentour.

Ils s'embrassèrent un moment, mais Nate était trop naze pour aller plus loin. Olivia s'éloigna de lui et alluma une cigarette, soufflant sur le jeune homme de petites bouffées occasionnelles, comme les acteurs dans *À bout de souffle*, le film français en noir et blanc supercool qu'elle avait vu un peu plus tôt dans l'après-midi en cours avancé de français. L'actrice principale, la blonde, était si classe, si belle, et jamais sans rouge à lèvres. Tout ce que faisaient les personnages dans le film toute la journée, c'étaient des tours de Vespa, l'amour, s'asseoir dans des cafés et fumer. Naturellement, ils étaient toujours sublimes. Mais Olivia devait garder un bon niveau scolaire si elle voulait ne plus être sur liste d'attente pour Yale. Et entre le lycée, les devoirs, et l'amour avec Nate tous les jours après les cours, il lui restait peu de temps pour se bichonner. Ses cheveux châtains ondulés étaient emmêlés et collants de sueur, ses lèvres gercées pour cause de bisouillage intempestif et de rare application de gloss, et elle ne s'était pas épilé les sourcils depuis deux jours entiers. Mais elle s'en moquait. Sacrifier un peu de temps de bichonnage personnel pour le sexe valait carrément le coup. De plus, elle avait lu quelque part qu'une heure de baise brûlait trois cent soixante calories ; de fait, même si elle était un peu miteuse, au moins elle serait mince !

Elle tendit la main pour toucher la touffe de poils qui avait poussé entre ses sourcils foncés parfaitement voûtés. Bon d'accord, elle ne s'en moquait *pas complètement*, mais elle pourrait toujours sauter dans un taxi pour passer chez Elizabeth Arden se faire épiler les sourcils.

Touffe de poils entre les sourcils mise à part, Olivia ne s'était jamais sentie aussi heureuse. Après l'avoir enfin fait avec Nate voilà près de quinze jours, elle était une toute nouvelle femme. Le seul nuage noir dans son ciel rose était le fait agaçant qu'elle n'était que sur liste d'attente pour Yale. Comment, au juste, Nate et elle se retrouveraient-ils toutes les après-midi si jamais elle devait atterrir à Georgetown à DC – la seule fac où elle avait été admise – et si lui se retrouvait à Yale, à New Haven, Connecticut, ou à Brown, à Providence, Rhode Island, ou encore dans l'une de ces autres superuniversités où il avait si injustement été reçu ? Non pas qu'elle fût amère, mais le jeune homme s'était pointé déchiré pour passer les examens d'entrée à la fac, ne suivait aucun cours avancé, et atteignait péniblement les 14 de moyenne, alors qu'elle suivait tous les cours avancés que proposait Constance Billard, avait obtenu 1490[1] à ses exams d'entrée à l'université et frôlait les 18 de moyenne.

Bon d'accord, peut-être était-elle *un tout petit peu* amère.

— Si j'intégrais le Peace Corps[2] et que je passais deux, trois ans à construire des égouts et à préparer des sandwiches pour les enfants qui meurent de faim, genre, à Rio, ou ailleurs, Yale serait bien *obligée* de m'accepter, n'est-ce pas ?

Nate se fendit d'un large sourire. Voilà l'une des choses qu'il aimait chez Olivia : elle était pourrie gâtée, mais elle n'était pas paresseuse. Elle savait ce qu'elle voulait et, croyant dur comme fer qu'elle pourrait obtenir *tout* ce qu'elle désirait si jamais elle faisait son maximum, elle n'avait de cesse de faire son maximum, justement.

— Il paraît que tout le monde tombe malade dans le Peace Corps. Et tu dois parler la langue des autochtones.

— Alors je le ferai en France. (Olivia souffla de la

1. Dans ces examens, composés principalement de tests de logique permettant d'évaluer le raisonnement verbal et mathématique des élèves, la note maximale est de 1600 points, et la moyenne tourne autour de 900. *(N.d.T.)*

2. Organisme américain de coopération qui envoie des volontaires dans le tiers-monde. *(N.d.T.)*

fumée au plafond.) Ou dans l'un de ces pays africains où l'on parle français.

Elle tenta de s'imaginer en train de converser avec les autochtones dans un village africain aride, tout en tenant en équilibre un pot en argile de lait de chèvre frais sur la tête et en arborant un caftan minutieusement teint, extrêmement sexy s'il était noué là où il fallait. Elle afficherait un bronzage de tueuse et ne serait que muscles et os, en raison du dur labeur et des affreuses maladies intestinales. Les enfants, à ses genoux, réclameraient à grands cris les chocolats Godiva qu'elle leur commanderait, et elle les regarderait en souriant sereinement, telle une magnifique mère Teresa non ridée. Lorsqu'elle rentrerait aux États-Unis, elle recevrait une espèce de récompense du Peace Corps pour la meilleure volontaire, voire le prix Nobel de la paix. Elle dînerait avec le président, qui lui écrirait une lettre de recommandation pour Yale, qui, à son tour, se mettrait en quatre pour qu'elle entre chez eux.

Nate était quasi sûr que le Peace Corps n'aidait que les pays du tiers-monde, pas les pays économiquement prospères comme la France. Et Olivia ne tiendrait sûrement pas plus d'une demi-heure dans un village africain coupé du monde, sans Sephora ni toilettes à chasse d'eau. Pauvre Olivia. C'était totalement injuste qu'il ait été admis à Yale sans vraiment essayer alors qu'elle, qui mourait d'envie d'y entrer depuis qu'elle avait deux ans, avait été collée sur liste d'attente. Remarquez, Nate avait l'habitude d'obtenir ce qu'il voulait sans vraiment essayer.

Il posa sa tête sur sa main et dégagea tendrement les cheveux foncés du front de sa petite amie.

— Si tu n'es pas reçue, je te promets que je n'irai pas à Yale, jura-t-il. Ça ne me dérange pas de m'inscrire à Brown ou ailleurs.

— Vraiment ?

Olivia écrasa sa cigarette dans le cendrier de marbre en forme de bateau à côté du lit de Nate et se jeta à son cou. Il était, de loin, le meilleur petit copain dont une fille ne pourrait jamais rêver. Elle ne parvenait pas à comprendre pourquoi elle avait cassé avec lui, pas une fois, mais continuellement.

Parce qu'il la trompait – continuellement ?

Tout ce qu'elle savait désormais, c'était que, jamais au grand jamais, elle ne voudrait le quitter. Elle posa son menton sur son torse nu et musclé. Maintenant qu'elle y repensait, emménager dans l'hôtel particulier des Archibald n'était pas une si mauvaise idée, étant donné que son chez-elle n'avait rien d'un épisode de la série T.V. *7 à la Maison* en ce moment. Sa mère avait accouché de sa petite sœur voilà deux semaines et, depuis, elle souffrait d'une grosse dépression post-partum. Pas plus tard que ce matin, Olivia avait laissé sa mère pleurer devant un DVD envoyé par une ferme péruvienne d'alpagas. Apparemment, si vous adoptiez un troupeau de petits alpagas d'un an, vous pouviez commander des couvertures et des pulls tissés à la main, confectionnés avec la laine des animaux de votre troupeau. Sa toute petite sœur deviendrait bientôt l'heureuse propriétaire d'une couverture velue en alpaga blanc, qui ne servirait à rien du tout en été, et probablement le reste de sa vie, à moins que, une fois adolescente, elle ne se prenne d'affection pour le look hippy-chic-fait-main, découpe un trou pour la tête et transforme la couverture en poncho.

Lorsque sa mère était enceinte, elle avait demandé à Olivia de trouver un nom pour le bébé et, par dévotion pour son université préférée, la jeune fille avait choisi le prénom Yale. À présent, bébé Yale faisait office de pense-bête vivant, respirant et très bruyant, et lui rappelait qu'en dépit de ses résultats exceptionnels, la fac avait tout bonnement refusé sa candidature. Pire encore, le bébé lui avait piqué sa chambre, la contraignant à dormir dans celle de son demi-frère, Aaron, jusqu'à son entrée à la fac à l'automne. Aaron étant un rasta végétalien amoureux des chiens, sa piaule avait été décorée tout spécialement pour lui avec uniquement des produits bio qui respectaient l'environnement, dans des teintes aubergine et sauge sauvage. Et, comble du comble, Kitty Minky, le chat d'Olivia, n'avait rien trouvé de mieux que faire pipi sur les coussins garnis d'épis d'orge et de vomir sur le tapis en algues tissées, afin de débarrasser la pièce de l'odeur du chien d'Aaron, un boxeur baveux dénommé Mookie.

Méchant, vous avez dit méchant ?

Emménager avec Nate. Olivia ignorait pourquoi elle n'y avait pas songé plus tôt. Une mère barjo, une chambre inondée-de-pipi-de-chat et une petite sœur nouveau-né baptisée Yale n'incitaient pas vraiment pas à étudier ou à b-a-i-s-er. Chercher un autre logement tombait sous le sens. Évidemment, il restait toujours la maison de Serena, mais elles avaient déjà essayé et avaient fini par se disputer. De plus, Serena ne pouvait pas lui offrir grand-chose, côté b-a-i-s-e.

À moins que ces vieilles rumeurs ne soient bel et bien fondées…

Nate passa paresseusement les mains sur son dos nu et doux.

— Tu n'as jamais pensé à te faire un tatouage ? lui demanda-t-il comme ça d'un seul coup, en caressant le galbe de ses omoplates.

Excepté un passage éclair en désintox cette année, Nate était défoncé chaque jour, toute la journée, depuis qu'il avait onze ans, et Olivia était donc habituée à ses questions bizarres. À l'idée d'avoir une grosse cicatrice remplie d'encre noire, elle fronça son nez pointu légèrement retroussé.

— Dégueulasse, répondit-elle.

Laissons ça aux actrices canon, aux bombes qui peuvent se le permettre, style Angelina Jolie.

Nate haussa les épaules. Il avait toujours trouvé follement sexy ces minuscules tatouages soigneusement choisis, dessinés juste là où il fallait. Un petit chat noir entre ses omoplates, par exemple, irait superbien à Olivia. Mais avant qu'il ne puisse approfondir le sujet, la jeune fille changea brusquement de conversation.

— Nate ? (Elle fourra son visage dans sa clavicule parfaite et virile.) Tu crois que ça dérangerait tes parents si je restais... ?

Avant qu'elle n'ait le temps de terminer sa phrase, l'interphone du bas sonna.

L'aile personnelle de Nate occupait tout le dernier étage de l'hôtel particulier de ses parents, d'où son propre interphone.

S'éloignant d'Olivia, il se leva d'un bond.

— Ouais ? brailla-t-il en appuyant sur le bouton de l'interphone.

— Livraison ! cria Jeremy Tompkinson de sa voix

rauque de fumeur de shit. Dépêche-toi ! C'est encore chaud !

Nate entendit des rires et d'autres voix en bruit de fond. Olivia attendit qu'il leur dise de se casser. Mais il appuya sur le bouton pour ouvrir la porte et les fit entrer.

— Je devrais peut-être m'habiller, observa-t-elle laconiquement.

Elle glissa hors du lit et gagna la salle de bains adjacente d'un pas lourd. Comment pouvait-il être assez intelligent pour entrer à Yale et pourtant trop bête pour ne pas comprendre qu'inviter ses copains fumeurs dans leur petit nid d'amour torride allait complètement gâcher l'ambiance ?

Non pas que Nate eût été admis à Yale en raison de son intelligence pragmatique : l'université avait besoin de quelques bons joueurs de lacrosse. Fin de l'histoire.

Au moins, Olivia avait une excuse pour utiliser le délicieux gel douche L'Occitane au bois de santal que la gouvernante stockait dans la douche du jeune homme. Elle se sécha avec une épaisse serviette bleu marine Ralph Lauren, enfila ses dessous légers Cosabella en soie rose, remonta la fermeture Éclair de sa jupe de printemps en crépon de coton bleu et blanc de Constance Billard, et boutonna deux des six boutons de sa blouse Calvin Klein en lin blanc aux manches trois-quarts. Sans soutien-gorge et pieds nus, c'était le look parfait « ma-petite-copine-sort-de-la-douche-vous-pourriez-partir-s'il vous plaît ? ». Avec un peu de chance, les potes de Nate comprendraient l'allusion, se barreraient et iraient se faire foutre. Elle ébouriffa ses cheveux humides avec ses doigts et ouvrit la porte de la salle de bains à la volée.

« *Bonjour**[1] ! » Une fille de l'École, aux formes généreuses, aux longues jambes et cheveux noir corbeau, salua Olivia depuis le lit de Nate. Olivia l'avait déjà rencontrée dans des soirées. Elle s'appelait Lexus, Lexique, ou un truc tout aussi gonflant ; c'était une première de seize ans qui, enfant, avait été mannequin à Paris et qui, désormais, bossait dur pour perfectionner le look pétasse-hippy française. Lexique, qui s'appelait en réalité Lexie, portait une robe portefeuille en coton lavande et jaune moutarde teinte à la main, qui paraissait faite maison mais qu'elle avait en réalité achetée chez Kirna Zabete pour quatre cent cinquante dollars, tout comme ces horribles sandales plates de berger pakistanais de chez Barneys que tout le monde, hormis Olivia, semblait trouver trop cool cette année. Le visage de Lexie était dépourvu de maquillage et elle tenait une guitare acoustique dans ses bras maigres. Sur le lit, à côté d'elle, se trouvait un sac plastique rempli d'herbe.

Quelle rebelle ! La majorité des filles de l'École ne vont jamais nulle part sans paquet de Gitanes, rouge à lèvres rouge et talons.

— Les garçons fument la pipe à eau sur le toit, expliqua-t-elle. (Elle gratta les cordes de sa guitare avec son pouce.) *Alors**, tu veux faire un bœuf avec moi en attendant qu'ils redescendent ?

Un bœuf ?

Olivia fronça le nez avec encore plus d'intensité que lorsque Nate lui avait suggéré de se faire un tatouage.

1. En français dans le texte.

C'était *tellement pas* son truc, le plan j'me-défonce, j'joue-de-la-gratte-et-j'-m'esclaffe-aux-remarques-complétement-débiles-de-tes-potes-déchirés, et elle ne tenait franchement pas à traîner avec cette Lexique qui, de toute évidence, se prenait pour la Française la plus cool de New York. Elle préférait encore regarder les rediffusions d'*Oprah* sur Oxygen, dans sa chambre inondée-de-pisse-de-chat, pendant que sa mère désillusionnée pleurait devant des bébés alpagas.

Quelqu'un avait fourré un bâton d'encens ambre brûlant dans le talon en liège d'une des nouvelles espadrilles Christian Dior vert menthe d'Olivia. Elle attrapa le bâton d'encens et le coinça dans le hublot de l'une des maquettes de bateaux adorées de Nate sur son bureau. Puis elle laça ses espadrilles, boutonna d'autres boutons sur sa blouse et attrapa son sac fourre-tout Gucci vintage aux poignées en bambou.

— S'il te plaît, dis à Nathaniel que je suis rentrée chez moi, ordonna-t-elle d'un ton brusque.

— Paix! fit Lexie à Olivia en guise de salutation dans une gaieté de défoncée. *Au revoir* !*

Son omoplate arborait un tatouage du soleil, de la lune et des étoiles.

D'où l'intérêt soudain de Nate pour les tatouages?

Olivia descendit l'escalier d'un pas lourd et sortit dans la 82e Rue. On aurait dit que c'était déjà l'été. Le soleil ne se coucherait que dans deux heures, et l'air embaumait l'herbe fraîchement coupée de Central Park et la lotion solaire de toutes les filles à moitié nues qui s'empressaient de regagner leurs appartements sur Park Avenue. Un troupeau de pâles copies de Nate et Jeremy – des élèves de première de St

Jude's – traînait devant l'interphone en bas de l'hôtel particulier du jeune homme. L'un d'eux portait une guitare à l'épaule.

« *Bien sûr**. Montez ! » Olivia entendit-elle Lexie leur crier par l'interphone comme si elle était chez elle.

La baraque de Nate semblait attirer tous les gosses fumeurs de shit de l'Upper East Side avec une espèce de magnétisme spirituel. Et Olivia jurait qu'elle s'en fichait – si, si elle s'en fichait – tant qu'elle n'était pas obligée de s'asseoir pour les regarder faire des *bœufs*. Après tout ce qu'ils avaient vécu tous les deux, Olivia savait que ce serait différent cette fois. Nate et elle étaient spirituellement ensemble, et maintenant physiquement, aussi : elle pouvait donc le laisser seul et lui faire entièrement confiance : jamais il ne rêverait de la tromper.

Elle longea la 82e Rue en direction de la 5e Avenue, consultant son portable au cas où elle aurait un message de Nate à tous les coins de rues. Manifestement, il l'appellerait d'une seconde à l'autre. Comme toutes les filles possessives, agressives et obsessionnelles, elle aimait à croire que son chéri n'avait pas de vie sans elle.

Remarquez, si c'était le cas, elle deviendrait complètement folle.

petite diva donne des conseils sensés à grande diva

— Ils nous ont consacré cinq doubles pages ! expliqua Serena van der Woodsen en feuilletant le numéro de juin tout nouveau tout chaud du magazine *W.* Dix pages entières !

Les Best, le créateur mondialement connu, venait de lui faire parvenir par coursier le magazine de mode accompagné d'un petit mot qui disait : « *Comme toujours, tu es* fabuleuse, *chérie. Et ta petite copine brune sexy aussi !* »

La même petite copine brune sexy de quatorze ans, Jennifer Humphrey, s'escrimait à ne pas faire pipi dans sa culotte. Serena, la terminale la plus cool de Constance Billard, et la fille en vogue de l'Upper East Side, par ailleurs sublime mannequin hypercélèbre, lui avait proposé de traîner avec *elle* aujourd'hui après les cours ! Elle était assise dans la chambre gigantesque et terriblement démodée de Serena – son sanctuaire privé – *sur son lit*, à feuilleter le dernier numéro du plus cool magazine de mode de l'univers, à chercher les pages où elles figuraient *toutes les deux*, présentant le genre de fabuleuses fringues de créateur que Jenny avait toujours amoureusement contemplées dans les boutiques, mais sans jamais imaginer qu'elle les porterait un jour. C'était tellement irréel qu'elle avait du mal à respirer.

— Là, regarde ! cria Serena d'une voix perçante, en frappant la page de son doigt long et mince. Tu trouves pas qu'on a l'air de poufiasses ?

Jenny se pencha pour mieux voir, respirant volontiers l'odeur suave du mélange maison d'huiles essentielles au patchouli de Serena. Sur ses genoux parfaits s'étalait la double page des deux filles habillées de la tête aux pieds en haute couture Les Best, roulant sur la plage en buggy, la grande roue de Coney Island s'élevant derrière elles, tout illuminée. Le style de la photo – parfaitement naturelle et non posée – était cent pour cent Jonathan Joyce, le photographe de mode hypercélèbre qui avait fait le shooting, comme s'il avait rencontré les deux filles par hasard, au volant de leur buggy sur la plage à la tombée de la nuit, s'éclatant comme des folles. En effet, elles avaient bien l'air de poufiasses dans leur caleçon de folie à rayures turquoise et noir et leurs cuissardes en cuir blanc aux talons rikiki. Elles arboraient une coiffure glam-rétro années 70 ; leurs ongles étaient vernis de blanc, leurs lèvres rose barbe à papa, et des plumes de paon pendillaient à leurs oreilles. C'était un mélange très rétro du tendance/futuriste/années 80 ; et ridiculement cool.

Jenny ne pouvait détacher les yeux du journal. C'était elle, *dans un magazine*, et pour la toute première fois de sa vie, son énorme poitrine n'était pas le point de mire de la photo. En fait, les deux filles avaient l'air si fraîches et si pures que la photo était presque *saine*. Cela dépassait tous les espoirs de la collégienne. C'était divin.

— J'adore ton expression, observa Serena. On dirait qu'on vient de t'embrasser, genre.

Jenny gloussa : elle avait tout à fait le sentiment qu'on *venait* de l'embrasser.

— Toi aussi tu es jolie.

Oups, regardez qui a un gros faible pour Serena – comme tout le monde dans l'univers !

Mais le faible de Jenny dépassait de loin celui des autres – à vrai dire, elle voulait *être* Serena. Et ce qu'avait Serena et qui faisait encore défaut à l'adolescente, c'était un passé douteux – ce mystère attrayant qu'elle dégageait.

— J'parie que t'as l'impression que ça fait un bail que tu t'es fait virer du pensionnat, hasarda audacieusement Jenny, les yeux rivés sur le magazine.

— J'avais peur de ne jamais entrer dans une seule fac à cause de tout ça, soupira Serena. Si j'avais su que je serais admise dans toutes, je n'aurais jamais posé ma candidature dans autant de facs.

La pauvre. Si seulement nous avions tous ce même problème.

— Tu as aimé le pensionnat ? insista Jenny en posant ses grands yeux noisette sur la lycéenne. Enfin, plus qu'aller en classe ici ?

Serena s'allongea sur son lit à baldaquin et contempla le ciel de lit à œillet blanc au-dessus de sa tête. Elle avait huit ans quand elle avait eu ce lit qui lui donnait l'impression d'être une petite princesse chaque fois qu'elle allait se coucher. À vrai dire, elle avait encore l'impression d'être une princesse, en plus grande c'est tout.

— J'ai adoré avoir le sentiment de mener ma propre vie, loin de mes parents et des amis que je connais pratiquement depuis ma naissance. J'ai adoré aller en cours avec des garçons, et dîner avec eux au réfectoire. C'était comme avoir une classe entière de frères. Mais ma chambre et ma ville me manquaient, tout comme les week-ends à traîner entre potes. (Elle ôta ses chaussettes blanches qu'elle balança dans la pièce.) Et je sais que ça fait complètement pourrie gâtée, mais ça me manquait de ne pas avoir de bonne.

Jenny opina. Ça la tentait bien de dîner dans un réfectoire avec toute une tripotée de garçons. Ça la tentait même beaucoup. Et comme elle n'avait jamais eu de bonne, ça ne risquait pas de lui manquer.

— J'imagine que c'était une bonne préparation pour la fac, reprit Serena d'un ton songeur. Enfin, à condition que je décide *d'aller* en fac.

Jenny referma le magazine et le serra contre sa poitrine.

— Je croyais que tu entrais à Brown.

Serena flanqua un oreiller rembourré de plumes sur son visage, puis l'enleva. Était-ce vraiment indispensable de répondre à toutes ces questions ? D'un seul coup, elle regretta plus ou moins d'avoir invité la jeune fille.

— Je ne sais pas où j'irai. Nulle part, si ça se trouve. Je ne sais pas, marmonna-t-elle en balançant l'oreiller par terre à côté de ses chaussettes.

Ses cheveux blond filasse s'étalèrent en éventail autour de son visage parfaitement ciselé alors qu'elle braquait ses immenses yeux bleus vers le ciel. Elle était tellement adorable que Jenny s'attendait à moitié à ce qu'une volée de colombes blanches surgisse de sous le lit.

Serena s'empara de la télécommande sur sa table de nuit et sélectionna le vieux CD des Raves qu'elle écoutait en boucle ces jours-ci. Le disque, sorti l'été dernier, lui rappelait une époque où elle était complètement insouciante. Elle ne s'était pas encore fait virer du pensionnat. Elle ne pensait pas encore à poser sa candidature à la fac. Elle n'avait même pas commencé à jouer les top models.

— Qu'est-ce que Brown a de si génial ? s'interrogea-t-elle à voix haute, même si c'était l'université que fréquentait son frère Erik.

Il serait trop énervé si jamais elle décidait de ne pas s'y inscrire. De plus, elle avait rencontré un beau gosse de peintre latino-américain à Brown, qui était encore fou amoureux d'elle. Et Harvard, et son guide sensible et myope, également fou amoureux d'elle ? Ou Yale et les Whiffenpoofs, qui lui avaient écrit une chanson ? Et il y avait toujours Princeton, qu'elle n'avait même pas pris la peine de visiter. Après tout, c'était la plus proche de New York.

— Je ferais peut-être mieux de reporter à dans un an ou deux, de prendre mon propre appartement. De faire des photos de mode, et du cinéma peut-être.

— Ou tu pourrais faire les deux. Comme Claire Danes, suggéra Jenny. C'est vrai quoi, une fois que tu auras arrêté d'aller en cours, ce sera sûrement super-dur d'y retourner.

Comme si tu en savais quoi que ce soit, Petite Miss Je-Rends-Service.

Serena descendit du lit en roulant et se planta devant son miroir en pied accroché à l'intérieur de la porte de son armoire. Elle avait froissé sa blouse paysanne Marni turquoise, et son uniforme en crépon de coton bleu et blanc de Constance Billard était de guingois sur ses hanches. Ce matin, elle était en retard comme d'habitude et avait trébuché en courant pour aller en cours, perdant son sabot orange Miu Miu aux talons en liège, et tombant face contre terre sur le trottoir. À présent, le vernis rose iridescent au gros orteil de son pied gauche était écaillé, et une contusion pourpre et jaune ressortait sur son genou droit.

— Quel bordel ! se plaignit-elle.

Jenny se demandait comment Serena pouvait ne serait-ce que supporter de se regarder dans un miroir tous les jours sans tomber dans les pommes de stupéfaction devant une telle perfection. Qu'une fille aussi parfaite qu'elle puisse avoir des *problèmes* était totalement énigmatique.

— Je suis sûre que tu vas trouver, dit-elle à la lycéenne, brusquement distraite par une photo d'Erik van der Woodsen, le grand frère canon de Serena, qui trônait sur la table de nuit de la jeune fille dans un cadre en argent Tiffany.

Grand et maigre, les mêmes cheveux blond clair que sa sœur, une longue mèche encadrant son visage, Erik était la version masculine de Serena. Mêmes immenses yeux bleu marine, même bouche pleine rebiquant aux coins, mêmes dents blanches bien droites et menton aristocrate. Sur la photo, il se tenait sur une plage rocheuse, bronzé et torse nu. Jenny serra ses genoux nus. Ce torse musclé, ce ventre, ces bras – oh ! Si le pensionnat regorgeait de garçons, ne serait-ce que deux fois moins beaux qu'Erik van der Woodsen, qu'ils l'inscrivent quand ils veulent !

Du calme, cowgirl.

L'iMac rose de Serena bipa, lui signalant qu'elle venait de recevoir un e-mail.

— Probablement un de nos fans, plaisanta-t-elle, bien que Jenny crût qu'elle était sérieuse.

Serena se dirigea vers son secrétaire d'époque, agita la souris et cliqua sur le tout dernier e-mail.

À : SvW@vanderWoodsen.com

De : Sheri@PrincetownTriDs.org

Chère Serena,

Notre assoce d'étudiantes adore Les Best et certaines d'entre nous ont assisté à son défilé à New York au printemps ; donc tu imagines comme nous étions folles de joie lorsque nous avons appris que tu envisageais de t'inscrire à Princeton à la rentrée. Et si tu décides d'entrer à Princeton, il faudra que tu deviennes une Tri Delt. Nous avons déjà trouvé des idées géniales pour organiser des collectes de fonds l'an prochain, y compris un défilé de mode de Les Best, au profit des Wild Horses de Chincoteague, dans lequel nous, les Tri Delts, jouerons les top models ! La bonne nouvelle, c'est que tu n'auras même pas à passer de période d'essai pour entrer dans notre confrérie. Félicitations, Serena, tu es déjà une sœur ! Tout ce qu'il te reste à faire, c'est te bouger à Princeton un peu avant début août pour obtenir une bonne chambre dans notre résidence.

Nous brûlons d'impatience !

Gros bisous

Ta frangine,

Sheri

Serena relut le message, puis éteignit son ordinateur en contemplant l'écran noir, sous le choc. Les sœurs mégalos d'associations étudiantes étaient les dernières personnes au monde dont elle avait envie d'entendre parler et, d'ailleurs, Princeton n'était-elle pas censée être plus ou moins intellectuelle ? Elle attrapa son téléphone pour appeler Olivia puis le reposa bruyamment, en s'apercevant qu'elle avait complètement oublié que Jenny était là. Elle était mignonne, adorable et tout – mais n'avait-elle pas, genre, des devoirs, un film à voir, ou autre chose ?

Vous voyez, même les déesses parfaites ont un côté vache.

Jenny descendit du lit et remonta les bretelles de son soutien-gorge maintien extrême, devinant qu'elle n'allait pas tarder à être congédiée.

— Tu sais, mon frère Dan chante pour les Raves maintenant, lança-t-elle. Son premier concert avec eux, ce sera demain soir. Je peux te mettre sur la liste VIP, si tu veux venir.

Jenny ne savait même pas s'il y avait une liste VIP. Tout ce qu'elle savait, c'est qu'elle ne paierait pas sa place parce qu'elle était la sœur de Dan. Ce dernier estimait qu'il était hypercélèbre maintenant qu'il faisait partie d'un groupe dont l'album était numéro un sur toute la côte Est, mais si elle se pointait au concert avec Serena – deux sublimes mannequins en virée en robes Les Best assorties – elle deviendrait dix fois plus connue que lui, c'était clair.

Serena fronça le nez. Elle souhaitait assister au concert des Raves, sincèrement, mais ses parents et elle avaient déjà répondu oui à une soirée destinée à faire se rencontrer les futurs étudiants de Yale demain soir. Elle ne pouvait pas vraiment les laisser y aller tout seuls.

— Je ne crois pas que je pourrai, expliqua-t-elle pour s'excuser. Il y a ce truc de Yale où je dois aller. Mais j'essaierai de passer si ça finit tôt.

Jenny opina et fourra le numéro de *W* dans son fourre-tout Gap, déçue. Elle s'était figuré faire son entrée avec Serena au club du Lower East Side. Pas pour les Raves – c'étaient des rock-stars, et après ? Serena et elle étaient des supermodèles – du moins, Serena. Les têtes allaient assurément tourner.

Apparemment, elle devra se contenter d'être la petite sœur du leader. Comme si cela lui suffisait…

pour une crise d'identité...

« Tu me casses comme un *œuf* ! »

Daniel Humphrey se regarda méchamment dans le miroir de sa chambre et tira une longue taffe sur sa Camel à moitié fumée. Une mauviette à la voix minable en pantalon de velours côtelé kaki usé et en T-shirt bordeaux Gap. Pas vraiment rock'n'roll.

« Tu me casses comme un *œuf* ! » vagit-il de nouveau, en s'efforçant d'avoir l'air dévoré par l'angoisse existentielle, rebelle et coolâtre à la fois. Le problème, c'était que sa voix se cassait systématiquement dès qu'il montait dans les aigus en une espèce de murmure voilé, et son visage faisait jeune, doux et pas du tout menaçant.

Dan frotta son menton osseux et envisagea de se laisser pousser un bouc. Vanessa avait toujours nourri une profonde aversion pour les poils du visage, mais ce qu'elle pensait ne présentait plus aucun intérêt maintenant qu'ils n'étaient plus ensemble.

Voilà près de deux semaines, à la soirée d'anniversaire pour les dix-huit ans de Vanessa, chez elle à Williamsburg, à Brooklyn, le groupe indé hyperpopulaire, les Raves, avait découvert Dan. Ou plutôt, ses *poèmes*. Pensant qu'ils iraient tous les deux à l'université de New York l'an prochain et vivraient heureux le reste de leur vie, Dan avait aménagé chez Vanessa quelques jours auparavant. Mais leur histoire avait eu tôt fait de dégénérer. Plus déprimé que d'habitude, le jeune homme était resté assis dans un coin pendant la fête à biberonner de la vodka Grey Goose à même la bouteille. Entre-temps, les Raves avaient déboulé et Damian Polk, leur guitariste, était tombé par hasard sur un tas de carnets noirs remplis des poèmes de Dan. Damian et les membres de son groupe étaient devenus fous de ses textes et avaient insisté sur le fait qu'ils feraient des paroles de chanson parfaites. Leur leader venait de les lâcher mystérieusement – *désintox, par hasard* ? – et ils décidèrent donc de demander à Dan d'être leur leader. Dan, alors bourré comme un coing, avait trouvé tout cela complètement hilarant. Se jetant corps et âme dans cette tâche avec une ferveur imbibée d'alcool, il avait ravi la vedette à tous, et sa performance effrontée avait électrisé les fêtards ivres.

Il avait cru que ce n'était que l'affaire d'un soir, un moyen de se distraire de sa rupture avec la seule fille qui ne l'avait jamais aimé. Le lendemain, il apprit qu'il était un membre à part entière du groupe – et qu'à la fête, il était complètement parti.

Durant les répétitions, Dan avait constaté que son ego normalement sobre était physiquement incapable de dégager la même énergie téméraire qu'à la soirée, et comparé aux autres membres du groupe qui avaient tous une vingtaine d'années et portaient des vêtements conçus sur mesure par des créateurs avant-gardistes, genre Pistolcock et Better Than Naked, il avait l'impression d'être un petit garçon bien propre sur lui. Il avait même demandé à Damian Polk pourquoi donc les Raves avaient voulu qu'il soit leur leader, pour commencer. Damian avait simplement répondu : « C'est une question de paroles, man. »

Mec, ce n'est pas parce qu'il sait écrire qu'il sait forcément *chanter*. Mais peut-être que si physiquement il faisait plus chanteur, il parviendrait à convaincre les gens qu'il méritait de faire partie du groupe.

Dan fouilla dans les tiroirs en bordel de son bureau pour trouver la tondeuse à piles qu'il avait achetée l'an dernier au cours d'une semaine d'expérimentation sur la longueur de ses pattes. Il se rendit dans la chambre de Jenny, sa petite sœur, et finit par la trouver sous son lit, inexplicablement enroulée dans une vieille serviette de bain rose.

Leçon numéro un, petite sœur : si tu ne veux pas qu'on touche à tes merdes, pose un cadenas sur ta porte.

Sans prendre la peine de retourner dans sa chambre, il alla se planter devant le miroir derrière la porte de l'armoire de Jenny et tira sur sa coupe de cheveux de M. l'Artiste Branché qui repoussait et qu'il avait adoptée dès lors que l'un de ses poèmes avait été publié dans le *New Yorker*. Maintenant qu'il était passé de poète bohème à rock-star résolue, l'heure du changement était venue.

Aaah ! *Tout le monde* sait qu'il ne faut jamais changer de look la veille d'un grand jour, non ?

La tondeuse s'éveilla dans un bourdonnement. Dan entreprit de se raser la nuque et observa les mèches châtain clair s'amasser en touffes ternes sur le tapis chocolat défraîchi. Puis il s'arrêta, craignant brusquement qu'une tondeuse ne possède pas vraiment le bon genre de lames pour se raser toute la tête. Elle pourrait laisser de bizarres traces rouges sur son crâne ou raser inégalement sa tête, comme si ses cheveux avaient été *mangés*, pas coupés.

OK, il voulait avoir l'air hard-core, pas hard-core à la tête mâchouillée.

Il se demanda s'il devait continuer. S'il arrêtait maintenant, les parties rasées seraient totalement dissimulées par les cheveux qui restaient, sauf s'il se penchait et puis, *voilà**, une nuque rasée. C'était plutôt cool de savoir que la partie rasée était là sans que personne ne la voie. Mais bon, une coupe de cheveux qui passait inaperçue n'était pas vraiment le look qu'il recherchait.

Il reposa la tondeuse, fourra une Camel entre ses lèvres et chercha le téléphone de Jenny. S'il y avait une personne au monde qui s'y connaissait en rasage de tête, c'était Vanessa. Elle se rasait le crâne depuis la troisième et, fuyant les salons hors de prix tels que Frederic Fekkai et Elizabeth Arden Red Door que fréquentaient ses camarades de classe coiffées, elle mettait un point d'honneur à se raser elle-même. En secret, il s'était toujours dit qu'elle serait beaucoup plus jolie avec un peu plus de cheveux mais vu que, à l'évidence, elle se trouvait très bien chauve, il ne lui dirait rien.

— Si c'est à propos de la colocation de l'appartement, je vous rappellerai une fois que j'aurai lu votre dossier en ligne, dit Vanessa comme un robot dès qu'elle décrocha.

— Salut, c'est moi, répondit jovialement Dan. Quoi de neuf?

Vanessa ne répondit pas tout de suite. Elle avait

voulu donner la liberté à Dan de grandir pour devenir le prochain Kurt Cobain, John Keats ou qui que ce soit d'autre, bordel, mais rompre et le ficher à la porte de chez elle n'avait pas franchement été facile pour elle. Quand elle entendit le ton décontracté « soyons amis » dans la voix de son ex, elle eut l'impression que son cœur était un ballon que l'on dégonflait.

— Je suis un peu occupée en fait, dit-elle. (Elle tapa un tas de conneries sur son ordinateur pour faire croire qu'elle était débordée.) J'ai un tas de dossiers à examiner – pour le nouveau coloc, tu sais ?

— Oh.

Dan ignorait qu'elle cherchait un nouveau coloc. Mais bon, comme sa grande sœur Ruby était partie en tournée avec son groupe, ce devait être un peu déprimant et ennuyeux de vivre toute seule dans l'appartement, surtout sans qu'il soit là pour lui tenir compagnie.

L'espace d'un instant, Dan fut tellement accablé de regrets qu'il eut envie d'attraper un stylo et d'écrire un poème de rupture tragique, en employant les termes *coupé* ou *rasé*, mais bon, sa nuque fraîchement tondue commençait à le brûler et le piquer, et il se souvint de la raison pour laquelle il l'avait appelée à la base.

— J'ai juste une petite question. (Il tira plusieurs taffes rapides sur sa cigarette, puis la jeta distraitement dans un vase de marguerites qui fanaient sur le bureau de Jenny.) Tu sais, quand tu te rases la tête ? Tu te sers, genre, d'un type particulier de rasoirs ? D'un type particulier de lames ?

Le premier instinct de Vanessa fut de l'avertir qu'avec la tête rasée, il aurait l'air d'un gamin de sept ans, maigrichon et leucémique, qui sortait de chimio, mais elle était lasse de le protéger de ses propres erreurs, surtout maintenant qu'ils n'étaient « plus qu'amis ».

— Lame Wahl numéro dix. Écoute, faut que j'y aille.

Dan attrapa sa tondeuse. Elle venait de la chaîne de magasins CVS et ne comportait pas de numéro de lame. Il ferait peut-être mieux de se rendre chez un coiffeur pour hommes.

— OK. Je te vois demain soir à mon concert, quand même, hein ?

— Peut-être, répondit jovialement Vanessa. Si j'ai réglé cette histoire de colocataire. Faut que j'y aille. Bye !

Dan raccrocha et s'empara de nouveau de la tondeuse. « Tu me casses comme un œuf ! » hurla-t-il en la brandissant comme un micro devant son menton. Il ôta son T-shirt d'un coup et sortit son bide pâle et maigre, tentant de prendre l'air impertinent du rebelle qui s'emmerde, de se la jouer à la Jim Morrison, en plus petit, plus mince et moins raide. « Tu me casses comme un œuf ! » vagit-il, tombant à genoux.

Son père, Rufus, apparut brusquement sur le pas de la porte, portant un vieux sweat-shirt Old Navy gris parsemé de brûlures de cigarettes et le bandeau en éponge rose avec lequel Jenny s'attachait les cheveux lorsqu'elle se nettoyait le visage.

— Heureusement que ta sœur est trop occupée pour traîner avec nous après les cours, maintenant. Elle ne serait sûrement pas ravie-ravie de te voir faire un strip-tease dans sa chambre, observa-t-il.

— Je répète. (Dan se releva avec toute la dignité qui lui restait.) Ça te dérange ?

— Continue donc.

Rufus resta sur le pas de la porte, se gratta la poitrine et toucha du bout des doigts la Camel sans filtre coincée derrière son oreille gauche. C'était un papa célibataire qui travaillait chez lui, un éditeur de petits poètes beatnik et d'auteurs ésotériques dont personne n'avait jamais entendu parler.

— À mon avis, si tu mettais l'accent sur tous les *autres* mots, ce serait plus efficace.

Dan pencha la tête et tendit la tondeuse à son père.

— Montre-moi.

Rufus se fendit d'un grand sourire.

— OK, mais je n'enlève pas mon sweat.

Merci, Seigneur.

Il tint la tondeuse loin de son visage, comme s'il craignait qu'elle ne se mette en marche toute seule et rase sa barbe bien connue pour être hirsute.

— Tu *me* casses comme un *œuf* ! brailla-t-il, ses yeux noisette brillant. (Il lui rendit la tondeuse.) Essaie.

Évidemment, Rufus avait chanté exactement comme son fils. Dan jeta la tondeuse sur le lit de Jenny et remit son T-shirt.

— J'ai des devoirs à faire, marmonna-t-il.

Rufus haussa les épaules.

— D'accord, je vais te ficher la paix. (Il gratifia son fils d'un clin d'œil.) Pas encore décidé où tu voulais entrer l'an prochain ?

— Non, répondit platement Dan.

Puis il sortit de la chambre de sa sœur en traînant les pieds et regagna la sienne. Son père était tellement tout feu tout flamme à propos de cette histoire de fac que ça en devenait sérieusement ennuyeux.

— Columbia est tout près ! lui cria Rufus. Tu pourrais rester à la maison !

Comme s'il n'avait pas déjà évoqué le sujet un milliard de fois.

Seul dans sa chambre, Dan trouva un élastique dans le tiroir de son bureau et attacha ses cheveux en queue-de-cheval courte, exposant la partie rasée. Il s'empara de nouveau de la tondeuse. « Tu *me* casses comme un *œuf* ! » murmura-t-il, imitant son père le mieux possible. Il grimaça. Sa voix n'était tout bonnement pas assez nerveuse pour avoir l'air crédible.

Troquant la tondeuse contre le tas de brochures d'universités qu'il feuilletait depuis trois mois, il s'affala sur son lit. Plus qu'une semaine avant de choisir entre NYU, Brown, Colby ou Evergreen. Il tomba sur la photo d'un étudiant de Brown, l'air intellectuel et bourgeois campagnard, adossé au tronc d'un orme géant, prenant des notes dans un carnet comme un jeune Keats. Il ressemblait tout à fait à ce à quoi Dan s'était imaginé ressembler l'an prochain – avant que les Raves ne le découvrent et avant qu'il ne se rase la nuque.

Il passa le doigt sur la partie rasée de sa tête et posa les yeux sur sa tenue. Il devrait aller faire du shopping, parce qu'aucun de ses vêtements n'allait plus avec ses cheveux.

Et dire que l'on pensait que c'était quelque chose dont seules les filles se préoccupaient.

Si seulement Jenny était là pour lui donner un coup de main, songea-t-il sinistrement. Mais sa petite sœur était trop occupée à être un supermodèle pour faire son placard avec lui et lui dire ce qui craignait et ce qui était potable. Dan attrapa une tasse de café instantané

Folgers qui refroidissait par terre depuis ce matin et en but une gorgée. Il grimaça en avisant son reflet dans le miroir et, l'espace d'un instant, il parvint presque à s'imaginer sur scène, gratifiant le public de la même grimace ennuyée du mec qui en a ras le cul. Peut-être, mais alors *peut-être*, pourrait-il réussir son coup en se passant même de l'aide de sa sœur.

Ou peut-être pas.

pour v, location fait le larron ?

Cracheurdefeu : j'ai un emploi du temps plutôt top, vu que je dors toute la journée et travaille la nuit.

Chatchauve : que fais-tu ?

Cracheurdefeu : ben je suis artiste.

Chatchauve : tu craches vraiment du feu ?

Cracheurdefeu : je travaille dessus. Je danse surtout avec mes serpents.

Chatchauve : serpents ?

Cracheurdefeu : ouais, j'ai quatre serpents.

Cracheurdefeu : ça te dérange pas les animaux de compagnie, hein ?

Cracheurdefeu : t'es encore là ?

Cracheurdefeu : ouh ouh ?

« Bien tenté, gros nul ! » Vanessa Abrams éteignit son ordinateur et se dirigea vers son armoire. Elle avait ôté son uniforme d'hiver chaud et hideux de Constance Billard en laine bordeaux – le seul qu'elle possédait – voilà deux heures et n'avait pas pris la peine d'enfiler autre chose. Même si la fille qu'elle était censée rencontrer dans trois minutes lui avait paru plutôt cool dans son e-mail de ce matin, elle ne sauterait probablement pas au plafond si Vanessa l'accueillait en dessous Hanes en coton noir. La jeune fille attrapa un pantalon plié sur la dernière étagère dans l'armoire de sa chambre sans même regarder. Tout dans sa garde-robe était noir, et elle était une inconditionnelle de l'achat de fringues en double. Si vous possédez six Levis coupe droite en stretch noir, vous n'avez pas à vous demander comment vous allez vous habiller, et vous n'avez qu'à faire une lessive par semaine. Elle remonta son jean sur ses hanches pâles et légèrement grassouillettes, enfila à la va-vite son T-shirt noir en V à manches longues et passa les mains sur sa tête brune rasée. Toutes les filles soi-disant « normales » de sa classe avaient beau la trouver bizarre, celle qu'elle allait rencontrer lui semblait beaucoup plus intéressante qu'elles ne pourraient jamais l'être – du moins, en ligne.

L'interphone d'en bas sonna, exactement comme elle s'y attendait. Vanessa alla à la fenêtre et entrouvrit légèrement le rideau, qui n'était en fait qu'un drap noir Martha Stewart Everyday en mélange polymère que sa sœur Ruby et elle avaient acheté chez Kmart à Halloween dernier. Dans la rue, deux étages en dessous, un sans-abri ivre hurlait sur des voitures inoccupées en stationnement. Un petit garçon torse nu aux cheveux verts en piques descendait le trottoir à toute allure sur un VTT dix fois trop grand pour lui. Le bloc de ciment en ruine qui faisait office de porche d'entrée était vide. La future colocataire montait déjà chez elle.

« S'il te plaît, sois normale ! » murmura Vanessa. Non pas qu'elle aimât les filles normales, en fait. Les filles normales, comme celles de sa classe à Constance, portaient du gloss rose et diverses versions de la même paire de chaussures, et vouaient un culte à des trucs comme des mèches ou des pédicures. Dans son e-mail de candidature, Beverly lui avait confié qu'elle étudiait les beaux-arts à Pratt, donc elle était plus âgée, d'une part, et probablement plus ou moins alternative. Avec un peu d'espoir, elle serait aussi cool qu'elle en avait l'air.

Vanessa ouvrit la porte de son appartement au moment même où Beverly gravissait la volée de marches. Et, à la grosse surprise de Vanessa, Beverly n'était pas une fille, c'était un *garçon*.

Vanessa avait plus ou moins oublié de préciser dans son annonce sur le Web qu'elle cherchait *une* colocataire.

Erreur délibérée ?

— Je parie que tu croyais que j'étais une fille, non ? fit Beverly en lui tendant la main. Ce nom est totalement démodé et totalement trompeur. Ne t'inquiète pas, je suis habitué.

Vanessa s'efforça de cacher sa surprise, ce qui n'était pas difficile. Elle maîtrisait le regard inexpressif depuis bien longtemps, quand elle mangeait seule tous les jours à la cafétéria de Constance Billard, coupant le son au babillage débile des filles de sa classe, garces et sublimes. Elle fourra ses doigts dans les poches arrière de son jean et le conduisit nonchalamment dans l'appartement.

— J'étais en train de chatter avec ce taré qui danse avec des serpents. Tu n'as pas de serpents, n'est-ce pas ?

— Sûrement pas.

Beverly colla ses paumes en position de prière et inspecta l'appartement à la décoration austère. Les murs étaient blancs et les sols en bois, nus. La cuisine, minuscule, donnait sur le séjour/deuxième chambre, meublé d'un futon et d'un téléviseur. Les seules décorations étaient les photos encadrées des films sombres et obscurs que Vanessa tournait à ses heures perdues, comme chacun le savait.

— L'œuvre de qui ? demanda Beverly en contemplant un cliché en noir et blanc d'un pigeon becquetant un préservatif usagé dans Madison Square Park.

Vanessa se surprit à fixer les fesses fermes et rondes du garçon, puis s'empressa de détourner le regard.

— La mienne, répondit-elle d'une voix rauque. Elle est tirée d'un film que j'ai réalisé en début d'année.

Beverly opina d'un signe de tête, sans décoller ses paumes, tout en examinant les autres clichés. Vanessa apprécia qu'il ne se mette pas à partir dans un délire comme quoi ses photos étaient excentriques ou déprimantes, comme tout le monde le faisait d'habitude. Rien que le fait qu'il ait dit : « L'œuvre de qui ? » lui donnait l'impression d'être une véritable artiste.

— Tu veux une bière ? lui proposa-t-elle.

Son frigo était inhabituellement rempli de bières, vestiges de sa soirée d'anniversaire démentielle pour ses dix-huit ans deux week-ends auparavant, et toutes les occasions étaient bonnes pour s'en débarrasser.

— Désolée, je n'ai pas grand-chose d'autre à part de l'eau.

— De l'eau, ce serait très bien, répondit Beverly.

Et Vanessa se surprit à l'apprécier encore plus. Demandez à n'importe quel lycéen s'il veut une bière, il descendra un pack de six en trois secondes. Tout ce dont avait besoin Beverly, c'était d'un peu d'eau pour stimuler son palais et d'un endroit où vivre – par exemple, *avec elle.*

Waouh… du calme, ma grande ! Et l'entretien ?

Vanessa se rendit dans la minuscule cuisine ouverte et prit un verre Scoubidou vintage, des glaçons et un pichet d'eau filtrée au réfrigérateur. Elle remplit lentement le verre, tout en jetant des coups d'œil furtifs à Beverly. Ses petits yeux vifs étaient bleu clair, et ses cheveux courts et ébouriffés, presque bruns. Les paumes de ses mains et ses ongles étaient maculés de noir, d'une espèce d'encre dont il devait se servir pour ses œuvres d'art. De la sciure de bois – ou ce qui y ressemblait – mouchetait son T-shirt vert terne. Son pantalon noir était exactement le baggy ample en popeline de coton noir qu'elle aurait mis tous les jours si elle avait été un garçon et, aux pieds, il portait ces minces tongs en plastique orange que l'on pouvait acheter au drugstore pour quatre-vingt-dix-neuf *cents.* Il était tellement différent des gens avec qui elle allait en cours que Vanessa ne put s'empêcher d'être tout excitée.

Serait-ce par hasard parce que c'était un garçon ?

Elle contourna le comptoir et tendit l'eau à Beverly, se figurant déjà ce que ce serait de veiller tard et de regarder des films ensemble. Elle pourrait lui apporter de l'eau et il la gratifierait de l'un de ses hochements de tête tout attentionnés et sexy. Puis ils se mettraient à disséquer l'œuvre de Stanley Kubrick, film par film… *nus.*

Vanessa s'assit sur le futon, et Beverly s'installa à côté d'elle.

— En fait, je suis entre deux appartements, en ce moment, expliqua-t-il. J'étais en résidence universitaire et, à présent, je vis avec un tas d'artistes dans un entrepôt près de l'arsenal maritime de Brooklyn. Ça peut être la folie là-bas, parfois. (Il gloussa.) J'ai juste besoin d'un endroit où crécher, où je n'ai pas à craindre que l'on me coupe les doigts pendant mon sommeil – tu sais, pour une sculpture « parties du corps », genre ?

Vanessa opina joyeusement. Elle comprenait exactement ce qu'il ressentait.

Vraiment ?

Bien sûr, elle n'avait jamais imaginé partager un appartement avec un *mec* – autre que Dan – mais elle avait dix-huit ans, elle était adulte, capable de prendre ses propres décisions et suffisamment mature pour avoir un coloc garçon sans avoir l'intention de lui sauter dessus.

Très bien, très bien.

— Le problème, poursuivit Beverly, c'est que ça ferait un peu bizarre de vivre avec quelqu'un avec qui je n'ai jamais respiré le même air, tu sais ?

Vanessa écarquilla ses grands yeux noisette. Alors comme ça, il ne voulait *pas* vivre avec elle ?

— J'imagine, répondit-elle, abattue.

— Je me demandais si, je sais pas moi, on pourrait pas traîner ensemble quelques semaines pour commencer. Faire des trucs. Apprendre à se connaître. Voir si ça pourrait marcher, ajouta-t-il.

Vanessa s'assit sur les mains, se sentant, à son grand embarras, comme l'une de ces filles soi-disant normales qu'elle détestait, après qu'un beau gosse l'a invitée à un bal de lycéens, ou quel que soit le nom qu'ils donnent à ces soirées habillées ridicules qu'elles fréquentent sans cesse parce qu'elles leur donnent l'opportunité de s'acheter une nouvelle robe. Beverly *voulait* vivre avec elle. Il désirait simplement apprendre d'abord à la connaître. Comme c'était agréable et excitant de rencontrer enfin quelqu'un de si intelligent, créatif, cool – et *sexy* !

— Eh bien, je dois voir d'autres personnes, répondit-elle, ne souhaitant pas avoir l'air trop impatiente. Mais ça me semble une bonne idée. Enfin, oui, tu as raison. C'est important de savoir avec qui tu vas emménager.

— Exactement.

Beverly lampa son eau d'un trait, se leva et déposa le verre dans l'évier.

Waouh, il range même derrière lui !

Il retourna dans le séjour.

— On pourrait faire quelque chose ce week-end ou...

Brusquement, Vanessa eut une idée. Quel meilleur moyen de montrer à Dan qu'elle était passé à autre chose et avait une vie en dehors de lui et de son égoïsme que d'amener un mec à son premier concert ?

— En fait, un vieil ami à moi chante avec les Raves demain soir. Ça te dit ?

Heureusement, Beverly était suffisamment mûr pour ne pas sauter dans tous les sens et péter un câble parce qu'elle connaissait quelqu'un qui chantait avec les Raves. Il recolla ses paumes l'une contre l'autre et hocha la tête, dans son genre de moine sexy.

— Bien sûr. Je t'appelle demain pour qu'on s'organise.

Vanessa l'accompagna à la porte puis se précipita à la fenêtre, suivant son beau cul des yeux alors qu'il redescendait la 6e Rue Sud en tongs et disparut dans un labyrinthe de vieux entrepôts qui constituaient le paysage de Williamsburg. Le samedi matin, Beverly et elle s'installeraient devant cette même fenêtre, profiteraient de son exposition plein sud pour donner libre cours à leur imagination artistique. Il travaillerait en silence devant sa toile, la barbouillerait d'encre noire avec les mains, pendant qu'elle le filmerait. Et tous deux seraient… *nus*.

Évidemment.

Comme c'est excitant de vivre avec un artiste! Naturellement, Dan était un poète, mais c'était différent. Tout ce qu'il faisait, c'était griffonner dans des carnets toute la sainte journée, boire du mauvais café et devenir de plus en plus névrosé et tremblant d'heure en heure.

Évidemment, elle continuerait à voir d'autres personnes – au moins par messagerie instantanée – jusqu'à ce que tout soit réglé. Mais elle était déjà quasi sûre d'avoir trouvé ce qu'elle recherchait, le compagnon idéal.

Attendez, ne veut-elle pas dire *colocataire* idéal?

o ne peut s'empêcher de s'enfuir de chez elle

— Excusez-moi ? Qu'est-ce que vous fichez là, vous deux ? demanda Olivia.

Eleanor Waldorf et Aaron Rose, le demi-frère d'Olivia, étaient debout sur le lit de la chambre de fortune de la jeune fille et punaisaient une sorte de carte géante au mur. Olivia resta sur le pas de la porte, bras croisés, dans l'attente d'une explication.

— Ne lui dis pas, murmura sa mère, tout excitée, à Aaron.

Eleanor portait un curieux ensemble Versace, arborant l'inscription « défectueux/soldé. » L'ensemble consistait en un dos-nu aux rayures verticales orange et noir, attaché à un corsaire à rayures horizontales vert et noir au moyen d'un fatras de chaînes et de boutons en or. Même le corsaire était frangé d'or.

Pourquoi fallait-il que les mères soient systématiquement attirées par les plus grosses bévues des créateurs ?

Non seulement la tenue d'Eleanor était hideuse, mais, dans un autre accès de dépression post-partum, elle avait fait quelque chose d'affreux à ses cheveux. Ce matin, ils étaient blonds et lui arrivaient à l'épaule.

Or, voilà qu'ils étaient teints en roux et coupés ras, comme ceux de Sharon Osbourne. Inutile de le dire, mais Olivia avait franchement du mal à la regarder.

Aaron enfonça la dernière punaise dans le coin de la carte et descendit du lit d'un bond, ses mini dreadlocks de pseudo-Rasta heurtant gaiement ses joues creuses de végétalien.

— Désolé de te casser le coup, mam', mais ça nécessite un tout petit peu d'éclaircissements. (Il jeta un regard d'excuse à Olivia.) Désolée, frangine, on voulait te faire la surprise.

Olivia aimait bien son demi-frère Aaron – bien plus que Cyrus Rose, son gros loser de père – mais ça l'exaspérait qu'il appelle Eleanor « mam' » ou elle « frangine ». Après tout, son père et sa mère n'étaient mariés que depuis Thanksgiving, de fait Eleanor était loin d'être sa mère, et elle, loin d'être sa sœur. En dépit de l'existence de son petit frère Tyler, qui était un gamin, et de Yale, qui n'était qu'un bébé, Olivia s'était toujours considérée comme fille unique, hormis ces rares occasions où Serena et elle s'entendaient si bien qu'elles avaient l'impression d'être des sœurs.

Eleanor descendit rapidement du lit, attrapa la main de sa fille et l'entraîna vers le mur couleur sauge pour regarder la carte. C'était une carte détaillée de l'Australie et de l'océan Pacifique, et quatre cercles rouges entouraient quatre piqûres d'aiguille dans la mer entre Vanuatu et Fidji. Sous les cercles, à l'encre noire et de l'écriture pleine de boucles d'Eleanor, étaient inscrits les noms *Yale, Tyler, Aaron* et *Olivia.*

*Pardonnez-moi**?

Olivia fit tourner non-stop son rubis autour de son doigt.

— C'est quoi ce bordel, maman? demanda-t-elle, impatiente.

Eleanor tenait encore la main de sa fille et serra ses doigts très fort avec un plaisir maniaque.

— Je t'ai acheté une *île*, mon chou, et je lui ai donné ton nom. Chacun de mes quatre petits chéris possède sa propre île dans le Pacifique! Et l'an prochain, quand de nouvelles cartes seront imprimées, vos noms apparaîtront juste ici, à côté de Fidji! N'est-ce pas fantastique?

Olivia regarda fixement la carte. Elle avait toujours trouvé Fidji exotique, mais l'île d'Olivia comportait probablement un arbuste tout pourri sur un bout de récif criblé de varech et d'oursins piquants.

— Tyler organise déjà notre gros voyage de Noël dans le Pacifique sud pour l'an prochain, jacassa Eleanor à toute allure. Il fait des recherches pour savoir quelle est l'île, parmi les vôtres, qui possède les meilleures déferlantes.

— Et ta mère nous achète une planche à chacun, l'informa Aaron. À part Yale.

Olivia constata que les ongles des pieds de son demi-frère étaient vernis de noir.

— C'est un truc de groupe, expliqua-t-il, voyant qu'elle avait remarqué. Ce qui nous lie superfort en ce moment, c'est qu'aucun de nous n'a de petite copine.

Grosse surprise, songea Olivia. S'il ne faisait pas attention, Aaron deviendrait l'un de ces vieillards pâles, maigrichons, asexuels et végétariens comme Morrissey, et s'évanouirait dans les espaces célestes sans que personne ne se souvienne de son passage sur terre. Aaron et Serena étaient sortis ensemble et même tombés brièvement amoureux l'hiver dernier, mais Aaron n'était pas assez excitant pour captiver l'attention de Serena plus de cinq minutes.

Mais bon, remarquez, qui l'était ?

Olivia se fichait éperdument de savoir comment faisaient mumuse Aaron et ses gros nuls de potes de son groupe de Bronxdale Prep, ou du besoin insensé de sa mère d'acheter des choses totalement inutiles et zarbi, genre des îles, des alpagas et des planches de surf. En revanche, elle voulait savoir ce que fichait Kitty Minky, son chat bleu russe, à farfouiller dans la somptueuse pile de traversins, oreillers et jetés de lit en soie à la tête de son lit.

— Miaou miaou ? fit Olivia au chat, par jeu, dans le langage félin qu'elle avait inventé pour s'adresser à Kitty Minky quand elle avait neuf ans.

Brusquement, le chat laissa échapper un jet de pisse qui sentait atrocement mauvais.

— Non ! hurla Olivia en lui balançant une sandale Manolo en cuir couleur mastic.

Le chat descendit du lit d'un bond, mais trop tard : le dessus-de-lit et les oreillers en soie rose étaient trempés.

— Oh non ! s'exclama Eleanor en se tordant les mains, comme si elle était à deux doigts de pleurer. Mon Dieu, mon Dieu, quel gâchis ! ajouta-t-elle d'un ton désespéré, passant brusquement de toute guillerette à toute déprimée.

— Ne t'inquiète pas, Olivia. Tu pourras dormir avec Tyler et moi dans notre chambre, le temps qu'Esther nettoie la tienne, proposa Aaron.

La piaule des garçons sentait la bière, les pieds

et les hot dogs au tofu, et ces cigarettes aux plantes qu'Aaron fumait tout le temps. Olivia fronça le nez.

— Je préfère encore dormir par terre dans la chambre de Yale, rétorqua-t-elle d'un ton piteux.

Eleanor se tordit les mains.

— Oh, mais bébé Yale est en quarantaine pour quelques jours. Elle a attrapé une espèce d'affreuse éruption cutanée chez le pédiatre quand elle est allée faire sa visite de contrôle hier. Apparemment, c'est très contagieux.

Euh...

Les petits yeux bleus d'Olivia s'étrécirent. Elle adorait sa toute petite sœur, mais elle n'allait pas courir le risque de choper des boutons, et encore moins *sur le visage*. D'où une question qui restait sans réponse : où au juste était-elle censée dormir, putain ?

Son appartement somptueux était clairement inhabitable, et si l'hôtel particulier des Archibald lui avait paru un choix évident il y a moins d'une heure, il s'était, depuis, transformé en programme extrascolaire pour fumeurs-de-shit-de-seize-ans-adorateurs-de-Nate. La porte de Serena était toujours ouverte, mais, ses parents, quelque peu ringards, n'apprécieraient sûrement pas qu'Olivia reçoive un garçon dans sa chambre, la porte fermée ou quoi.

Parce que Serena ne recevait jamais de garçon dans sa chambre la porte fermée ?

De plus, Olivia avait déjà essayé de vivre avec Serena quelques jours au printemps et elles n'avaient pas arrêté de se disputer. Bien sûr, c'était à l'époque où elle avait tenté de séduire Erik, le frère de Serena, afin de tirer Nate des griffes de cette héritière droguée et pot de colle qu'il avait rencontrée en désintox.

Toutefois, maintenant que Serena et elle étaient redevenues amies, mieux valait ne pas courir le risque.

Comme si elles n'allaient pas trouver un *autre* sujet de dispute.

Olivia ouvrit à la volée le tiroir du haut de la coiffeuse en acajou non testée sur les animaux. Elle possédait une carte de crédit, et il existait une tripotée d'hôtels sympas dans le coin. Elle choisit des sous-vêtements propres Hanro en coton blanc, et un petit top blanc sans manches. Le seul avantage de porter un uniforme pour aller en classe, c'était qu'elle voyageait léger. Et l'avantage de voyager léger, c'était qu'elle aurait sans aucun doute besoin de quelque chose qu'elle n'avait pas et devrait donc faire du shopping chez l'un des trois *B* : Bendel's, Bergdorf's ou Barneys.

— Tu veux venir voir ce que nous a trouvé Tyler sur nos îles ? proposa Aaron. Il télécharge tout un tas de trucs en ce moment.

— L'homme à qui j'ai parlé m'a dit que la température sur les îles variait constamment entre vingt-quatre et trente degrés toute l'année, ajouta Eleanor en jubilant. (Elle jeta un œil à son bracelet-montre Cartier en chaînons.) Peuh ! J'ai cinq minutes de retard pour mon rendez-vous maquillage au Red Door. (Elle gloussa d'un air de conspiratrice et frappa dans ses mains comme une petite fille.) Cyrus m'amène au Four Seasons ce soir. J'ai hâte de lui faire la surprise quand je lui offrirai *son* cadeau !

Olivia ne voulait même pas deviner ce que sa mère avait pu inventer comme cadeau pour Cyrus. Un pays entier ?

— Je repasserai sûrement chercher deux, trois

trucs, dit-elle à sa mère. Et il faudra vraiment acheter un nouveau matelas, de nouveaux oreillers et de nouveaux draps pour cette chambre. Mais je ne suis pas sûre de revenir, vous savez, *vivre* ici.

Eleanor regarda sa fille en cillant d'un air hébété. Voilà dix-sept ans et demi qu'elle était la mère d'Olivia, mais elle ne savait toujours pas que faire d'elle.

— Juste au cas où il y aurait une guerre civile sur ton île, ou que ta nouvelle livraison de lingerie française arrive, tu peux être joignable où, au juste ? s'enquit Aaron avec un petit sourire suffisant et gonflant de Monsieur Je Sais Tout.

Olivia lui rendit son sourire suffisant et gonflant.

— Au Plaza ?

Et dans une suite, de préférence.

n se fait facilement mener en bateau

La terrasse sur le toit de l'hôtel particulier de quatre étages de Nate n'était pas assez haute pour offrir une véritable vue. Mais c'était tout de même sympa de s'y asseoir, de tirer sur la pipe à eau géante en verre vert de Jeremy et d'évoquer toutes les conneries qu'ils avaient faites quand ils étaient jeunes et insouciants – avant qu'ils n'aient des trucs à penser, genre à la fac et à l'avenir.

Comme s'ils se faisaient sincèrement du souci.

— Mec, tu te souviens de cette fois en latin où tu étais tellement raide que tu croyais que tu étais en français ? fit Charlie Dern d'une voix traînante, soufflant de la fumée par une minuscule brèche au bord de sa grande bouche clownesque. Tu baragouinais en français comme un putain de taré, et M. Herman-la-Femmelette t'avait sorti, genre : « Je vous demande pardon, M. Archibald, mais bien que toutes les langues d'amour trouvent leurs racines dans le latin, je n'ai jamais enseigné le français. »

Se rappelant ce jour légendaire, Anthony Avuldsen et Jeremy Scott Tompkinson se mirent à glousser.

— Je parlais un putain de français *parfait*, en plus, observa Nate. À vrai dire, je pense que même pendant un moment, j'ai cru que *j'étais* français.

— Mouais, acquiesça Charlie d'un ton sarcastique. Man, tu pouvais à peine *parler*.

Lexie arriva en flottant dans sa robe *tie-dyed*, pieds nus, agitant les mains devant son visage. Elle avait dessiné des fleurs sur ses doigts et ses orteils avec un marqueur brillant dans l'obscurité qu'elle avait trouvé sur le bureau de Nate. Ils étincelaient de vert fluo dans la pénombre de plus en plus profonde. Un garçon à queue-de-cheval dénommé Malcom jouait de la guitare et chantait un vieux morceau de James Taylor.

You just call out my naaaame
And you know where ever I aaam
I'll come runnin' to see you again

— Si seulement on était à la plage, soupira Jeremy en passant le doigt sur le bord de la pipe. Tout serait parfait si l'on était à la plage.

Nate acquiesça en hochant sa tête châtain doré.

— On y sera bientôt. Mes parents partiront en croisière dans les Hamptons pour acheter de la picole bon marché dans deux semaines. Le bateau est déjà à quai à Battery Park. Vous venez, hein ?

Les élèves de première sur la terrasse levèrent les yeux, se demandant si, avec un peu de chance, Nate s'adressait à eux.

Dans vos rêves, oui !

— *Tout le monde* vient, répondit Anthony Avuldsen, donnant encore plus aux premières l'impression d'être des abrutis. C'est, genre, le coup d'envoi de tout ce putain d'été !

— La classe d'Olivia organise leur jour de séchage de cours des terminales le lendemain, fit Nate d'un ton songeur.

Il réalisa vaguement qu'Olivia n'avait pas fait son apparition sur la terrasse sur le toit. Peut-être était-elle encore sous la douche, ou peut-être l'avait-elle embrassé pour lui dire au revoir et était-elle rentrée chez elle ? Honnêtement, il ne s'en souvenait pas. Si elle était sous la douche, il pourrait descendre la surprendre en douce. À l'idée de la voir nue et mouillée, il se fendit d'un sourire délicieux.

Charlie sortit un sachet plastique rempli de marijuana de la poche de son treillis et entreprit d'en remplir la pipe à eau.

— T'as dit que le bateau était au port ?

Avant que Nate ne puisse répondre, son portable sonna. Le prénom d'Olivia s'afficha sur le petit écran.

Quand on parle de la louve...

Nate appuya sur « répondre » et porta le téléphone à son oreille sans rien dire.

— Devine où je suis ? s'exclama gaiement Olivia. *Au Plaza* ! Alors amène ton cul immédiatement ! J'ai pris une suite.

Le Plaza n'était qu'à une vingtaine de pâtés de maisons. Nate regarda en direction du centre-ville. Il lui paraissait très loin, mais ce serait cool de s'allonger sur un grand lit d'hôtel blanc, de mater des tas de films et de faire appel au room service. Il mourait de faim.

Pas vraiment ce qu'Olivia avait en tête.

— Apporte juste ta brosse à dents. Je me suis occupée de tout le reste, ajouta-t-elle évasivement.

En d'autres termes, les trois *C* : champagne, caviar, capotes.

— Super, répondit courageusement Nate. J'arrive dans une minute.

Il raccrocha et Jeremy lui flanqua la pipe dans la main.

— Donc, ce à quoi je pense, dit-il à Nate avec l'expression concentrée de celui qui est sérieusement déchiré. (Il avait arraché le crocodile vert de sa chemise Lacoste noire et il pendillait sur son torse, comme une croûte partiellement enlevée.) On va tous dans le bateau de tes parents. Il est bourré de picole, et l'équipage fait sûrement du tourisme en ville et ne remarquera même pas qu'on l'a pris pour faire un petit tour, hein ? Tu navigues comme un chef. Pourquoi ne pas faire une petite excursion pré-Hamptons pour aller, par exemple...

— Aux Bermudes ! se fit entendre Charlie.

— Bordel, ouais ! acquiesça Anthony.

Les trois garçons regardèrent Nate. Ils savaient qu'ils lui demandaient de faire quelque chose de complètement extravagant mais, à l'intérêt qui brilla dans l'œil de leur pote, ils comprirent qu'il était plus ou moins partant.

L'esprit de Nate tournait à cent à l'heure dans son genre défoncé, zig-zagueux et tout trouble. Aller aux Bermudes en bateau ? Bien sûr, pourquoi pas ? Ils étaient en terminale – ils pouvaient faire ce qui leur chantait. Olivia pourrait venir, elle aussi, et ils boiraient du champagne-jus d'orange, feraient l'amour sur la plage sous le soleil tout juste chaud. Elle parlait tout le temps de partir en vadrouille en tête à tête.

Lexie les rejoignit et s'assit sur les genoux de Nate. Elle sentait l'encens à l'ambre, et le pâté de foie d'oie. Le bout de sa queue-de-cheval noir de jais effleurait le tatouage du soleil, de la lune et des étoiles sur son omoplate.

— *Alors**, qu'est-ce qu'on fait ? bâilla-t-elle en piquant la pipe à Nate.

Nate attendit qu'elle en eût terminé avec la pipe pour

la faire descendre de ses genoux et se lever. Il frappa dans ses mains comme un moniteur de colo défoncé.

— Allez, tout le monde, on part à l'aventure !

Les garçons de première se mirent à chuchoter, tout excités. Non seulement étaient-ils allés à une fête dans l'hôtel particulier de Nate Archibald, mais, en plus, il les *amenait* quelque part – sûrement dans un truc plus cool que ce qu'ils avaient jamais vu de leur vie.

— Tous ceux qui gerbent en bateau feraient mieux de rester ici ! les avertit Jeremy.

— Pas moyen, putain ! chuchota un première de St Jude's qui, en l'occurrence, s'appelait Nate Lyons et poussait l'imitation de son homonyme jusqu'à la couleur de ses chaussettes Brooks Brothers bleu marine.

S'ensuivit une ruée en masse jusqu'à la sortie. Nate Archibald, le terminale le plus cool de l'Upper East Side, allait leur faire faire un tour sur son bateau ! C'était leur putain de jour de chance !

Nate suivit les autres garçons en bas dans un amusement bon enfant, oubliant complètement ce qu'il allait faire avant même que l'idée d'une excursion aux Bermudes fût mise sur le tapis. Derrière lui, son portable gisait, oublié, sur la terrasse, le nom Olivia s'affichant sur son petit écran toutes les deux minutes pendant une demi-heure.

Winter, spring, summer, or fa-waall[1]
All you have to do is a ca-waall
And I'll beee there !

Ouais. Bien sûr.

1. Litt. : Hiver, printemps, été, automne/Appelle-moi/Je serai là. *(N.d.T.)*

encore un ensemble la perla gâché

— Nate arrive, annonça Olivia à Serena d'un ton suffisant au téléphone.

Elle avait appelé son amie uniquement pour frimer parce qu'elle était au Plaza, culpabilisant en composant son numéro, mais déculpabilisant aussitôt que le téléphone s'était mis à sonner. Elle se pencha vers le miroir de la salle de bains gigantesque au cadre doré et s'appliqua une autre couche de rouge à lèvres Vamp de Chanel. Il était rouge foncé et elle ne le portait habituellement qu'en hiver, mais lorsque vous étiez enfermée dans une somptueuse suite d'hôtel avec votre petit copain, à baiser non-stop, qu'est-ce que la saison pouvait bien faire ?

— Ne m'en veux pas, implora-t-elle sa meilleure amie. On pourra glandouiller dans ma suite demain après-midi, OK ? (Elle décocha un sourire sexy et entendu à son reflet.) *Après* que Nate et moi nous sommes réveillés.

— Vous êtes ridicules, tous les deux, se moqua Serena sans la moindre once de jalousie.

Olivia lui avait avoué qu'elle avait enfin perdu sa virginité avec Nate le lendemain matin du jour où cela s'était produit, mais elle avait tenu bon et n'avait pas fourni trop de détails. Et Serena avait tenu bon elle aussi et n'avait pas posé trop de questions. Après tout Serena et Nate avaient perdu leur virginité *ensemble* ; voilà pourquoi coucher avec Nate était un sujet pour le moins gênant.

— Je dois aller à cette soirée réservée aux futurs étudiants de Yale, répondit Serena. Non pas que j'aie décidé d'y entrer, se corrigea-t-elle à la hâte. (Son admission à Yale était un sujet encore plus épineux.) Mes parents se sont quand même inscrits, du coup je suis obligée d'y aller.

— Oh.

Olivia fit la moue et se retourna pour examiner son cul dans son nouvel ensemble La Perla en soie noire. Évidemment, elle n'était pas *encore* admise à Yale, mais vu qu'elle se trouvait sur leur liste d'attente à la con, ils auraient tout de même pu l'inviter.

— J'espérais que tu m'accompagnerais, ajouta Serena. Vu que tu risques vachement plus que moi d'entrer à Yale.

Olivia réajusta les bretelles de son soutien-gorge. Nate était admis à Yale lui aussi, mais il ne lui avait pas parlé de cette soirée. Et s'il n'y allait pas, elle y irait encore moins. Ils pouvaient avoir… d'autres engagements.

Hmm hmm.

— Ça ne commence pas avant dix-neuf heures, insista Serena. Vous deux devriez être prêts à mettre le nez dehors à cette heure-là.

— Je peux te rappeler demain pour te dire? lui demanda Olivia d'un ton dubitatif.

— Comme tu veux.

Serena se moquait bien de se rendre toute seule

dans des soirées, dans la mesure où elle ne le restait pas très longtemps. Les garçons bourdonnaient et tournaient autour d'elle comme des mouches à un pique-nique.

— Amuse-toi bien ce soir, ajouta-t-elle. Bye, ma belle.

Olivia raccrocha pile au moment où le groom arriva avec la bouteille de Dom Pérignon et le plat de caviar et de toasts qu'elle avait commandés au room service. Elle se glissa dans l'un des épais peignoirs de bain blancs en éponge du Plaza et ouvrit la porte.

— Là-bas, près du lit, ordonna-t-elle, adorant comme elle avait l'air blasé à la Joan Crawford[1].

Elle donna un pourboire au type et attendit qu'il ait fermé la porte. Puis elle ôta son peignoir, le balança sur le bord du lit king size, et attrapa la télécommande. En deux secondes elle trouva AMC – American Movies Classics, la chaîne qui diffusait régulièrement tous ses films préférés, tels que *Diamants sur canapé*, avec Audrey Hepburn et *My Fair Lady*, toujours avec Audrey Hepburn.

À sa grande déception, *Dirty Dancing* passait. Depuis quand un film réalisé après 1980 était-il un vrai *classique* ? s'interrogea Olivia. D'un seul coup, elle se sentit vieille. Mais bon, ça se tenait, dans la mesure où elle allait se livrer à des ébats sulfureux avec son amant dans une somptueuse suite d'hôtel. Où était Nate d'ailleurs ? Un taxi nc mettrait pas plus de sept minutes pour faire le trajet de chez lui au

1. Actrice américaine (1904-1977) ayant notamment joué dans *La Meurtrière diabolique* (1965), *Johnny Guitar* (1953), *La Reine du hold-up* (1952) et *Il était une fois* (1941). *(N.d.T.)*

Plaza. Si elle était à la place de Nate, elle l'aurait fait en cinq minutes. Elle appela son portable sans même regarder les touches sur son téléphone, mais elle n'obtint aucune réponse. Peut-être prenait-il une douche et enfilait-il ses boxers noirs Calvin Klein sexy en préparation de leur rendez-vous, songea-t-elle.

Ou peut-être que non.

Olivia se leva, enleva son peignoir et baissa les lumières. Puis elle étala un peu de caviar sur un toast et se regarda manger dans l'immense miroir doré de la coiffeuse. Sur l'écran télé derrière elle, « Bébé » tentait d'avoir l'air innocent après avoir passé toute la nuit à baiser comme une folle avec Patrick Swayze, le prof de danse de la station balnéaire où sa famille passait les vacances. Le père de Bébé était tellement énervé contre elle qu'Olivia se demanda un bref instant comment réagirait son propre père si jamais il apprenait qu'elle avait déménagé dans une suite d'hôtel où elle pourrait avoir un peu d'intimité avec Nate. Comme si son père gay-vivant-dans-un-château-en-France-et-portant-des-chaussettes-à-losanges-pastel-et-des-lunettes-de-soleil-Gucci-bleu-clair et le père responsable et médecin de Bébé dans *Dirty Dancing* avaient quoi que ce soit en commun. Elle rappela Nate et, comme il ne répondait pas, elle se refit un autre sandwich au caviar et composa le numéro de son père dans le Sud de la France, où il vivait depuis qu'Eleanor et lui s'étaient séparés en raison de sa gaytitude, presque deux ans auparavant.

— Olive ? Tout va bien ? Toujours pas de nouvelles de ces connards de Yale ? Tu es reçue ? demanda son père dès qu'il entendit sa voix.

Olivia l'imaginait parfaitement nu à l'exception

de boxer-shorts bleu roi en soie, son amant endormi – François ou Édouard ou machinbiduletrucmuche – ronflant doucement à ses côtés. M. Harold Waldorf était autrefois associé directeur d'un grand cabinet d'avocats spécialisé dans le droit des sociétés, marié à Eleanor, une dame de la haute, et vivait dans un appartement somptueux avec ses deux adorables enfants, Olivia et Tyler. Désormais il mettait en bouteille son propre vin, provenant des vignobles entourant son château, faisait du shopping dans de mignonnes boutiques françaises exclusivement destinées aux gays bronzés, et effectuait des longueurs dans sa piscine, tandis que ses amants hâlés lui prodiguaient des serviettes propres et des verres de cognac.

C'était la vie de luxe, en effet.

— Devine où je suis ? frima Olivia sur le ton qu'elle avait employé pour parler à Serena.

En fait, discuter avec son père revenait exactement à appeler une copine. Il se fichait même qu'il fût près de deux heures du matin en France et qu'elle l'eût carrément réveillé.

— Paris ? fit-il, plein d'espoir. Je t'envoie une voiture. Tu seras là dans une heure.

— Non papa, gémit Olivia bien que, en toute honnêteté, ça ne l'eût absolument pas dérangée d'être à Paris – tant qu'elle pouvait amener Nate et sa suite du Plaza avec elle. Je suis au Plaza. J'habite là maintenant. Dans une suite.

— Bravo, ma fille ! s'exclama son père. J'imagine que l'appartement devait être un peu trop bondé avec le nouveau bébé et tout et tout.

En fond sonore, Olivia l'entendit verser quelque chose dans un verre. Il était tellement fier de sa dernière production de vin blanc qu'il devait sûrement garder une bouteille au frais au pied de son lit pour des occasions telles que celle-ci.

Au pays de *Dirty Dancing*, la garce de sœur de Bébé participait à une espèce de concours d'amateurs débile, arborant un haut de bikini bien trop petit pour elle. Olivia coupa le son, s'étala une grosse quantité de caviar sur un toast, alluma une cigarette et soupira théâtralement.

— C'est juste que je vais bientôt passer le bac et j'ai besoin d'air, tu sais, pour réviser et penser à l'an prochain et…

Elle eut brusquement une image très claire d'elle-même, en espèce de star du cinéma à la Greta Garbo, qui vivait en recluse, quittait rarement sa chambre d'hôtel, et communiquait avec le monde extérieur uniquement par le biais des rôles qu'elle avait décidé de jouer. Le personnel fouillerait dans sa poubelle et volerait ses vêtements, et les touristes feraient le planton sur Central Park South, juste en face de l'hôtel, dans l'espoir de l'entrapercevoir. On ne parlerait que d'elle.

Comme si ce n'était pas déjà le cas.

— Oh, je suis sûr que tu *révises* ! railla son père entre deux gorgées de ce qu'il buvait, quoi que ce fût. Je suis sûr que ton beau gosse de petit copain te masse les pieds en ce moment même.

Si seulement.

Olivia gloussa et s'enfila un autre sandwich au caviar entre deux taffes de Merit ultra light.

— En fait, Nate ne va pas tarder, avoua-t-elle.

Elle contempla la bouteille de champagne qu'elle avait commandée, rafraîchissant dans son seau à glace argenté. Ça ne dérangerait pas Nate si elle ouvrait la bouteille et se servait une toute petite coupe avant qu'il arrive, n'est-ce pas ?

Bien sûr que non.

— C'est bien ce que je pensais, répondit son père d'un ton entendu. Mais tu le mérites, ma mignonne. Tu mérites que tout te sourie.

Comme si elle ne le savait pas déjà.

Olivia s'empara de la bouteille de champagne qu'elle coinça entre ses genoux nus, dévissa le muselet autour du bouchon comme une experte, puis fit peu à peu sortir le bouchon du goulot, doucement... doucement... puis...

Pop !

— Oh, mon Dieu ! Tu es carrément en train de faire la fête ! s'exclama son père. *Un soir de semaine* ? ajouta-t-il, feignant d'être horrifié, comme s'il était un parent strict qui se préoccupait de ce genre de choses. Passe-moi *immédiatement* ton beau gosse de petit copain !

Olivia se remplit une coupe de champagne, la siffla intégralement, puis se resservit. À l'écran, Patrick Swayze affrontait le père de Bébé.

« On ne laisse pas Bébé toute seule dans un coin », articula silencieusement Olivia bien qu'elle eût coupé le son. C'était le film le plus ringard au monde, mais il la faisait tout de même fantasmer : elle imaginait que Nate la défendait avec autant de détermination et de colère. Nate était franchement canon quand il était en colère. En gros... jamais.

Difficile d'être en pétard quand vous êtes tout le temps défoncé.

— Je viens de te le dire, papa, le corrigea Olivia.

Nate n'est pas encore arrivé. (Elle serra les dents et avala une autre gorgée de champagne. Mais qui savait pourquoi il mettait autant de temps ?) Enfin bref, (elle fit la moue pour le miroir ou la caméra, ou quoi qui l'espionnât au télescope en haut des arbres de Central Park) si je méritais que tout me sourie, comment ça se fait que ce Yale débile n'ait pas encore accepté ma candidature ?

— Oh, Olive, soupira-t-il sur son ton viril-mais-maternel qui faisait instantanément craquer *aussi bien* les hommes que les femmes. Ils vont le faire, bon sang ! Tu *vas* être admise.

Olivia attrapa un autre toast et constata qu'elle les avait tous mangés. Au téléphone, elle entendit quelqu'un marmotter dans un français endormi.

— Écoute, mon Olive chérie, il est tard, il faut que j'y aille. (Son père parlait par-dessus les marmottements.) Mais tout va bien, OK ? Amuse-toi bien.

Olivia regarda de travers la bouteille de champagne à moitié vide et les miettes de caviar éparpillées sur le plat en porcelaine blanche. *Dirty Dancing* venait de se terminer.

— Bonne nuit, papa, répondit-elle, un peu triste.

Elle raccrocha et composa de nouveau le numéro du portable de Nate. Pas de réponse. Elle appela chez lui. Pas de réponse, juste son amiral coincé de père sur le répondeur, lisant scrupuleusement les instructions fournies avec le répondeur, dont aucune personne normalement constituée n'aurait jamais l'idée de se servir. « Vous êtes chez les Archibald. Veuillez laisser un message bref et nous vous rappellerons dès que possible. »

Un Tramway nommé désir, avec Marlon Brando et

Vivien Leigh, allait commencer. Un autre classique qu'elle adorait. Olivia renfila le peignoir éponge blanc et fit bouffer les oreillers sur le lit géant. Puis elle recomposa le numéro du room service. « Un sundae hot fudge, s'il vous plaît. Et un paquet de Merit ultralight. »

Elle s'enfonça dans les oreillers et ferma les yeux. Quand elle était partie de chez Nate, celui-ci faisait la bringue avec un tas de fumeurs de shit, y compris une Française hippie gonflante du nom de Lexique. Si ça se trouvait, ce salaud débile et mollasson qui ne méritait pas d'entrer à Yale n'avait même pas remarqué qu'elle était partie. Les larmes ruisselèrent peu à peu derrière ses paupières fermées. Nate n'avait pas changé. Rien n'avait changé – hormis l'état de sa virginité. Elle se mordit la lèvre et refoula un sanglot de colère. *Bien, et maintenant ?* Nate ne méritait pas de coucher avec elle. De surcroît, manger un sundae hot fudge sur un lit du Plaza tout en concoctant sa vengeance sur son enfoiré-de-gros-nul-de-futur-ex était encore meilleur que le sexe.

Bien meilleur.

k et i prennent leurs jobs super au sérieux

Chères terminales,

Nous attendons vendredi prochain avec grande impatience, qui, comme vous le savez, est le premier jour du WEEK-END SPA DES TERMINALES !!!!! Oui, c'est un jour de classe. Malheureusement nous serons bien trop occupées à nous préparer à nos massages « pierres chaudes » du visage, et à nos enveloppements d'algues pour nous souvenir de nous pointer en classe ! Ne vous inquiétez pas, vous n'aurez pas de problèmes – comme si vous vous faisiez vraiment du souci. Ce jour-là est une vieille tradition de Constance Billard et personne ne s'est jamais fait renvoyer ni même punir pour cela.

Alors voici ce qui va se passer :

Jeudi soir, à 18 h 30, nous monterons à bord du gros et célèbre bateau des Archibald, actuellement à quai à Battery Park City. Les Archibald, qui organisent leur croisière de bienfaisance habituelle pour les Hamptons, nous ont généreusement proposé de faire un tour. Dès que nous arriverons à Sag Harbor, des limousines viendront nous chercher pour nous emmener dans la sublime maison en bord de mer d'Isabel Coates, où aura lieu la plus grande, la meilleure des meilleures soirées-pyjamas réservée exclusivement aux filles. INTERDIT AUX GARÇONS. Le matin, nous prendrons le petit déjeuner au bord de la piscine, préparé par… TBA – nous essayons d'avoir le chef qui a aidé Julia Roberts à perdre tout ce poids après la naissance de ses jumeaux. Ensuite, une journée de soins offerte par Origins. Et tout le monde repartira avec un sac-cadeau Origins d'une valeur de trois cents dollars pour rapporter chez soi avec notre nouveau nous, totalement revigoré et revitalisé !

Tenue : décontractée. Serviettes, sèche-cheveux, produits de beauté et bains moussants à gogo vous seront tous fournis. Pas de chien, s'il vous plaît, même s'ils sont tout petits. Et PAS DE GARÇONS !

On applaudit bien fort un week-end génial de copinage entre filles !

Gros baisers bien baveux !

Affectueusement,

Vos camarades de classe, Kati Farkas et Isabel Coates.

P.S. : Nous avons déposé une boîte de suggestions dans la salle des terminales, vos idées sont donc les bienvenues, même si nous avons déjà planifié la plus belle journée au monde !

P.P. S : Un, deux, trois, quatre, à nous la fac !

Avertissement : tous les noms de lieux, personnes et événements ont été modifiés ou abrégés afin de protéger les innocents. En l'occurrence, moi.

salut à tous !

QUELQUES OBSERVATIONS RÉCENTES

LES NAUFRAGÉS

Honnêtement, je me demande ce qui vient de passer par la tête d'un certain groupe de personnes. C'est vrai quoi, ça se fait pas de disparaître comme ça, non ?? Apparemment, une bande de mecs que nous connaissons et aimons toutes – du moins, la *plupart* du temps – a détourné un très gros bateau bien aménagé et vogue sur l'Atlantique. Ça pourrait être juste une autre blague de terminale, sauf que la moitié des garçons sur le bateau sont des premières. C'est un moment un peu bizarre pour mettre les voiles, surtout lorsque nous, les filles, ne serions pas contre un peu de divertissement. Pour qui ils se prennent au juste – Christophe Colomb ?

POUR VOUS, EN EXCLU

Elles n'ont que l'embarras du choix côté mecs, mais pour une raison quelconque, les top models ne se lassent pas des guitaristes. D'après la rumeur, le dernier couple en vogue est une certaine terminale blonde résidant sur la 5e Avenue et le guitariste leader des Raves. Comment, quand et où ils se retrouvent reste un grand mystère, mais, comme couple idéal, on n'a pas fait mieux !

TO GAP OR NOT TO GAP ?

N'essaie même pas de dire que c'était quelqu'un d'autre : je t'ai vue entrer en douce chez Gap à l'angle de la 86e et de Madison et même essayer un sweat à capuche en éponge prune zippé, imitation Juicy Couture, au rayon enfants. Je sais, je suis une garce qui fourre son nez partout. Mais si je te balance comme ça, c'est parce que j'ai essayé le même sweat et contrairement à toi – bien que je sache que tu en avais envie – j'en ai acheté trois. Pourquoi pas ? Ils sont *mimi*, et nous aurons besoin de tonnes de cache-maillots en éponge pour mettre après la piscine cet été. De plus, nous renverserons forcément du Campari ou de la crème de menthe ou autre chose de tout aussi désastreux sur nous, donc il nous en faudra plus d'un. En outre, l'éponge c'est l'éponge, et quoi de mieux qu'un mignon sweat à capuche prune pour faire admirer votre nouveau bikini jacquard Gucci blanc ? Toutefois, dites-vous bien que vous brûlez là votre dernière cartouche : vous n'avez toujours pas le droit d'acheter vos jeans là-bas – grands dieux non ! – même si je vous donne la permission de craquer pour certains basiques chez Gap.

VOS E-MAILS

Q: Chère GG,
Vas-tu un jour nous dire dans quelle fac tu iras l'an prochain ? As-tu même pris la décision ?
— curiE

R: Chèr(e) curiE,
Si tu savais… Mais laisse-moi te poser une question : ai-je l'air du genre indécis ?
— GG

Q: Chère GG,
Il paraît que Damian Polk des Raves habitait dans le même immeuble que ce top model blond dont tu parles tout le temps. Ils se connaissent depuis qu'ils sont bébés et ils baisouillaient dans l'ascenseur la nuit quand le portier roupillait.
— truisme

R: Chèr(e) truisme,
C'est une belle histoire, mais moi j'ai entendu dire que la famille de Damian vivait en Irlande jusqu'à ses treize ans. D'où son accent bizarre et la raison pour laquelle il a toujours l'air un peu bourré.
— GG

Q: Chère GG,
Je dirige l'équipage d'un bateau qui appartient à une éminente famille new-yorkaise. Le fils, qui, d'après ce que je sais, a eu pas mal de problèmes ces derniers temps, a mis les voiles hier soir et depuis, n'est pas revenu. J'ai peur qu'il se fasse botter le cul si jamais il revient car son père est ce qu'on pourrait qualifier de sévère.
— captain

R: Cher captain,
Son cul est déjà bottable, pour bien d'autres raisons que celle-ci !
— GG

ON A VU

S et un blond bien foutu non identifié – peut-être son frère ou peut-être ce guitariste des **Raves** – au zoo de **Central Park**, donner aux otaries les restes de sushi de leur déjeuner chez **Nicole's**. **O**, acheter deux nuisettes **La Perla** chez **Barney's**. Apparemment elle développe une addiction à la lingerie, mais que porter d'autre quand on traîne toute seule dans une suite du **Plaza** à attendre que se pointe son petit copain ? **D,** au **Yellow Rat Bastard**, dans le Lower Broadway, essayer tous les chapeaux du magasin. **V**, acheter un nouveau piercing pour lèvre – beuh ! – dans un truc de piercing de **Williamsburg**. **J,** chez **Barneys Co-op,** essayer toutes les paires de jeans **Seven** du magasin et ignorer la suggestion de la vendeuse comme quoi elle aurait plus de chance de trouver un jean à sa taille au rayon enfants de **Bloomingdale's**. **K** et **I** chez **Jackson Hole**, encore, à comploter, encore. **N** – nulle part. Où est donc **N**, d'ailleurs ?
Ne vous inquiétez pas, je le retrouverai.

Vous m'adorez, ne dites pas le contraire.

gossip girl

des top models qui sortent avec des rock-stars

— Comment ça se fait que, quoi que je porte, j'ai toujours l'air d'un personnage de dessin animé ? se plaignit Jenny Humphrey auprès d'Elise Wells, son amie qui était dans sa classe à Constance Billard.

C'était samedi soir et elles se préparaient pour le concert de Dan avec les Raves au Funktion, un nouveau lieu musical dans une ancienne caserne de pompiers retapée sur Orchard Street. Jenny jeta un coup d'œil à sa copine :

— Et toi, tu as tout le temps l'air tellement normale.

Les deux filles contemplèrent leur reflet dans le miroir en pied sur la porte de l'armoire de Jenny. Celle-ci portait un top rouge en stretch aux petites manches froncées et à l'encolure plongeante en forme de U qui donnait l'impression que ses seins étaient gargantuesques. Elle mesurait à peine un mètre cinquante et son tout premier jean Seven était tellement trop long lorsqu'elle l'avait acheté à Bloomingdale's qu'elle avait dû demander à la teinturière à l'angle de Broadway et de la 98e de le raccourcir de vingt-cinq bons centimètres. Maintenant, elle constatait que les endroits délibérément « patinés » sur chaque jambe, là où étaient censés se trouver ses genoux, lui arrivaient à mi-tibias. La seule partie acceptable du corps de Jenny était sa tête. Elle aimait ses grands yeux noisette bien éloignés, sa peau blanc clair, ses lèvres rouges, et ses cheveux châtains bouclés, avec sa frange droite et austère sur le front. Comme Serena le lui avait confié un jour, elle ressemblait à un top model pour Prada – avec de gigantesques implants mammaires et des moignons en guise de jambes, bien que Serena ne le lui eût jamais dit.

Le corps d'Elise était l'opposé même. Elle mesurait dix-sept centimètres de plus que son amie, avait de longues jambes maigres, de longs bras maigres et une poitrine plate. Rien n'était jamais trop moulant sur elle, hormis peut-être dans la région du ventre, qui comportait une espèce de beignet tout autour. Toutefois c'était facilement planquable sous une chemise. En revanche, Jenny ne pouvait véritablement rien faire pour cacher sa poitrine. Mais bon, Elise était couverte de taches de rousseur – même sur les paupières – et elle avait des cheveux blond paille coupés au menton si épais et si rêches qu'elle avait du mal à les faire tenir dans un élastique.

Bien, personne n'est parfait. À l'exception, peut-être, de rares élues parmi nous.

— Si on échangeait nos hauts ? suggéra Elise.

Elle ôta son T-shirt col en V noir et le tendit à sa copine.

— OK, répondit Jenny d'un ton dubitatif, avant d'enlever son top rouge.

Le T-shirt d'Elise venait de chez Express, et celui de Jenny de chez Anthropologie, ce qui était légèrement mieux, mais Jenny ne voulait pas faire de mal à son amie en lui faisant une réflexion. De plus, le résultat était hallucinant. La poitrine de Jenny avait l'air presque décente dans le haut noir, et le haut rouge faisait briller les cheveux d'Elise en mèches blond vénitien qu'aucune d'elles n'avait encore jamais remarquées.

— Je parie que Serena van der Woodsen ne se regarde même pas dans le miroir avant de sortir, déclara Jenny. (Elle se mit à genoux et entreprit de ramper dans sa chambre.) Si ça se trouve, elle n'est même pas obligée d'essayer quoi que ce soit, à part peut-être les chaussures.

Elise mit une main sur ses hanches.

— Que fais-tu ?

— J'use les genoux de mon jean, répondit Jenny, toujours à quatre pattes. T'es au courant pour Serena et Damian des Raves ?

Elise opina. Tout le monde était au courant.

Jenny rampa sur le tapis rose feutré jusqu'à son placard pour choisir une paire de chaussures. Naturellement Serena ne devait jamais marcher à quatre pattes comme un chien dans l'espoir de donner un aspect normal à ses jeans.

— Je ne sais pas comment elle fait.

Elle sortit ses nouvelles sandales Michael Kors aux orteils dorés et les enfila. Son père lui avait dit que ces sandales ressemblaient à un truc que porterait une danseuse du ventre, mais elle les avait eues gratuitement à la séance photo pour *W*, et c'étaient les plus belles chaussures qu'elle possédait.

Étrange qu'elle ait connu ce petit moment de supercélébrité – cette séance photo avec Serena – et que maintenant elle soit redevenue la bonne vieille

Jenny, une fille de quatorze ans allant sur sa quinzaine, pourvue de grosses ambitions et d'une poitrine encore plus grosse. Ce n'était pas comme si l'ambition de sa vie était d'arrêter l'école à quatorze ans pour devenir un supermodèle, mais ça aurait été cool si quelqu'un le lui avait demandé.

Jenny se leva et se frotta les genoux. À sa grande déception, ils étaient complètement intacts, et, à l'exception du côté bizarre de la partie artificiellement vieillie de son jean, totalement dépourvus d'intérêt – comme tout le reste de sa garde-robe. Les fringues de Serena étaient toujours si parfaitement râpées, usées et délavées, et véhiculaient une fausse idée de l'histoire mystérieuse et haute en couleur de leur propriétaire. Jenny ne pouvait s'empêcher de se demander si ses propres vêtements se délaveraient et prendraient du caractère eux aussi, si jamais elle se faisait virer de Constance et qu'on l'envoyait au pensionnat.

— T'as jamais pensé à aller au pensionnat? demanda-t-elle à voix haute.

Elise fit la grimace.

— Manger à la cantine trois fois par jour et vivre avec tes profs ? Pas moyen.

Jenny se rembrunit. Ce n'était pas du tout ainsi qu'elle s'était figuré le pensionnat. Dans sa tête, pensionnat signifiait liberté: de son frère maniaco-dépressif, M. le Dieu du Rock et de la Poésie, de son père hystériquement surprotecteur et tellement débraillé qu'il lui fichait la honte, des épouvantables uniformes de Constance Billard, de sa vieille chambre poussiéreuse, et de l'ennui quotidien de faire et refaire et rerefaire encore et toujours la même chose pour les trois années à venir. Ça signifiait également opportunité : de vivre et d'aller en cours avec des garçons, des garçons, des garçons, et d'être la fille qu'elle avait toujours rêvé être – la fille dont tout le monde parlerait.

Rufus passa la tête par la porte, sans même penser que Jenny n'avait plus cinq ans et pourrait, si ça se trouvait, être complètement nue, ou autre. Ses cheveux indisciplinés étaient attachés en queue-de-cheval avec un morceau du plastique bleu vif dans lequel le *New York Times* lui était livré chaque matin.

— Les filles, vous voulez que je vous aide à appeler un taxi ? proposa-t-il avec une inquiétude enjouée.

Jenny devina que son père mourait d'envie de les accompagner au concert de Dan mais, ce soir, c'était l'atelier mensuel des écrivains anarchistes – la seule chose qu'il prenait autant au sérieux que l'éducation de ses enfants, bien qu'aucun de ses textes ne fût jamais publié.

— C'est bon, papa, répondit-elle en lui souriant affectueusement, le défiant de lui faire une réflexion grossière sur ses sandales dorées sexy. Prête ? demanda-t-elle à Elise.

Celle-ci étala une couche supplémentaire du gloss Ice de MAC préféré de Jenny sur ses lèvres déjà brillantes.

— Prête, répondit-elle.

— Vous deux faites tellement… (Rufus tira sur sa barbe hirsute, cherchant l'adjectif approprié.) Adultes, ajouta-t-il enfin.

Ouais, mais on n'a pas vraiment l'étoffe de top models-qui-sortent-avec-des-rock-stars, songea Jenny en contemplant son reflet dans le miroir avec son amie. Elise avait appliqué dix fois trop de gloss, et Jenny regrettait quelque peu que ses sandales Kors soient aussi plates, pour que, au moins, elle *fasse* plus grande. Après tout, elle n'allait pas au concert pour voir Dan. Elle voulait rencontrer Damian Polk et le reste du groupe, et tenait à en mettre plein la vue.

Jenny se mit sur la pointe des pieds puis replaça ses talons dans ses chaussures.

— Heureusement que l'on est sur la liste des invités, soupira-t-elle, sinon ils ne nous auraient jamais laissés entrer.

En fait, avec une poitrine comme la sienne, elle pourrait sûrement entrer partout. Mais laissons-la découvrir cela toute seule.

v peut être une vraie fille parfois

— C'est quoi ce bordel ? se demanda Vanessa.

Comment elle avait pu ne pas les voir après toutes ces années, elle n'en avait aucune idée. Elle tourna la tête et regarda de nouveau son reflet dans le miroir de la salle de bains. Ils étaient là : quatre gros grains de beauté marron, alignés sur son cou derrière son oreille, comme une espèce de constellation merdeuse. Elle avait l'impression d'être une fille pour une pub Clearasil, paniquant parce qu'elle avait un bouton juste avant un rendez-vous amoureux. Les boutons étaient temporaires, en revanche. Les grains de beauté étaient là pour durer. Qui, sain d'esprit, continuerait à se raser la tête avec des grains de beauté comme ça dans le cou ?

Elle ouvrit à la va-vite un tiroir sous le lavabo de la salle de bains, cherchant une espèce de merde camouflante couleur peau que sa sœur Ruby s'appliquait sous les yeux quand elle avait veillé toute la nuit. Elle trouva un bâtonnet qui s'appelait Peekaboo, un peu plus rose que sa couleur de peau, mais qui ferait l'affaire. Elle en appliqua sur les grains de beauté, frotta bien et examina le résultat. Maintenant on aurait dit qu'elle faisait une allergie au sumac vénéneux. Elle envisagea de coller un pansement sur toute la zone, mais elle n'en avait pas de suffisamment grand pour planquer les quatre grains de beauté, et un pansement ne servirait qu'à attirer l'attention sur le problème. Elle nettoya le camouflant et fouilla dans le tiroir, cherchant quelque chose susceptible de distraire Beverly des hideuses difformités dans son cou.

Comme si le piercing à la lèvre en cours de guérison n'était pas suffisamment distrayant. Beverly avait été assez poli pour ne rien dire à ce sujet, mais maintenant qu'ils allaient apprendre à se connaître, il pourrait bien lui demander si la croûte crado sous cet anneau argent en forme de D lui faisait mal.

Et pourquoi Beverly souhaiterait-il ne serait-ce que jeter un œil à son cou ? Ils allaient simplement ensemble au concert des Raves – sortaient juste pour voir s'ils pourraient cohabiter, en tant que *colocs*, pas en tant qu'amants inspectant leur cou respectif. De plus, Beverly était un artiste. Il pourrait trouver ses grains de beauté cool.

Un échantillon de parfum qui s'appelait Certainty roula au fond du tiroir de la sous-vasque en désordre. Il lui fit penser à un nom de tampon ou de test de grossesse, mais Vanessa ôta le petit bouchon noir de l'échantillon et s'appliqua un peu de parfum sur les poignets et les tempes. Certainty était musqué, entêtant, et pourrait être tellement distrayant que Beverly ne remarquerait même pas la configuration dégoûtante des grains de beauté dans son cou. Peut-être pourrait-il même être quelque peu magique. Elle entrerait dans le club où Dan et les Raves jouaient, Dan s'empourprerait dans un mélange de désir, de regret et de jalousie folle, et Beverly serait immédiatement certain de vouloir vivre avec elle. En ami, naturellement.

Naturellement.

ça craint quand votre humeur et votre look ne sont pas synchro

— T'es sûr que ça va, man ? demanda Damian pour la deuxième fois derrière la porte fermée des toilettes.

— Ouaip ! cria Dan de l'autre côté, priant pour que Damian et les autres membres du groupe croient que ce n'était que son comportement habituel pré-concert, et retournent jouer au poker, descendre des petits verres de Stoli en coulisses.

— Bon, tant mieux alors. À tout', répondit Damian. Superlacets, ajouta-t-il avant de sortir des toilettes.

Juché sur le couvercle de la cuvette des W.-C., Dan contempla d'un air affligé ses nouvelles chaussures de sport, et les jambes de pantalon absurdement larges qui les recouvraient presque. Hier, il avait traîné chez 555 Soul sur Broadway à SoHo et s'était laissé convaincre par le vendeur d'acheter une toute nouvelle garde-robe d'artiste. Grand T-shirt jaune et noir à deux tons, baggy gris *rip-stop* dix fois trop grand pour lui, avec des cordons, des boutons et des poches partout, Converse en toile noire aux lacets jaunes, et casquette de routier kaki arborant l'inscription YIELD en jaune. La casquette retenait ses cheveux hirsutes et laissait voir sa nuque rasée, lui donnant un air encore plus menaçant que ce qu'il aurait cru possible. En fait, avec sa nouvelle tenue, il ressemblait quelque peu à Eminem, en plus petit et en plus maigre. Ce qui n'était absolument pas le look recherché.

Aucun des mecs du groupe n'avait fait de réflexion sur son look lorsqu'il s'était pointé, mais bon, il ne leur en avait pas vraiment laissé le temps. Un seul regard sur l'immense queue qui se formait devant le club et sur les instruments et les micros installés sur scène, avait suffi pour qu'il file dégobiller ses intestins aux toilettes. Depuis, il était enfermé dans l'un des W.-C.

Si seulement il avait un talisman porte-bonheur, genre une boucle de ceinture en argent faite à la main, ou un collier de dents de requins comme en avaient probablement la plupart des chanteurs rock légendaires. Il enfilerait son trucmuche porte-bonheur, sa nervosité disparaîtrait, et il chanterait avec une belle désinvolture, rendant le public fou. Mais là, il était assis sur la cuvette des W.-C. dans les toilettes pour hommes du club, peintes en vert pomme criard, et fumait ses Camel porte-bonheur – une bonne quarantaine – se sentant de plus en plus malade.

D'un seul coup, la porte des toilettes s'entrouvrit et le bout éraflé des bottes noires de travail de Damian apparut une fois de plus sous le battant.

— Goûte ça, et après ça ira mieux, lui conseilla-t-il en passant une bouteille de Stoli non ouverte sous la porte.

Dan s'en empara. S'il voulait chanter ce soir, il fallait qu'il se sente aussi génial que sa tenue. Il l'ouvrit et but un coup. Son estomac lui paraissait tellement sans fond et infini que cela revenait à verser une cuillerée de vodka dans un puits vide. Il but une autre lampée et s'essuya la bouche avec le dos de la main.

— À tout', hein ? répéta Damian. Tu ferais peut-être mieux de virer la casquette, quand même, ajouta-t-il gentiment avant de sortir des toilettes.

Les Raves, c'était l'anti-look absolu, du style « je me donne le moins de mal possible ». La majorité portait encore les fringues que leur mère leur avait achetées quand ils étaient au lycée dans leur école privée – polos Lacoste, treillis Brooks Brothers – assorties à un truc cool et ridiculement cher, comme un trench-coat en peau de chevreau Dolce & Gabbana fait sur mesure. Mais la mère de Dan s'était enfuie en République tchèque avec un chaud lapin de comte atteint de calvitie avant même qu'il n'entre au lycée : de fait, il ne possédait même pas de polo ou de treillis, uniquement les fringues qu'il avait choisies lui-même et payées avec l'argent de poche fringues tout juste suffisant que lui donnait Rufus. Il sentit la panique s'accroître. Qui voudrait écouter un lycéen maigrichon et malade, à la nuque rasée et aux chaussures jaune-et-noir-désastre-de-la-mode ?

Vous seriez étonnés.

tu es belle et ta mère t'habille bizarrement

Jupe, chemisier, soutien-gorge, culotte, chaussures, montre, collier et boucles d'oreilles en perles – Serena contempla les vêtements que sa mère avait soigneusement disposés au bout de son lit à baldaquin. Tout ce que sa mère avait choisi était gris ou bleu marine, ce qui en l'occurrence correspondait aux couleurs de l'université de Yale.

Ouh, ouh, bouffonne de service !! Avait-elle vraiment besoin que sa mère choisisse ses vêtements à sa place ? Quel âge avait-elle, d'ailleurs ? Cinq ans ?

Ses parents se préparaient dans leurs appartements pour la soirée de l'université de Yale, baptisée « Yale aime New York » et visant à accueillir les futurs étudiants de New York City. Elle avait lieu dans l'appartement de Stanford Parris III sur Park Avenue et la 84e Rue. Pour eux, ce n'était qu'un cocktail parmi tant d'autres – une opportunité de frayer avec les parents des enfants avec lesquels leur propre progéniture était allée en classe, avait pris des leçons de tennis et suivi les cours de préparation aux examens d'entrée à l'université la majeure partie de leur vie. Personne ne se connaissait intimement, mais tout le monde connaissait tout le monde. Des gens comme les van der Woodsen considéraient tous ceux de leur cercle comme des proches amis, mais a-t-on réellement envie d'être intime avec quelqu'un comme Stanford Parris III ?

— Es-tu presque prête, chérie ? Serena entendit-elle sa mère lui crier.

— Ouais, cria-t-elle à son tour, d'humeur rebelle, bougon et ennuyée.

Après tout, elle aurait pu être en route pour le concert des Raves en ce moment au lieu de se rendre à une autre soirée totalement gonflante et inutile avec *ses parents*. Ignorant la tenue que sa mère lui avait choisie, elle s'assit devant son iMac et se connecta. La plupart de ses e-mails provenaient de couturiers tels que Burberry ou Missoni, lui annonçant des ventes privées ou des soirées de lancement pour un nouveau parfum ou de nouvelles chaussures, mais un nouveau message de Brown figurait en tête de liste, suivi d'un e-mail de Harvard et d'un autre de Princeton.

À : SvW@vanderWoodsen.com

De : unpeintre@brown.edu

Carina Serena,

Je peignais des anges sans visage et des mains sans corps. J'étais mort. Aujourd'hui mon œuvre a un visage, et t'avoir là, à Brown, à mes côtés l'an prochain – oh muse vivante et bien vivante – serait ma résurrection.

Je m'agenouille à tes pieds,

Christian

P. S : une rumeur court comme quoi tu serais fiancée à ce guitariste fou des Raves. Mon amour, je prie pour que ce ne soit qu'une rumeur.

À: SvW@vanderWoodsen.com
De: bboy@harvarduniversity.edu
Chère Serena,

Je sais que toi et moi ne sommes pas taillés dans le même moule, pour ainsi dire – je suis un sporteux de la cambrousse, tu es une déesse de New York City – mais pour reprendre les paroles d'une vieille chanson, « je ne peux pas m'empêcher de penser à toi ». Quand je pense à toi, les fenêtres de ma Jeep s'embuent et je ne peux plus respirer. Je vais louper mes examens de dernière année à cause de toi. Je ne pense pas qu'on nous fasse redoubler, si jamais on loupe un trimestre à la fac comme c'est le cas au lycée. Mais ça ne me dérangerait pas, comme ça nous serions encore plus longtemps ensemble. Je sais que c'est un peu fou à dire, mais tu es la femme de ma vie et tu as intérêt à venir à Harvard l'an prochain. À nous les quatre prochaines années et l'éternité !

Affectueusement,
Wade (le coloc de ton guide à Harvard – tu te souviens de moi ?)

À: SvW@vanderWoodsen.com
De: Sheri@PrincetonTriDs.org
Chère Serena,

Juste pour te dire qu'on n'arrête PAS de se dire que Damian des Raves et toi formez LE couple idéal ! Nous sommes trop excitées à l'idée de le rencontrer, mais, d'abord, nous devons enlever toutes les photos de lui placardées dans toute notre baraque – TROP la honte ! Fais un bisou à Damian pour nous et dis-lui que nous l'aimons quand même – mais JAMAIS nous n'essayerons de te piquer ton mec !

Affectueusement,
Tes sœurs,
les Tri Delts de Princeton

Serena grimaça et supprima les trois messages des harceleurs de son ordinateur, dans l'espoir d'effacer le tout dernier de son cerveau. Rien de pire qu'un groupe de filles qui se prétendaient vos meilleures amies alors que vous ne les connaissiez même pas, commérant sur vous et votre rock-star de nouveau petit copain que vous n'aviez même pas rencontré. Génial pour lui couper l'envie d'entrer à la fac !

Elle éteignit son ordinateur sans même lire ses autres messages et attacha ses somptueux cheveux blonds en queue-de-cheval négligée avec un élastique blanc ordinaire. Puis elle passa de la Vaseline sur ses lèvres et ouvrit la porte de sa chambre pour chercher ses parents.

M. et Mme van der Woodsen possédaient leurs propres appartements, composés d'une chambre spacieuse avec un gigantesque lit à baldaquin, deux dressing-rooms comportant d'immenses placards de plain-pied, deux grandes salles de bains et un salon avec un petit bar dont ils ne se servaient jamais, un téléviseur plasma qu'ils ne regardaient jamais, et une bibliothèque remplie de livres rares qu'ils ne lisaient jamais. En effet, ils étaient toujours dehors, à des dîners de bienfaisance, à l'opéra ou à des matchs de polo dans le Connecticut. Ça aurait pu être un appartement à lui tout seul, mais il n'occupait qu'un quart de la résidence des van der Woodsen sur la 5e Avenue.

— N'as-tu pas vu les vêtements que je t'ai préparés ?

demanda sa mère en posant, désespérée, son regard bleu foncé sur sa fille.

Mme van der Woodsen était grande et blonde comme Serena, dotée des mêmes traits symétriques qui, avec l'âge, s'étaient transformés en beauté arrogante.

— Un jean avec des trous au derrière, ce n'est pas vraiment indiqué pour ce genre d'occasion, tu ne crois pas, chérie ? poursuivit-elle.

— Ce n'est pas un vieux jean quelconque, répliqua Serena en regardant son pantalon usé. C'est mon préféré.

En fait, elle possédait une vingtaine de jeans, mais ce Blue Cults était le-jean-dont-elle-ne-pouvait-se-passer-cette-semaine.

— La jupe et la blouse que j'ai choisies pour toi sont parfaites, insista sa mère. (Elle boutonna la veste de son tailleur Chanel or et jeta un œil à son bracelet-montre Cartier en platine d'époque à son mince poignet au bronzage de Saint-Domingue.) Nous partons dans cinq minutes. Ton père et moi lirons les journaux dans le bureau. Ne crée pas de problèmes, ma chérie. Ce n'est qu'une soirée. Tu aimes les soirées.

— Pas ce genre de soirées, râla Serena.

Sa mère arqua si férocement ses sourcils gris-blond fins qu'elle décida ne pas dire qu'elle aurait préféré aller voir jouer les Raves plutôt que de faire des mondanités avec un tas de gamins et leurs parents qui jubileraient tous parce qu'ils avaient été admis dans l'une des universités les plus élitistes au monde.

Serena retourna dans sa chambre et, la mort dans l'âme, troqua son jean contre la jupe Marc Jacobs grise plissée disposée sur son lit, l'assortit avec un

T-shirt bleu clair orné de perles et ses sabots Miu Miu orange, à la place de la blouse bleu marine rasoir et des mocassins Tod's en daim bleu clair que sa mère avait choisis.

Et les perles ? Désolée, maman.

Son dernier effort consista à défaire sa queue-de-cheval négligée et à passer les doigts dans ses cheveux blond clair. Puis, sans même se regarder dans le miroir, elle sortit de sa chambre à grandes enjambées et gagna le hall d'entrée.

Si seulement nous pouvions tous être aussi sûrs de notre exquise beauté.

— Maman ! Papa ! Je suis prête ! roucoula-t-elle, tentant d'avoir l'air tout excitée.

Elle resterait cinq ou dix minutes à la soirée, juste assez longtemps pour que ses parents aient le temps de se lancer dans une conversation extrêmement gonflante et compliquée avec Stanford Paris III ou un autre ancien élève de Yale casse-pieds qui fréquentait ce genre de soirée depuis des siècles, puis elle s'esquiverait, direction le centre-ville, le concert des Raves.

Après tout, si elle devait passer les quatre prochaines années de sa vie à jouer les intellos, autant qu'elle s'éclate tant qu'elle en avait l'opportunité.

Comme si elle ne s'éclatait pas tout le temps.

dériver, dériver, sur le bleu océan !

Jeremy, Charlie et Antony ne lâchaient pas l'affaire : ils tenaient absolument à aller aux Bermudes. De fait, quand ils montèrent à bord du *Charlotte*, qui tenait son nom de la grand-mère paternelle décédée de Nate, ce dernier chercha les ports des Bermudes sur l'ordinateur du bateau puis programma Horsehoe Bay dans le système de navigation. Il régla le moteur sur .5 milles par heure. Ce qui signifiait qu'ils allaient *tout doucement* aux Bermudes. En fait, bien qu'ils eussent quitté le dock du Lower Manhattan près de vingt heures auparavant, ils venaient tout juste de dépasser Coney Island, à Brooklyn.

Vendredi soir s'était transformé en samedi soir, et le soleil était bas au-dessus de Staten Island, alors que le voilier avançait lentement vers le sud. L'air, plus frais qu'à terre, sentait le chien mouillé. Nate et tous les autres garçons à bord étaient raides, vautrés sur le pont, yeux mi-clos, bouches nonchalamment ouvertes, ou dérivaient langoureusement pieds nus sur le pont sous le pont principal, pour réapprovisionner leur planque secrète de bières et de snacks.

Nate venait tout juste de percuter qu'Olivia n'était pas à bord. Il se souvint qu'elle l'avait appelé hier soir du Plaza, et qu'il avait plus ou moins merdé et oublié leur rendez-vous. Évidemment, il lui aurait bien passé un coup de fil, mais son portable avait disparu et quand il avait essayé de se servir de celui de Jeremy, il s'était aperçu qu'il avait toujours composé le numéro d'Olivia à partir de son répertoire et qu'il ne le connaissait même pas. Et quand vous êtes défoncé depuis près de vingt-quatre heures, faire un truc du style appeler les renseignements pour trouver le numéro de votre petite amie vous semble effroyablement compliqué.

Vous avez dit minable comme excuse ?

Nate et son père avaient eux-mêmes construit le *Charlotte*, dans la propriété des Archibald à Mount Desert Island dans le Maine. C'était un ketch de trente-trois mètres et demi, suffisamment spacieux pour transporter plus d'une centaine de passagers de Battery Park City aux Hamptons, ou dix-sept lycéens aux Bermudes. En vue de la future croisière aux Hamptons, la cuisine avait été complètement approvisionnée en fromages artisanaux, craquelins de table Carr's, huîtres fumées, bière belge, Veuve Cliquot, et scotch vingt ans d'âge. Les quatre salles de bains étaient pourvues de douches chaudes, de serviettes Frette bleu marine et de minisavons en forme de coquillages faits à la main, sur lesquels était imprimé *Charlotte* en or. La cabine était équipée d'un GPS et de systèmes de communication dernier cri, et il y avait une sono ultramoderne tant sur le pont qu'en dessous.

Après un dîner à base de bière, de brie et de chips, Nate se lança dans une autre séance de fumette à la pipe à eau avec ses potes, puis grimpa dans la hune de vigie, en haut du plus grand des deux mâts du bateau. Il s'assit, serra les genoux et contempla la situation de haut. Vu qu'ils ne faisaient que dériver, il était quasi sûr qu'ils ne dépasseraient pas la côte du New Jersey avant lundi, ce qui lui convenait parfaitement. Il était aussi quasi sûr qu'il allait louper cette soirée Yale à laquelle il était censé se rendre avec ses parents. Et il avait probablement loupé un grand nombre de coups de fil d'Olivia, énervés, vexés et sûrement, même, inquiets.

Probablement.

Nate n'arrêtait pas de se dire que cette petite incursion à bord du *Charlotte* avait été une erreur. L'équipage deviendrait fou quand il remarquerait que le bateau avait disparu, et son père serait fumasse. Mais tant qu'ils étaient de retour avant l'heure à laquelle la croisière dans les Hamptons était censée commencer, aucun mal ne serait fait, pas vrai ? Il souleva son T-shirt noir usé et jeta un œil pour voir si le suçon qu'Olivia avait laissé la veille s'y trouvait encore. Un peu plus clair mais oui, il y était encore. Penser à Olivia le tranquillisa. Même si elle était énervée contre lui à 80 % du temps, ils resteraient ensemble pour toujours, et espérons qu'ils iraient même à Yale tous les deux. Comme c'était bon, songea-t-il, comme seul pouvait le faire un garçon défoncé-en-permanence, de savoir que vous pouviez tenir la main de quelqu'un alors que vous étiez à deux doigts de faire le grand saut dans le grand méchant inconnu.

— Paix, mec ! fit une voix de fille depuis le pont. *Alors**, j'ai trouvé des Oreos pour notre dessert !

Nate baissa les yeux sur Lexie. De là où il était assis, elle avait l'air minuscule et ses yeux brillaient, comme ceux d'une petite fille. Sur tout le pont, des groupes de mecs et quelques filles fumaient et buvaient de la bière blonde belge dans des verres à bière en cristal. À l'arrière du bateau, des enceintes Bose étanches diffusaient la musique nonchalante d'un CD de jazz français de la mère de Nate.

— T'en veux ? ajouta Lexie. Je peux monter ?

L'espace d'un instant, Nate ne répondit pas. Il posa son regard sur la roue vivement illuminée de Coney Island Ferris, qui tournait tout doucement de l'autre côté de l'eau marron verdâtre scintillante. Il était quasi sûr qu'il ne voulait pas que Lexie le rejoigne sur la hune de vigie. Premièrement, il y avait à peine la place pour une seule personne ; deuxièmement, si elle le faisait, l'évidence serait qu'il l'embrasse parce qu'elle était jolie et arborait un tatouage sexy, et parce que c'était clair qu'elle craquait pour lui. Mais en ce moment, il n'avait pas envie d'embrasser une autre fille qu'Olivia. Après tout, Olivia et lui étaient supposés aller à la fac ensemble et se marier. Ils allaient passer toute leur vie ensemble.

Attendez. Aurait-il une espèce de *révélation* ?

Nate se leva et descendit de la hune de vigie. Il ne pouvait pas rester assis là-haut toute la nuit, à attendre que le bateau fasse demi-tour tout seul. Pas quand Olivia l'attendait. Pas quand son avenir l'attendait.

Il sauta de l'échelle et Lexie lui tendit un Oreos.

— L'eau me donne l'impression d'être si libre, déclara-t-elle en tanguant légèrement alors que le *Charlotte* dérivait sur une étendue d'eau particulièrement agitée.

Sa robe *tie-dyed* s'était quelque part desserrée ou déchirée, et les petites manches froncées tombaient sur ses bras, révélant ses épaules bronzées et son minuscule tatouage du soleil, de la lune et des étoiles.

Nate prit un Oreos, sépara les deux moitiés et lécha le glaçage blanc à l'intérieur. Oui, son avenir l'attendait, mais parfois, il est important de profiter des choses simples de la vie.

l'île d'o

— Dînerez-vous ici ce soir ou devons-nous faire livrer votre repas dans vos appartements du Plaza, mademoiselle ? demanda Aaron de sa plus belle voix de majordome anglais bêcheur.

Olivia fusilla du regard la tête chiante et dreadlockée qui s'était incrustée dans sa soi-disant chambre.

— En fait, je sors, répondit-elle en s'emparant d'un coup sec d'une robe à bretelles Calvin Klein en satin bleu marine jamais mise.

Nate était toujours porté disparu et elle venait de vivre l'expérience humiliante de rentrer chez elle en taxi du Plaza en uniforme d'école, alors que c'était samedi et qu'il n'y avait pas école.

Les filles obligées de porter un uniforme pour aller en classe faisaient tout leur possible pour ne pas être vues en uniforme en dehors des heures de cours, et *surtout* pas les week-ends.

Dans l'après-midi, elle s'était fait livrer un jean Earl dans sa suite du Plaza, directement de chez Barney's Co-op, mais quand le jean était arrivé, il était totalement différent de ceux qu'elle avait l'habitude de porter – coupe toute droite et tellement taille basse qu'il dévoilerait au moins quinze centimètres de son cul. Olivia parvint à peine à le remonter au-dessus des genoux. Et, avec seulement son uniforme d'école, ses dessous La Perla et un peignoir en éponge blanc du Plaza à se mettre sur le dos, et rien à faire à part regarder la T.V. seize heures d'affilée, elle était tout doucement devenue folle. La soirée Yale dont Serena lui avait parlé lui offrirait une échappatoire bienvenue, ainsi qu'une opportunité de se venger de Nate.

Elle arriverait à la soirée dans une nuée de parfum et de fumée de cigarette, comme une espèce de génie, portant quelque chose de si adorablement irrésistible que tous les futurs étudiants de première année et même les vieux croûtons lourdingues d'anciens élèves de Yale, oublieraient leurs whiskies et tomberaient à genoux devant ses pieds impeccablement manucurés. Elle aurait une aventure torride et digne de faire les gros titres avec le plus beau et le plus influent du groupe, veillant bien à ce que Nate fût au courant, puis exigerait que l'ancien élève susmentionné fît tout pour qu'elle soit admise à Yale. *Ensuite*, elle dirait à Nate d'aller se faire foutre, d'entrer à Brown ou même encore plus loin, parce que, honnêtement, elle ne voulait plus jamais revoir son visage piteux.

— La mère de Nate a appelé. Elle était plutôt de mauvais poil. A dit qu'elle apprécierait que Nate et toi vous rendiez à la soirée « Yale aime New York », ce soir, l'informa Aaron.

Euh ?

Olivia contempla d'un air désapprobateur sa robe à bretelles dans ses mains. Elle était d'un adorable bleu marine Yale, mais loin d'être aussi aguichante qu'elle l'aurait souhaité. À moins qu'elle ne l'assortît avec des sandales lacées à hauts talons outrageusement sexy – et elle en possédait une tripotée.

— Je croyais que cette soirée était organisée pour ceux qui *entreraient* à coup sûr à Yale à l'automne, insista bruyamment Aaron. Tu n'es pas encore sûre d'y entrer, hein ?

L'ignorant, Olivia sortit de son armoire l'une de ses espèces de miniponchos qu'elle ne se souvenait même pas avoir achetés un jour. Il était à rayures bleu-gris, l'un des derniers modèles tendance de Missoni. Elle le mit à côté de sa robe pour voir si ça irait, et c'était le cas, mais ce n'était pas franchement le look « vous ne pouvez pas vous passer de moi » qu'il lui fallait pour faire battre le cœur de ces Yaleux.

Elle darda sur Aaron un regard glacial signifiant « casse-toi-de-là-bordel-j'essaie-de-m'habiller ».

— Pour ta gouverne, non, je ne le sais toujours pas – *pas encore*. Toutefois je suis quasi sûre que je *finirai* par y être admise, et donc je ne vois pas pourquoi je n'irais pas à cette soirée.

Elle se dirigea vers la porte et attrapa la poignée, se préparant à la balancer au visage de son demi-frère. Son inscription anticipée à Harvard avait été acceptée. Qu'est-ce que ça pouvait bien lui foutre, putain ?

Aaron s'en alla en levant les mains pour lui signifier qu'il ne pensait pas à mal.

— Pas la peine d'être aussi hostile.

Rien ne rendait une fille plus hostile qu'être accusée d'être hostile.

Olivia claqua la porte. Quelques minutes plus tard, elle la réouvrit, portant la robe à bretelles bleu roi et des sandales Manolo argent métallisé aux talons de neuf centimètres. Elle descendit le couloir en chancelant jusqu'à son ex-chambre. Bébé Yale possédait l'accessoire idéal « remarquez-moi » pour parfaire sa tenue. À condition qu'Olivia pût entrer en douce dans la nurserie sans que personne ne la remarque…

La chambre de sa petite sœur était décorée dans des teintes jaune clair et pêche, et bondée de peluches et de meubles en bois miniatures. Le berceau était drapé d'une épaisse mousseline blanche pour moustiquaire importée d'Inde, de sorte qu'il était impossible de voir si Yale dormait ou pas, mais il régnait un silence dans la chambre qui suggérait qu'elle dormait. Qui suggérait également que le bébé était toujours en quarantaine.

Oups.

Olivia se dirigea sur la pointe des pieds vers l'armoire d'époque jaune beurre, ouvrit délicatement le premier tiroir et sortit une petite boîte à bijoux en velours blanc. Puis elle ferma la porte et se dirigea vers le berceau sur la pointe des pieds.

— Je te la rapporte, promis, murmura-t-elle au bout de chou emmailloté qui dormait paisiblement.

Elle souleva la moustiquaire et déposa un baiser sur la joue douce et rose de Yale, trop concentrée sur sa prise pour remarquer que le bébé portait de petites mitaines aux mains pour l'empêcher de gratter son corps rose ravagé par les boutons.

En temps normal, c'est la petite sœur qui vole des trucs dans la chambre de l'aînée mais, comme bébé Yale finira par le découvrir, Olivia est loin d'être une grande sœur comme les autres.

en parlant de petites sœurs...

Le Lower East Side était l'un de ces quartiers new-yorkais qui avait la chance d'avoir toujours été cool mais suffisamment isolé et crade pour ne pas se laisser envahir par les touristes et les Starbucks. En outre, il offrait de la résistance pour ne pas devenir le quartier branché du moment, comme l'était devenu le Meatpacking District. Une file d'attente de filles en dos-nus et minujupes plissées et de mecs en jeans et polos au col relevé, s'était formée devant Funktion, le club d'Orchard Street où jouaient les Raves.

Jenny attrapa le coude d'Elise, jubilant intérieurement en songeant que c'était trop cool de ne pas devoir faire la queue avec les autres, tout en s'inquiétant de savoir si le videur les laisserait entrer ou pas. Elle lui donna son nom, le cordon en velours s'écarta et elles entrèrent.

Ta-da! Coolitude instantanée.

À l'intérieur, le Funktion était plus petit que Jenny l'avait imaginé, et même si le club était nouveau, il faisait vicux. Le sol était peint en noir et les murs en blocs de ciment, peints en rouge. Il était bondé, et au lieu de s'asseoir à l'une des tables échiquiers noir et blanc, les gens s'agglutinaient autour de la scène, debout, une bière à la main. Ce que la boîte avait de plus cool, vraiment, c'était la perche de pompier qui restait de l'époque où elle avait été une caserne. La perche descendait du plafond au milieu de la scène, offrant une entrée théâtrale aux artistes.

Jenny se demanda si elles devraient assaillir le bar et commander à boire, ou si elles auraient plus de chance si elles s'asseyaient, l'air sophistiqué et « on-se-fait-chier », et attendaient qu'une serveuse vienne prendre leur commande. Peut-être n'avaient-elles pas du tout besoin de boire. Toute fille de plus de neuf ans et de moins de vingt-neuf était amoureuse des Raves. Rien que le fait de se trouver dans la même pièce qu'eux, *en direct live*, serait suffisamment enivrant.

Elle tira sur la sangle du sac à main Banana Republic pailleté de noir d'Elise et ouvrit la voie jusqu'au fond du club, où elles pourraient s'asseoir et s'employer à avoir l'air de se faire chier, passablement éméchées, comme les top models sur ces clichés candides qui faisaient la une du magazine *New York*.

Le batteur et le bassiste des Raves, déjà sur scène, tripotaient leurs instruments et testaient les micros.

« *A, B, C, D, E, F, G* » entonna le batteur dans son micro, les yeux fermés et le visage sérieux, comme s'il chantait la chanson la plus déchirante jamais écrite. « *Dis-moi ce que tu penses de mooooi.* »

— Il est mignon ! murmura Jenny à l'oreille d'Elise.

— Qui ? s'enquit Elise en scrutant attentivement la scène. Le batteur ? Mais il a, genre, vingt-cinq ans !

Et alors ?

— Et alors ? répliqua Jenny. Ils ont tous vingt-cinq ans, non ?

— Mais il porte *un bleu de travail* ! ajouta Elise

en fronçant de dégoût son nez parsemé de taches de rousseur. Le guitariste, comment il s'appelle déjà ?... Damon... non, Damian... celui avec qui sort Serena ? C'est lui, le beau gosse, insista-t-elle. Il a des taches de rousseur comme moi et cet *accent* ! s'exclama-t-elle. Et n'oublie pas ton frère. *Il* n'a pas vingt ans.

Jenny roula des yeux. D'accord, le batteur portait une salopette blanche de peintre, avec un polo à rayures rose et vert pomme et de nouvelles tennis Tretorn blanches. C'était un look bizarrement BCBG et innocent pour quelqu'un réputé casser ses baguettes sur son front pendant les concerts. Mais ça faisait partie de son charme, partie du charme de tout le groupe. Les Raves incarnaient le mélange parfait du serial killer psychotique et de l'adorable fils à sa maman abruti, tel un croisement de Marilyn Manson et de l'épouvantail du *Magicien d'Oz*.

— Je l'aime bien, insista Jenny.

Elle positionna sa chaise de sorte à se trouver pile en face du batteur. Il fit un clin d'œil dans sa direction et elle pouffa, s'empourprant comme une folle.

« Un tas d'jolies filles ici ce soir », dit-il d'une voix traînante dans son micro, avant de gratifier Jenny d'un grand sourire.

Il avait des dents blanches bien droites et une grande bouche, tel le chat d'*Alice au Pays des Merveilles*, et ses cheveux bruns étaient courts et bien peignés, comme s'il sortait tout juste de ce vieux salon de coiffure à l'angle de la 83e et de Lexington, où tous les petits garçons de l'Upper East Side allaient avec leurs papas se faire couper les cheveux pour la première fois.

— Il me fait penser au gros type dans ce film,

observa Elise, comme si tout le monde allait comprendre de quoi elle parlait.

— Il n'est pas gros, lui balança Jenny du tac au tac.

Elise sortit un paquet de Marlboro lights tout neuf de son sac à main brillant et le jeta sur la table.

— On ne peut pas savoir si une personne est grosse tant qu'on ne l'a pas vue nue.

Jenny y réfléchit en matant le batteur. Elle ne connaissait même pas son nom, mais il lui plaisait bien. C'était comme ça, voilà tout. Et ça ne l'aurait pas dérangée de le voir nu. Après tout, le nombre total de garçons qu'elle avait vus complètement nus dans sa vie s'élevait à combien – zéro ?

Le club se remplissait à vue d'œil. Jenny reconnut même quelques personnes de la file d'attente de dehors qui avaient réussi à entrer. D'un seul coup, les lumières s'éteignirent, à l'exception d'une seule ampoule nue qui illuminait la perche de pompier. Jenny s'empara de la main d'Elise sous la table et la serra bien fort, parvenant difficilement à maîtriser son excitation. Puis Damian, le guitariste des Raves, descendit le long de la perche, ses cheveux blond-roux rebiquant de partout comme s'il avait dormi bizarrement dessus. Il portait un T-shirt blanc uni arborant un grand R majuscule noir – le nouveau T-shirt promo des Raves, qu'il avait créé lui-même.

Si tant est que l'on pût appeler cela « *créer* ».

Le fait était que les Raves pouvaient impunément porter tout ce qu'ils voulaient ou faire tout ce qui leur chantait parce qu'ils avaient vraiment de la classe – c'était de bons gamins de bonnes familles de l'Upper East Side, qui étaient allés au pensionnat ensemble avant de monter un groupe au lieu de poursuivre leurs études à la fac. Voilà quelques mois, *Rolling Stone* leur avait même consacré un papier, racontant que chaque membre des Raves avait été admis à Princeton et, qu'en un fatidique soir de mai, juste avant d'obtenir leur diplôme au pensionnat, alors qu'ils jouaient dans un café de Deerfield, un gosse dans le public était au téléphone avec son père producteur de disques, qui les signa peu après. Les quatre garçons décidèrent de ne pas du tout aller à la fac, parce que quel meilleur moyen de remercier vos parents de vous avoir donné tout ce que vous avez voulu si ce n'est d'acheter votre propre voiture et votre propre maison avant l'âge de vingt ans ? Au bout du compte, être des rock-stars serait bien plus rentable qu'obtenir un diplôme universitaire dans une matière totalement inutile, comme la philosophie. De surcroît, il s'avéra que le même producteur de disques était marié à la directrice d'une agence de mannequins française, ce qui signifiait que le groupe pouvait tout le temps traîner avec de sublimes modèles français – un à-côté plutôt sympa.

Jenny regarda anxieusement Dan descendre la perche juste après Damian et atterrir douloureusement sur les genoux. Son visage était vert, ses cheveux collés par la sueur, et ses yeux se révulsaient. Il était, en outre, habillé à la Monsieur-J'me-la-Joue-Hip-Hop, ce qui détonnait complètement avec les tenues de gosses-de-riches-matures des autres Raves.

— C'est quoi ce pantalon ? demanda Elise, l'air paniquée, comme si elle n'arrivait pas à croire qu'elle avait laissé Dan l'embrasser un jour. Et ces cheveux ?

Jenny haussa les épaules. Elle devait reconnaître que son frère avait l'air vraiment bizarre, mais elle préférait mille fois faire les yeux doux au batteur qu'essayer de décortiquer et comprendre pourquoi son frangin essayait brusquement de ressembler à Eminem. Le batteur lui sourit de nouveau et elle battit des cils, regrettant que ceux-ci ne soient pas plus longs, ou de pas avoir mis davantage de mascara. Elle regrettait également de ne pas avoir le cran d'aller au bar et de demander au barman un verre pour le batteur, genre. Ça devait sûrement être le style de choses que ferait Serena. Si seulement Serena était là. Ou peut-être valait-il mieux qu'elle ne soit pas là. Après tout, le batteur lui souriait à *elle*. Si Serena avait été là, Jenny serait passée inaperçue.

La foule, bruyante, semblait avoir doublé de volume. Elise alluma une cigarette et la passa à son amie. Personne ne leur avait proposé à boire, mais fumer dans une salle remplie d'adultes quand vous n'aviez que quatorze ans, c'était déjà trop cool.

Damian gratta sa guitare et le batteur tapa sur sa caisse. Le bassiste anorexique aux cheveux bruns fit craquer ses articulations. Dan s'éclaircit la gorge pile devant le micro, un son dégoûtant plein de mucosités.

Dégueulasse.

— J'imagine que je devrais me mettre à chanter, marmonna-t-il de façon presque incohérente.

La foule gloussa sottement. Jenny trouvait que Dan était exactement comme le matin où il s'était réveillé pour découvrir qu'ils n'avaient plus de café instantané: il était devenu si faible qu'il avait dégueulé. Jenny avait dû courir à l'épicerie et il avait fallu quatre tasses pour le réanimer. Elle pencha la tête de côté, inspira, et souffla unc longue volute de fumée dans l'air. Peut-être faisait-il juste semblant d'être à la masse, ainsi il surprendrait tout le monde lorsqu'il se mettrait à péter un câble comme à la soirée d'anniversaire de Vanessa.

Ou peut-être que non.

même v ne peut pas regarder cette épave

Beverly, vêtu du même baggy noir et des mêmes tongs en plastique orange que la veille, attendait Vanessa devant le club. Ses cheveux bruns arboraient une raie au milieu et ses yeux bleu clair étaient dissimulés par de petites lunettes de soleil rondes à effet miroir. Très « quand John Lennon rencontre Keanu Reeeves ».

— Salut ! lui lança Vanessa en espérant ne pas avoir l'air trop excitée de le revoir. Superlunettes !

J'adore le piercing à la lèvre. Tu sens fantastiquement bon, voulait-elle qu'il lui dise en guise de réponse. *Et j'ai très Certainty décidé d'aménager avec toi.*

— Et si on entrait ? fit-il à la place.

Le groupe avait déjà commencé à jouer et la file d'attente devant le club rapetissait à vue d'œil. Vanessa se dirigea directement au-devant. « Abrams, je suis sur la liste des invités », dit-elle au videur. Il lui vint brusquement à l'csprit que Dan allait la voir avec un autre mec pour la toute première fois. Si seulement elle avait le courage d'attraper Beverly et de le peloter juste devant la scène.

Comme si Dan s'en rendrait au minimum compte.

Le videur les jaugea d'un coup d'œil avant de détacher le cordon de velours rouge. Vanessa entendit les gens dans la queue derrière eux râler de jalousie quand ils entrèrent. Beverly ne dit rien, comme si ce genre de truc cool était son lot quotidien.

Le Funktion était bruyant, bondé, enfumé, et chaud, comme les clubs sont censés l'être. Les Raves jouaient avec leur bravade habituelle, mais le public semblait chanter plus fort que Dan. Vanessa ne pouvait pas encore le voir mais, apparemment, il s'étranglait sur quelque chose.

Tu me casses comme un œuf!
Tu brûles un trou dans mon doigt et j'm'aperçois
M'aperçois que je t'perds!
J'te perds et j'oublie des trucs!
Oublie comme tu m'as fait chier*!*

Waouh, et si cette chanson était autobiographique?

C'était une nouvelle chanson, un morceau que Dan avait écrit pas plus tard que la semaine dernière. Quelque part, les inconditionnels des Raves avaient réussi à choper illégalement une version d'une de leurs répéts et connaissaient déjà les paroles par cœur. À présent, ils les hurlaient, et tant mieux car Dan était à peine audible.

Vanessa se fraya un chemin à travers la foule agglutinée jusqu'au fond du club. Jenny, la petite sœur de Dan, et son amie Elise étaient assises à une table dans un coin, fumaient des cigarettes et hochaient le menton au rythme de la musique, avec un emmerdement tellement affecté qu'il était évident qu'elles avaient passé des heures à le répéter devant le miroir.

Beverly désigna une table près de la sortie de secours où il restait une seule place libre.

— Vas-y, dit-il à Vanessa. (Il se percha sur la table et lui fit signe de s'asseoir.) Je ne sais pas combien de temps je vais tenir.

Vanessa serra les lèvres et s'assit. Qu'est-ce que cela était censé vouloir dire ? Qu'il ne l'aimait pas ? Qu'il ne voulait pas vivre avec elle ? Ce n'était pas ce qu'elle s'était figuré. Ils étaient supposés s'installer dans un coin intime, s'effleurer accidentellement les genoux et se toucher le coude, s'apprécier de plus en plus, tout en feignant d'écouter Dan chanter.

Mais peut-être était-ce une partie du problème. Dan ne chantait pas du tout, seul le public chantait.

Je te manque ? Tu me manques ?
Je sais, je sais.
C'est pas le putain de problème.
On tondait le gazon,
On était beaux, on sentait bon,
Mais que c'était casse-bonbons !

Dan agrippa son ventre, haleta dans le micro qu'il tenait dans ses poings blancs, les yeux ourlés de rouge, et sa bouche piteuse ouverte en grand, tel un poisson en train de mourir. Un poisson habillé comme le roi de *MTV Raps*, en baggy bizarre et affreuses tennis, les cheveux dégueulasses et collants de sueur, et la nuque même pas rasée droit.

« *Tu vois ce qui se passe quand on casse ?* » songea Vanessa l'espace d'un bref instant de jubilation. Mais bon, Dan avait l'air si pathétique que c'était presque la honte d'avouer qu'elle le connaissait. Elle jeta un coup d'œil à Beverly. Il mordait ses petites peaux et agitait le pied comme quelqu'un qui attend le bus.

Brusquement, le bruit bien distinct de vomi régurgité brailla des enceintes et Dan partit en coulisses en titubant, emportant le micro avec lui. Le groupe continua à jouer encore plus fort, et Dan dégueula lamentablement.

Vraiment dégueu.

Vanessa toucha le coude de Beverly.

— On devrait peut-être y aller, proposa-t-elle comme pour s'excuser.

Ce n'était pas chic de laisser Dan dégobiller en coulisses alors qu'ils avaient été si proches à une époque, mais bon, c'était *lui* qui désirait être une rock-star. De plus, il y avait probablement une bande de groupies blondes et chaudasses qui épongeait la tête de Dan avec une serviette fraîche et humide, et lui donnait de l'eau minérale à la petite cuillère en ce moment même. Il n'avait plus besoin d'elle.

Beverly opina du chef et descendit de la table d'un bond.

— Il y a cette soirée que mes amis de Pratt font depuis le mois de mars. Allons y faire un tour.

Il lui tendit la main et Vanessa constata pour la première fois qu'il lui manquait la dernière articulation du majeur à la main gauche.

Euh ???

Elle s'efforça de ne pas regarder et le laissa l'aider à se lever. Si seulement Dan pouvait revenir sur scène suffisamment longtemps pour la voir partir avec un autre type. Mais le club était beaucoup trop bondé pour s'adonner au repérage d'ex-petites copines et, de surcroît, Dan était autrement occupé.

De nouveau, le bruit de son dégueulis sortit des baffles, étouffant presque la musique.

Un petit conseil, mec : on sait tous combien tu es attaché à ce micro, mais la prochaine fois que tu dégobilleras, tu t'en sépareras, d'accord ?

Heureusement pour Dan, Damian et les autres membres du groupe avaient suffisamment d'assurance et d'humour pour ne pas se formaliser parce que leur nouveau chanteur gerbait ses intestins en coulisses, à quelques mètres. Ils continuèrent à jouer pendant le petit numéro de Dan, coupèrent subtilement le micro, puis enchaînèrent sur une vieille chanson des Raves que Dan n'avait encore jamais entendue.

Bébé, tu bouffes ma glace,
Tu lèches les miettes, et tu jettes le corneeeet.

Pas étonnant qu'ils cherchaient un auteur.

Le public devint fou et reprit les paroles avec encore plus de passion. Dan resta en coulisses, la tête entre les genoux, tentant de se souvenir comment il s'était fourré dans cette situation. Comment donc était-il passé de lycéen poète et reclus à leader en baggy d'un groupe célèbre alors, que, de toute évidence, il lui manquait la fougue pour cela ?

Avant que le concert ne commence, il avait fait ce que Damian lui avait suggéré et bu de la vodka. D'accord – il avait descendu près de la moitié de la bouteille, mais au lieu que cela le détende ou lui donne le courage de chanter, ça lui avait vraiment donné la gerbe, surtout mélangé à un paquet entier de cigarettes.

Bien fait pour lui.

En coulisses, la lumière était ténue et le sol en bois, gluant de bière renversée et de cendres de cigarettes. Dan serra les dents alors qu'une autre vague de nausée le submergeait, mais il ferma bien fort les yeux et la réprima. D'un seul coup, quelqu'un tapa sur son épaule.

— Tout va bien, *mon cher**, prends un peu de tonic et *voilà** – tu te sens déjà mieux, hein ?

Dan leva les yeux et vit une fille superbe d'à peine vingt ans penchée sur lui, une petite bouteille de Schweppes et un verre de glace à la main. Elle versa le tonic sur la glace et s'accroupit à son côté.

— Tiens. Pas de citron vert, hein ?

Dan ne savait pas quoi dire. Il n'avait jamais bu de tonic sans vodka mais, au point où il en était, il essayerait n'importe quoi. La fille avait de longs cheveux couleur miel et était très bronzée. Elle portait un top blanc moulant sans manches et une jupe verte chic qui recouvrait à peine le haut de ses cuisses longues et hâlées. Ses yeux étaient vert olive et elle sentait le pignon. Il prit le verre, le porta à ses lèvres et but une minuscule gorgée timide. Ce serait bien sa chance si cela produisait l'effet inverse et s'il vomissait partout sur les magnifiques cheveux de la fille. Miraculeusement, pourtant, ce ne fut pas le cas. Il but une autre gorgée, puis une autre, et petit à petit, ses idées s'éclaircirent.

— Ça suffit, dit la fille d'un ton ferme en lui prenant le verre. (Elle posa la bouteille vide sur un ampli inutilisé et se retourna vers Dan.) Quand les garçons auront fini, on fera la fête, poursuivit-elle, ses yeux olive endormis et confiants. Et on parlera.

Dan hocha docilement la tête, comme si tout ce qu'elle disait était on ne peut plus logique. Il était quasi sûr que cette fille était française, et lorsqu'elle avait dit « on parlera », il lui avait semblé évident qu'elle avait plus qu'un simple papotage courtois derrière la tête. Mais comment pouvait-elle raisonnablement le trouver séduisant dans un tel état ? Peut-être sa performance se traduisait-elle mieux dans une autre langue.

La fille se leva dans la coulisse, regardant le groupe terminer sa chanson.

— Ils vont encore jouer deux morceaux *et puis fini**, hein ? lança-t-elle.

Dan hocha de nouveau la tête. Ça avait l'air de tenir la route. Un tatouage entourait la cheville bronzée de la fille. À première vue, il crut que c'était un serpent, puis il comprit que c'était un renard, lové autour de sa jambe, endormi.

Oh, quels poèmes pourrait-il écrire sur ce renard, si seulement il avait un stylo, un carnet, et une grosse boîte d'Advil extra fort !

Il éclaircit sa gorge maltraitée par la clope.

— Je suis Dan, croassa-t-il en lui tendant la main, mais sans oser se mettre debout.

La fille sourit, un petit interstice sexy apparaissant entre ses dents de devant. Puis elle s'approcha de lui, prit sa main moite et s'agenouilla pour baiser sa joue humide.

— Je sais qui tu es, murmura-t-elle d'une voix sourde à son oreille. *Et je m'appelle Monique**.

Hmmm, songea Dan, toujours dans les vapeurs d'alcool. Comment disait-on *sexy* en français ?

yale aime new york

Stanford Parris, troisième du nom résidait dans un appartement de grand standing au 1000 Park Avenue à Carnegie Hill, l'un des immeubles à portier les plus anciens et les plus élégants de l'Upper East Side. Mais le mobilier chippendale[1], les tapisseries médiévales et la collection de sculptures britanniques XVIIIe siècle de M. Parris laissaient la plupart des invités de marbre, y compris les van de Woodsen. Ils étaient habitués à une telle élégance, laquelle ne servait qu'à les faire se sentir davantage chez eux.

— Mon petit-fils tenait à ce que j'organise la soirée dans un hôtel, confia Stanford Parris III à M. van der Woodsen en lui serrant la main. Ou au Yacht Club. (Il gratifia la mère de Serena d'un clin d'œil.) Mais je n'allais pas laisser passer l'opportunité d'accueillir tant de belles femmes chez moi !

La mère de Serena lui offrit son sourire gracieux « tu peux me dire tout ce que tu veux, espèce de vieux libidineux, tu ne me feras jamais perdre mon sang-froid » et Serena gloussa. Peut-être que le vieux Stan Parris n'était pas si nul après tout. Elle serra la main du vieil aristocrate de Nouvelle-Angleterre

1. Style de mobilier anglais du XVIIIe siècle. *(N.d.T.)*

puis se mit sur la pointe des pieds et déposa un baiser aguicheur sur la vieille joue ridée, juste histoire de faire chier ses parents.

— Dites donc! s'exclama M. Parris. Yale ne se trompe pas, c'est évident!

— Du calme, grand-père, le mit en garde un grand et beau blond arborant une adorable fossette au menton et des pommettes fantastiques. Rappelle-toi, tu as le cœur malade, l'admonesta-t-il.

— Ce n'est pas *mon* cœur qui me préoccupe, ronchonna M. Parris. (Il tapa le garçon sur l'épaule avec sa main ridée.) Mlle Serena van der Woodsen, voici mon petit-fils, Stanford Parris cinquième du nom.

Comme si quelqu'un en avait quelque chose à foutre de savoir combien il existait de Stanford Parris?

Serena s'attendait à ce que le garçon s'empourpre de honte et marmonne quelque chose du style: « Stan tout court conviendrait parfaitement », mais il n'en fit rien. De toute évidence, il trouvait que son titre était ce qu'il y avait de mieux au monde. Comment l'appelait-on à l'école? se demanda-t-elle. Stan V? Numéro 5?

— Voici ton badge, chérie, dit Mme van der Woodsen en collant sur les seins de sa fille un badge blanc aussi gros qu'un autocollant pour voiture, arborant l'inscription *Serena van der Woodsen, Rentrée prochaine*, au marqueur bleu, comme une espèce d'hideux caraco adhésif.

Serena fit celle qui s'en fichait.

— Merci maman, répondit-elle en mettant ses mains en coupe sur sa poitrine pour aplatir le badge.

Tous les mâles présents laissèrent échapper un petit halètement, se préparant mentalement à l'an prochain, à l'idée que la résidence universitaire de Yale soit mixte.

Ils étaient arrivés tôt et l'ambiance était loin de battre son plein. Des garçons en costumes et cravates Hugo Boss et des filles en longues jupes Tocca et blouses boutonnées jusqu'au cou rôdaient aux côtés de leurs parents, sourires gênés, et sifflant du champagne. Le spectacle dans son intégralité rappelait à Serena son premier jour de cours de danse de salon en cinquième.

Quelqu'un tapota sur son épaule et elle se retourna. C'était Mme Archibald, la mère de Nate – théâtrale, française et légèrement cinglée. Ses cheveux teints couleur ambre avaient été débrushés en cascade de boucles et ses minces lèvres étaient rouge vif voiture de pompier. Autour de son cou pendillaient six rangées de perles roses, et des perles du même rose assorti ponctuaient chacune de ses oreilles. En dépit de ses talons Christian Louboutin de six centimètres, elle était étonnamment petite, vêtue d'une robe de soirée classe en soie Oscar de la Renta sans bretelles couleur étain, et portait un petit cartable en or et des jumelles de théâtre en or – manifestement, elle ne faisait que passer à la soirée avant de se rendre au théâtre. Elle embrassa rapidement Serena sur les deux joues.

— As-tu vu mon fils ? murmura-t-elle à l'oreille de la jeune fille, ses yeux verts étincelant.

Serena secoua la tête.

— Non. Mais Olivia…

Elle s'arrêta net. Mme Archibald avait-elle réellement besoin de savoir qu'Olivia et Nate étaient cloîtrés dans une suite du Plaza, à baiser comme des fous ?

— Avez-vous essayé son portable ? fit-elle à la place.

Mme Archibald battit des cils et agita ses jumelles d'opéra en l'air.

— Peu importe, chérie, soupira-t-elle avant de filer rejoindre son mari, l'amiral, dans un bruissement.

Stan V était toujours planté là sans rien faire, comme si le plus beau blond et la plus belle blonde de la pièce devaient nécessairement papoter ensemble. Une femme en uniforme noir de traiteur tendit une coupe de champagne à la jeune fille.

— Où est *ton* badge ? demanda Serena à Stan V en scrutant sa chemise en oxford noir au col ouvert et sans cravate.

Quel rebelle !

Il se fendit d'un large sourire puis s'éclaircit la gorge.

— Je ne pensais pas en avoir besoin.

Ah bon, parce que tout le monde est censé *savoir* qui tu es ?

Serena était déjà prête à zapper la soirée – elle était venue et était restée dix minutes, cela ne suffirait-il pas à ses parents ? Mais le vieux M. Parris vint la rejoindre d'une démarche traînante pour lui taper de nouveau la causette, et elle ne voulait pas paraître grossière.

— Votre mère me racontait quelle merveilleuse actrice vous étiez, fit-il d'une voix tonitruante avec son charmant accent de Nouvelle-Angleterre. (Il ajusta son nœud-papillon rayé de bordeaux et bleu marine.) Vous savez, j'ai eu le premier rôle dans dix-neuf productions lorsque j'étais étudiant à Yale. L'université était exclusivement masculine à l'époque. J'ai de vieilles photos, si vous voulez y jeter un œil.

— Franchement, grand-père… râla Stan V dans l'espoir de le faire taire.

— En fait oui, j'adorerais, répondit Serena, sincèrement intéressée.

Rien ne lui faisait plus plaisir que regarder de vieilles photos. Elle adorait les vêtements élaborés, les coiffures bouffantes théâtrales, le fait que tout le monde portait des chapeaux, des gants et des sacs à main assortis à leurs chaussures.

Stan V fronça les sourcils, confus, comme s'il ne parvenait pas à croire que Serena allait le lâcher pour son vieux grand-père ridé. Elle lui décocha le même sourire gracieux que sa mère avait décoché à son grand-père, puis suivit le doyen Parris dans l'appartement avant d'emprunter un couloir étroit jusqu'à sa bibliothèque. Comme sa jambe droite semblait lui poser problème, l'obligeant à prendre appui sur la gauche, elle attrapa le coude de son blazer gris classe à fines rayures de crainte qu'il ne tombe.

La bibliothèque des Parris était décorée dans des teintes chocolat avec des nuances bleu marine et des fleurs de lys or. Trois lustres en cristal pendillaient au plafond, et quatre fauteuils club chocolat étaient disposés autour d'une table de jeu d'époque, peinte avec beaucoup d'ornements.

— Là, c'est moi dans *Hamlet*, expliqua M. Parris en désignant une grande photo noir et blanc accrochée au-dessus du manteau de cheminée.

Serena s'attendait à voir un M. Parris jeune en armure complète, l'air féroce et hautain. Au contraire, une belle jeune fille au visage long et mince et au sillon bien prononcé au menton, était allongée, ses yeux aux longs cils fermés et les mains croisées sur la poitrine, une série de pâquerettes tressées dans ses cheveux blonds détachés.

— C'est vous ? fit Serena, stupéfaite.

Le vieil homme gloussa.

— J'étais plutôt bel homme, à l'époque. Ils m'avaient fait jouer Ophélie.

Serena regarda la photo d'un air fixe.

— Vous étiez canon, oui !

M. Parris lui tapota la main.

— C'est ce que j'aime croire. Et je savais bien mieux mourir que les autres types.

Il se dirigea vers un bar dans un coin, remplit deux verres de whisky qu'il posa sur la table à jouer. Puis il sortit un album vert usé relié de cuir d'une étagère. Il feuilleta les pages et désigna du doigt l'un des fauteuils club en cuir.

— J'ai des centaines de photos, avertit-il Serena.

Serena s'assit et sirota son whisky. Puis elle se carra bien dans le fauteuil, fourra ses pieds sous elle et attrapa l'album. Elle se sentait bien, tranquille, et les vieilles photos de Yale de Stan Parris III l'intéressaient sincèrement. Et, à mesure qu'elle tournait lentement les pages, examinait les merveilleux clichés en noir et blanc d'un jeune M. Parris et de ses magnifiques potes de Yale répétant sur scène, elle réalisa qu'elle n'avait pas vraiment songé à jouer la comédie *à la fac*. Elle se figurait même interpréter Ophélie, comme M. Parris, battant des cils, yeux clos, et se refermant comme une fleur lorsque était venue l'heure de mourir.

— Là, c'est moi dans *Embrasse-moi, chérie*, poursuivit M. Parris en lui montrant une photo de la même beauté au long visage, regardant l'appareil photo d'un œil noir, ses yeux foncés étincelant, son menton sillonné levé d'un air dédaigneux. Quelle sorcière, cette Kate !

Serena examina la photo. M. Parris sous les traits de Kate lui rappelait quelqu'un qu'elle connaissait mais qu'elle n'arrivait pas à situer.

Donnons-lui un indice. Son prénom commence par *O*.

Elle continua à feuilleter l'album, son esprit tournant à cent à l'heure. Yale était la seule université qui ne l'avait pas harcelée à coups d'e-mails guillerets ou de lettres de fans trop zélés. Même les Whiffenpoofs – la troupe de chant *a cappella* exclusivement masculine de Yale, qu'elle avait rencontrée le mois dernier, avait eu la décence de pas l'inonder d'e-mails quotidiens pour savoir quand elle avait l'intention d'arriver sur le campus, pour qu'ils puissent l'aider à porter ses sacs, l'emmener boire un café ou autre. Et ils ne l'avaient pas interrogée sur Damian des Raves, qu'elle n'avait jamais rencontré de sa vie.

M. Parris tapota le genou de Serena.

— Vous avez le visage d'un premier rôle féminin, ajouta-t-il. À Yale, ils savent parfaitement ce qu'ils font.

— Vous trouvez ? répondit Serena, enthousiaste.

D'un seul coup, zapper la soirée Yale pour faire un saut au concert des Raves lui parut totalement inutile. Et par respect pour le vieux M. Parris, elle regrettait presque de ne pas avoir revêtu toute la panoplie gris et bleu marine que sa mère avait posée sur son lit. Elle serait le premier rôle féminin de l'université de Yale depuis Stanford Parris III. New Haven était si proche de New York qu'elle pourrait tout de même continuer à faire des photos de mode, et avec une petite expérience d'actrice à son actif, elle pourrait même signer un contrat cinématographique ! Olivia serait folle de joie si elles entraient dans la même fac ! – non pas qu'elle eût l'intention de lui dire quoi que ce soit tant que son amie n'avait pas été informée qu'elle n'était plus sur liste d'attente. Olivia pouvait être un tout petit peu excessive lorsque Serena obtenait quelque chose qu'elle convoitait.

Un tout petit peu ?

tapeuse d'incruste trouve âme sœur

— Sacrée courageuse !

Un grand blond portant une chemise en oxford noir au col ouvert accueillit Olivia lorsqu'elle sortit seule de l'ascenseur et entra dans le country club d'appartement de Stanford Parris III.

— Tous les autres se sont fait traîner de force par leurs parents. Un type s'est même dégonflé, et ses parents ont dû venir tout seuls.

On se demande *qui* c'était ?!

— Stanford Parris, cinquième du nom, au fait, fit le garçon en tendant la main et en lui décochant son sourire fier qui semblait dire : « Comme si tu ne le savais pas. »

Olivia lui rendit son sourire. Elle adorait les garçons avec des titres, surtout les grands blonds aux mignonnes fossettes au menton, et surtout ceux qui entraient à Yale l'an prochain.

— Olivia Waldorf, répondit-elle en lui serrant la main.

Elle caressa du doigt le pendentif Cartier gravé sur mesure autour de son cou – celui-là même qu'elle avait volé à son bébé de petite sœur. C'était un médaillon tout simple, arborant juste le mot *Yale* en cursive or, attaché par un ruban en satin bleu clair autour de son cou.

— Alors où sont tes parents ? lui demanda-t-elle.

— En Écosse. Nous avons un château là-bas, frima Stan V comme ça l'air de rien.

Olivia gloussa.

— Nous aussi ! Ma tante habite là-bas !

Waouh, n'est-ce pas mignon ? S'ils se mariaient et passaient leur lune de miel en Écosse, ils pourraient faire la tournée des châteaux.

— De toute façon, c'est la soirée de mon grand-père. Je suis juste là pour… (Stan V marqua une pause comme s'il avait momentanément oublié la raison pour laquelle il était là. Ou peut-être avait-il bu trop de scotch.) Pour motiver notre classe pour l'an prochain, finit-il par expliquer.

Olivia humecta ses lèvres bien glossées. Le petit-fils de Stanford Parris. Elle était tombée par hasard sur le plus jeune membre de l'une des plus influentes familles d'anciens élèves de Yale, comme ça sans rien faire ! Si quelqu'un pouvait la faire sortir de la liste d'attente et entrer à Yale, c'était bien *lui*.

Stan V désigna le pendentif Yale à son cou.

— C'est inhabituel, observa-t-il. J'imagine que tu es supermotivée pour l'an prochain, hein ?

On peut dire ça comme ça.

Olivia s'empourpra violemment. Elle s'était préparée à ce genre de questions. « Mes parents me l'ont fait faire juste après avoir appris que j'étais admise », voilà ce qu'elle avait prévu de dire. Mais elle décida d'opter pour la vérité. Elle se leva sur la pointe des pieds et mit sa main en coupe autour de l'oreille d'aristo de Stan V.

— En fait, je ne suis pas encore admise, chuchota-t-elle. Je suis sur liste d'attente.

— Eh bien, on verra ce que l'on peut faire, gloussa Stan avec bienveillance.

Il chopa deux flûtes de champagne sur un plateau qui passait et lui en tendit une. Ils trinquèrent ; un petit frisson de joie parcourut la colonne vertébrale d'Olivia. Elle allait avoir de la chance, elle le sentait.

À plus d'un titre !

Brusquement, il y eut un froufrou de tulle et la mère de Nate l'enveloppa de son étreinte imbibée de Chanel n° 5.

— Chérie, où est Nate ? demanda Mme Archibald avec son accent franco-britannique théâtral.

Bonne question.

Olivia ne voulait pas devoir expliquer à Stan V qui était Nate, ni que la mère de Nate pense qu'elle n'était même pas fichue de savoir ce que faisait son propre petit ami. Mais elle ne voulait pas non plus qu'elle la soupçonne de lui cacher quelque chose. Après tout, elle mourait d'envie de savoir où se trouvait Nate, elle aussi – pour pouvoir lui défoncer la gueule.

— Je séjournais au Plaza, donc je n'ai pas pu consulter mes messages chez moi, répondit-elle vaguement. Si ça se trouve, son portable s'est cassé parce qu'il ne répond jamais.

— Je sais, fit Mme Archibald en pinçant ses lèvres rouge feu. Le jardinier a trouvé son portable sur le toit. (Elle arqua ses sourcils sévèrement dessinés au crayon d'un air suspicieux.) Tu es sûre qu'il n'était pas au Plaza avec toi ?

Olivia jeta un coup d'œil timide à Stan V puis secoua la tête, refusant de répondre à cette question à voix haute. Gênant de devoir avouer à la mère de votre petit copain qu'en fait non, vous n'avez pas réussi à l'enfermer dans une chambre d'hôtel pour des journées de sexe passionné et torride. En fait, son plan s'était complètement retourné contre elle.

— Bien, dit Mme Archibald en l'embrassant sur les deux joues et en faisant un sourire pincé, d'un air de dire : « Je ne crois pas un mot de ce que tu dis, mais je suis en retard pour l'opéra, *c'est la vie**. »

— *Si* jamais tu le vois, chérie, dis-lui que son père et sa mère sont en colère contre lui et sont allés voir *La Bohème.*

Olivia joignit ses mains dans son dos et hocha consciencieusement la tête. Où *était* donc Nate, bordel ? Elle regarda le père de Nate aider son épouse à enfiler sa pèlerine Oscar de la Renta en soie ornée de perles puis l'accompagner jusqu'à l'ascenseur. Elle envisagea d'aller le saluer, mais l'amiral Archibald était réputé pour son mauvais caractère et s'il était en colère contre Nate, mieux valait probablement ne pas croiser son chemin.

De plus, elle avait des choses plus importantes à faire. Comme flirter avec M.-Je-Peux-Te-Faire-Entrer-à-Yale Cinquième du nom.

Olivia constata qu'il portait une espèce de bague d'époque à l'insigne de Yale.

— Elle est à mon grand-père, expliqua Stan V. Il me l'a donnée quand j'y ai été reçu. Yale est toute sa vie. Je te le présenterais bien, mais il a disparu dans son bureau avec une belle blonde, et qui sait quand ils en sortiront ? Non pas que ce soit un pervers ni rien. Il doit sûrement la gonfler à mort avec ses histoires de Yale.

Olivia balaya la pièce du regard. La « belle blonde » avait tout l'air d'être Serena. Le vieux M. Parris, en tant que membre du conseil d'université de Yale, était beaucoup plus influent que son petit-fils. Typique de la part de Serena de monopoliser la seule personne de la pièce qui pourrait probablement la faire entrer à Yale une bonne fois pour toutes.

Un homme en tenue de traiteur prit leur coupe de champagne vide et leur en tendit une nouvelle.

— À Yale, dit Stan V avant de trinquer avec elle.

Olivia caressa du doigt le pendentif à son cou et descendit sa coupe d'un trait, se demandant si elle devait exiger d'être présentée à son grand-père. Stan V avança d'un pas vers elle et baissa son menton aristocratique.

— Ne t'inquiète pas, murmura-t-il d'un ton rassurant, comme s'il lisait dans ses pensées. Grand-père et moi sommes très proches.

Olivia serra le pied de sa flûte et battit des cils, adjurant son visage de ne pas trop virer au rouge, style arriérée mentale. Quelle chance elle avait d'avoir chopé le jeune Stanford Parris, le beau gosse, alors que Serena était coincée avec le vieux croûton !

— J'ai embrassé le mec qui m'a fait passer mon entretien pour Yale, confia-t-elle avant de pouvoir s'en empêcher.

Ce n'était pas franchement une chose dont elle était fière, mais elle tenait à ce que Stan V sache à quoi s'attendre.

Stan lui décocha un sourire ravi.

— Grand-père me garde une chambre en bas du couloir. J'y ai toute sa collection de vieilles brochures de Yale. Tu veux y jeter un œil ?

Olivia gloussa étourdiment. Merveilleux de rencontrer un garçon qui était aussi follement enthousiaste qu'elle au sujet de Yale ! Impatiente, elle suivit le jeune homme dans sa chambre. Elle avait hâte d'embrasser ses brochures.

Embrasser ?

Pourquoi pas, dans la mesure où elle avait plus de points communs avec Stanford Parris V qu'avec tous les autres garçons qu'elle avait rencontrés, y compris son-bougre-de-connard-de-petit-copain-qui-s'était-dégonflé et qui était de toute façon déjà admis à Yale et totalement indifférent et inutile ?

Alors très bien. Si ça se trouve, quand elle a dit « embrasser », elle le pensait sincèrement après tout.

n abandonne le navire

— Oups, je crois que je gagne, gloussa Lexie en fourrant une autre moitié d'Oreos dans sa bouche.

— Bien joué, répondit Nate sans même essayer de repousser ses lèvres chocolatées.

Ça avait été l'idée de Lexie de fumer un autre joint et de jouer aux dames avec les Oreos ; de fait, elle avait établi les règles : chaque fois qu'elle coinçait une des moitiés blanches d'Oreos de Nate avec les siens, entiers, elle devait manger la moitié d'Oreos et embrasser Nate sur les lèvres.

Nate n'était pas vraiment dans le jeu, voilà pourquoi il la laissait plus ou moins gagner, mais l'embrasser sur le pont où tout le monde traînait lui paraissait moins dangereux que se retrouver seul avec elle dans la hune de vigie, où une chose aurait pu en amener une autre et…

Non pas qu'il eût laissé quoi que ce soit *d'important* se passer. OK ?

Comme d'habitude, Nate souffrait de la Malédiction d'Olivia. Chaque fois qu'il faisait des papouilles à une autre fille, il ne pensait qu'à Olivia et à la papouiller, ce qui le faisait plus ou moins culpabiliser et l'excitait en même temps, ce qui était simultanément difficile à assumer et à arrêter.

Il garda les yeux ouverts lorsque Lexie l'embrassa, et croisa le regard de Jeremy de l'autre côté du pont, qui embrassait une fille aux longs cheveux châtains et aux gros bras, que Nate n'avait jamais vue auparavant. D'un seul coup, il eut l'impression de se retrouver en quatrième, à l'une de ces fêtes où tout le monde bisouillait tout le monde parce qu'ils pensaient que c'était ce qu'ils étaient censés faire, même si c'était plus ou moins désagréable de léchouiller la langue d'une fille pendant, genre, une heure sans boire un verre d'eau ou autre. Hormis cette fois avec Olivia dans le placard de Serena, en quatrième – ou était-ce en sixième ? Ils s'étaient embrassés et avaient discuté tellement longtemps que Serena avait dû les faire sortir de force pour qu'ils ne loupent pas toute la soirée. Si seulement Olivia pouvait aborder le *Charlotte* dans un petit canot pneumatique et lui crier d'aller se faire foutre, sur le ton vache et sexy qu'elle employait quand elle était seulement modérément furieuse contre lui. Où *était* Olivia, d'ailleurs ? se demanda-t-il dans sa confusion de défoncé insomniaque. Pourquoi ne se trouvait-elle pas avec lui ?

Ouh, ouh ! Y a quelqu'un ? On se réveille !!!

Lexie, les yeux clos, respirait bruyamment en suçotant ses lèvres. Sa langue avait le goût de chocolat et de bière – mélange plutôt merdique. Nate avait hâte de la faire descendre de ses genoux et de se rendre sous le pont principal boire plusieurs verres d'eau fraîche. Il avait aussi hâte de dire à Olivia qu'en dépit de ce petit intermède cahoteux tout reviendrait à la normale une fois qu'il serait revenu des Bermudes, du New Jersey ou de la putain d'autre destination qu'ils prenaient.

Son regard se posa à tribord du bateau. Le soleil se couchait et ils voguaient enfin sur l'océan. L'eau foncée était calme et quelques bateaux de pêche scintillaient à l'horizon. Nate n'avait pas vérifié le système de navigation depuis quelques heures. Le *Charlotte* avançait sur pilote automatique depuis qu'ils avaient mis les voiles, mais vu qu'il était le seul à savoir le gouverner et était plus ou moins responsable de la sécurité de chacun à bord, il se dit qu'il vaudrait peut-être mieux qu'il aille y jeter un œil.

Ouais, peut-être.

Il se détacha de Lexie et murmura d'une voix rauque à son oreille :

— Faut que j'aille gouverner le bateau.

Elle descendit de ses genoux d'un bond, fourra un autre Oreos dans sa bouche et serra affectueusement son biceps.

— T'es trop bien foutu ! Tu chais, chai touchours voulu aller auch Ber-moudes.

Nate se dirigea vers l'arrière, dans la cabine du capitaine, en enjambant les corps de ses camarades de bord déchirés, bourrés et à moitié endormis. Un gosse de son cours de religion mondiale portait un gilet de sauvetage orange du *Charlotte*, tout en jouant de l'harmonica et en chantant un vieux morceau de Neil Young.

Helpless, helpless, helpless[1].

Ce qui rappela sinistrement à Nate le film *Titanic* – qu'Olivia lui avait fait voir non pas une mais quatre fois – juste avant que le bateau ne sombre.

Charlie et Anthony s'étaient enfermés dans la cabine ; assis en tailleur par terre, ils partageaient

1. Litt. : désemparé, impuissant. *(N.d.T.)*

une pipe à eau. Ils avaient tombé la chemise et tentaient de voir qui pouvait sortir le ventre le plus possible – un concours ridicule : leurs deux estomacs étaient si plats qu'ils frôlaient le concave.

— Hé ! fit Anthony à Nate. On se demandait – on peut surfer aux Bermudes ?

— Parce qu'on aurait dû apporter nos planches, ajouta Charlie.

Nate secoua la tête, les ignorant. La cabine était tellement enfumée qu'il parvenait à peine à lire les moniteurs. D'après ce qu'il pouvait voir, toutefois, ils s'approchaient de Cape May, ce qui signifiait que s'ils voyageaient à une vitesse de croisière normale au lieu de cinq milles par heure, il ne leur faudrait qu'un peu plus de trois heures pour retourner au port de New York. Il mettrait le bateau à quai, puis se rendrait direct au Plaza.

Seulement une journée entière de retard.

Nate consulta l'écran des messages entrants, où le *Charlotte* recevait des messages texte – principalement des communications d'autres bateaux ou ports. Il y avait trente-sept messages texte d'AdArch@nextel.net, le téléphone portable de son père :

NATHANIEL, TA MÈRE ET MOI SOMMES À L'OPÉRA.

NATHANIEL, FAIS DEMI-TOUR.

J'AI ALERTÉ LA GENDARMERIE MARITIME QUI A POUR ORDRE DE T'ARRÊTER.

NATHANIEL, TA MÈRE EST BOULEVERSÉE.

FAIS DEMI-TOUR, FISTON.

Etc., etc.

« Merde. » Nate n'avait aucun mal à imaginer sa mère pleurer dans sa tenue de soirée noire, dans leur alcôve du Metropolitan Opera, pendant que son père tapait comme un forcené sur son téléphone. Mais bon, sa mère pleurait toujours à l'opéra, ça faisait partie de son numéro de princesse-française-tragique.

Les messages avaient tous été envoyés ces deux dernières heures, ce n'était pas comme si ses parents flippaient depuis trop longtemps. En temps normal, le ton revêche de son père l'aurait fait paniquer comme un fou, mais il devait trouver un prétexte pour abandonner la mission et retourner auprès d'Olivia. Voilà qu'il l'avait trouvé.

Il retourna à l'écran de navigation et entra les points de longitude et de latitude du port de Battery Park City, inscrits à la craie jaune sur le tableau noir au mur de la cabine. Il appuya sur entrée et, immédiatement, le moteur du bateau passa au point mort. Puis la proue tangua et vira jusqu'à ce que le bateau eût fait un tour complet à cent quatre-vingts degrés en direction du port de New York. Il entra l'ordre d'augmenter la vitesse à trente-trois milles par heure et jeta un œil à l'horloge : 20 h 29. Il serait au lit avec Olivia à minuit.

— Yo, qu'est-ce qui se passe, mec ? demanda Anthony depuis son squat par terre dans la cabine. Tu fais des devoirs ou quoi ?

Nate se fendit d'un grand sourire et secoua la tête, appréciant la fumée de ses potes qui le faisait planer. Olivia serait tellement folle de joie de le revoir qu'elle serait bien obligée de lui pardonner. Et il n'aurait aucun mal à lui faire oublier.

À supposer qu'elle fût en train de l'attendre. Et à supposer qu'elle fût seule…

petite sœur désabusée

« *Déchausse-toi ! Déchausse-toi ! Dééé-chauuusse-toooooooi !* » hurla Damian dans le micro. C'était le refrain final de « Restaurant japonais », le dernier tube écrit par Daniel Humphrey et la dernière chanson sur la playlist des Raves.

— Si on file maintenant, murmura Elise, on pourra sûrement choper un taxi avant tout le monde.

Qui avait parlé de partir ?

Jenny alluma une autre cigarette, l'ignorant. Elle voulait traîner jusqu'à ce que la foule se disperse et voir Damian de plus près. Voir si ses cheveux blond-roux tenaient tout seuls sur sa tête ou s'ils étaient tout crades de gel. Voir si ses dents étaient aussi parfaitement blanches et droites qu'elles en avaient l'air depuis l'endroit où elle était assise. Entendre son nasillement irlandais, pour lequel il était si célèbre. Et ces bras musclés ! Le batteur des Raves était supermignon, mais elle devait avouer que Damian était hypersexy. Il dégageait une énergie incroyable, comme s'il était en rogne. Si elle restait dans les parages, peut-être même que Dan les présenterait, et elle glisserait comme ça dans la conversation qu'elle était amie avec Serena, et découvrirait s'ils sortaient véritablement ensemble ou pas.

À condition que Dan fût encore vivant.

Zooouing! Damian gratta son dernier accord de guitare et jeta son instrument dans la foule, comme il était bien connu pour le faire. Puis il grimpa la perche de pompiers en s'aidant des deux mains, banda les fantastiques muscles de ses bras, et disparut.

— Frimeur! railla le batteur.

Il se leva avec raideur, attrapa une bouteille de bière sous sa batterie et la lampa d'un coup. Puis il reposa la bouteille, tendit le cou, comme s'il cherchait quelqu'un dans la foule.

Jenny eut des picotements partout. *Elle*?

Attendez, elle ne l'avait pas déjà oublié?

— On devrait y aller, répéta Elise. (Elle se leva et tira sur son T-shirt.) Tout le monde va se battre pour choper un taxi.

Le bassiste se mit à débrancher des trucs et à démolir du matériel. Le batteur rota irrévérencieusement dans l'un des micros.

Crade.

Jenny gloussa comme si c'était la chose la plus chic et la plus adorable qu'elle avait jamais entendue.

— Tu peux y aller si tu veux, mais moi je reste, déclara-t-elle à son amie.

Elle était censée passer le reste du week-end chez Elise, mais des opportunités telles que celle-ci ne se présentaient pas tous les jours.

Des opportunités de rencontrer des rock-stars célèbres ou d'être vilaine comme tout?

La foule commença à se disperser. Certains se dirigèrent vers les toilettes, d'autres sortirent en masse dans la rue. Elise traîna près de la table, hésitant. Jenny tira une autre bouffée maladroite sur sa cigarette et agita le pied. Puis d'un seul coup, il fut là, devant elles – le batteur.

Ce n'était pas Damian, mais il était *presque* aussi beau.

— Salut. Je m'appelle Lloyd.

Ses articulations étaient enveloppées dans un sparadrap chirurgical tout râpé comme un boxeur, et ses cheveux foncés bien coupés et son polo Lacoste BCBG rose et vert, trempés de sueur.

— Tu es la sœur de Dan, Jennifer, hein ?

Jenny hocha la tête. Elle adorait qu'on l'appelle Jennifer. Bien qu'elle eût préféré qu'il dise : « Tu es Jennifer, le sublime top de la double page du *W* de ce mois-ci, hein ? »

— Comment tu le sais ? demanda-t-elle, même si elle connaissait la réponse.

En dépit du fait qu'elle s'habillait mieux que Dan, mesurait vingt-deux centimètres de moins que lui et arborait une bien plus grosse poitrine, ils auraient presque pu être de faux jumeaux.

Sauf qu'elle avait aussi trois ans de moins que son frangin. Mais elle ne risquait pas de l'apprendre à M. Le Batteur-de-mon-Cœur.

— Ton frère a dit que sa sublime sœur venait, répondit Lloyd, le visage complètement sérieux. (Il jeta un œil à Elise, toujours plantée à tripoter la fermeture Éclair de son sac à main Banana Republic, comme une crétine de première.) Marc, tu sais, notre bassiste ? Il adore les grands et vieux hôtels, poursuivit-il. Enfin bref, il a réservé une grosse suite au Plaza. On va faire une petite soirée, si ça vous dit.

Jenny fit tomber sa cigarette par terre. Elle avait presque oublié qu'elle la tenait.

— À fond ! s'exclama-t-elle avec plus d'enthousiasme que prévu. Enfin, mon frère vient, non ?

Non pas qu'elle se souciât de savoir si Dan venait. Elle ne voulait pas passer pour le genre de fille qui faisait tout le temps la bringue dans des chambres d'hôtel avec des rock-stars qu'elle ne connaissait même pas.

Bien.

— Dans dix minutes, c'est mon couvre-feu. Il faut que je rentre, insista Elise.

Elle regarda Jenny d'un air de dire : « C'est ta dernière chance. »

— OK, bien, je t'appelle demain, répondit Jenny.

Elle tendit le paquet de cigarettes à son amie, mais celle-ci le refusa d'un geste de la main.

— Tu en auras peut-être besoin, déclara-t-elle avant de tourner les talons.

Jenny savait qu'elle aurait dû éprouver un certain remords à laisser son amie partir toute seule, mais comment ne pas sauter sur une occasion pareille ? Le pire qui pourrait se produire, c'était que son père découvre tout, mais il n'avait jamais excellé dans les punitions et, de plus, Elise ne la balancerait jamais. Elle serra les genoux et sourit à Lloyd avec une excitation nerveuse. Il tendit sa main bandée pour l'aider à se relever.

— Viens. Je vais te présenter à tout le monde.

Le club était retourné à la normale. Des gens papotaient tranquillement devant des bières tandis que le dernier album de Franz Ferdinand passait sur la chaîne stéréo. Dan était assis au bord de la scène, à côté d'une très jolie fille bronzée, aux cheveux couleur miel, tenant délicatement une bouteille de Schweppes. Il avait l'air complètement décalqué, mais la fille jacassait à n'en plus finir, riait et souriait, comme s'il était le mec le plus hilarant qu'elle avait jamais rencontré.

— Bordel de merde, Yoko est de retour ! siffla Lloyd dans sa barbe alors qu'ils s'approchaient.

— Qui ? demanda Jenny, curieuse.

La fille portait une minijupe supercourte à volants vert jade, et ses jambes nues étaient voluptueusement longues et bronzées, comme celles d'un top pour un écran total Bain de Soleil.

Un immense sourire faux s'étala sur le visage de Lloyd.

— Rien, répondit-il entre des dents d'un blanc étincelant. Tu verras.

La fille bronzée descendit de la scène dans un shimmy et embrassa Jenny sur les deux joues.

— Dan dit que tu es sa sœur, fit-elle avec un accent français très prononcé. Je suis trop jalouse de ces seins sublimes !

Elle tendit les deux mains et serra bien fort chaque nichon de Jenny.

Tut, tut !

— Tellement féminins, *non** ?

— Monique, je ne..., voulut l'avertir Dan.

— Merci, l'interrompit Jenny, surprenant tout le monde, elle y compris.

Elle avait toujours été extrêmement susceptible au sujet de sa poitrine, à juste titre, mais le petit débordement de Monique était manifestement un compliment français sincère. De plus, elle se fichait bien que Damian et Lloyd fussent eux aussi conscients que ses nichons étaient les plus gros de toute la salle.

— Jennifer, voici Monique. Monique, Jennifer, les présenta Lloyd. Monique et Damian sont…

— J'arrive de Saint-Tropez, l'interrompit Monique, les yeux brûlant d'une expression signifiant : « La ferme, idiot ! » Tu viens au Plaza avec nous ? demanda-t-elle à Jenny.

— Non, elle doit rentrer, fit Dan d'une voix pâteuse. Il est tard. (Il balaya le club de ses yeux chassieux.) Non ?

Ouais, son groupe a l'air franchement crevé.

Leçon numéro deux de petite sœur : n'imagine même pas lui dire ce qu'elle a à faire.

— Pas moyen, rectifia Jenny. Je viens aussi.

Damian glissa sur sa perche de pompier et les rejoignit d'un bond. Il s'était changé et avait revêtu un jogging vert olive, arborant l'inscription JUICE ME étalée à la peinture blanche sur ses fesses.

— Prêts pour foutre le bordel, hein ? demanda-t-il en tapant Dan et Lloyd sur le dos.

Monique lui darda un sourire doux qui voulait dire « si je te supporte, c'est uniquement parce que tu es célèbre » et coinça son bras sous celui de Dan, possessive.

Lloyd attrapa Jenny et l'écrasa dans une espèce d'étreinte à trois avec Damian.

— Damian, Jennifer. Jennifer, Damian.

Jenny était tellement excitée que c'était une bonne chose que Lloyd la serrât si fort, sinon elle serait tombée par terre. Damian produisit un halètement exagéré, comme un homme excessivement gay découvrant l'imperméable pour chien le plus mignon qu'il avait jamais vu. Puis il embrassa Jenny sur le bout du nez.

Donc, il n'était peut-être pas le nouveau petit ami de Serena.

— Et si Danny et Monique prenaient la limousine ? Nous autres pourrions nous serrer dans un taxi, proposa Damian.

— Je pourrais m'asseoir sur les genoux de quelqu'un, suggéra Jenny.

— Bien sûr, répondit Lloyd.

— Bien sûr, acquiesça Damian.

Bien sûr.

ain't nobody here but us chickens[1]

— Je suis plus de cours avancés que n'importe qui dans ma classe, et j'ai 18 de moyenne, se plaignit Olivia.

— Alors tu aurais dû avoir recours à l'inscription anticipée, la conseilla Stan V.

— Mais tu ne comprends pas, j'ai *embrassé le mec qui m'a fait passer mon entretien*, murmura bruyamment Olivia, produisant un bruit de disque rayé. Ma conseillère pédagogique m'a dit que je n'avais aucune chance que ça marche.

Stan V haussa les épaules.

— Moins de candidats, plus de chances de briller.

Olivia serra les dents pour réprimer un chapelet de jurons. Elle avait prévu d'entrer à Yale par le biais de l'inscription anticipée depuis qu'elle avait treize ans. Pourquoi avait-elle écouté cette Mme Glos perruquée, saigneuse de nez et ignare sur toute la ligne, au lieu de se fier à son instinct ? Et pourquoi n'avait-elle pas rencontré Stan V, genre, un an plus tôt, lorsqu'il aurait franchement pu être utile ?

1. Grand classique de rythm 'n' blues du saxophoniste Louis Jordan (1908-1975) repris par bon nombre d'artistes, dont James Brown. Litt. : « Il n'y a que nous ici, les poulets. » *(N.d.T.)*

Ils étaient allongés à plat ventre sur le lit deux places dans la chambre que le grand-père de Stan gardait pour lui, et avaient déjà feuilleté toutes les brochures de Yale depuis 1947, se moquant des fringues que portaient les gens et des légendes rebattues sous les photos. Des trucs genre : « Tout le monde te regarde, jeune homme ! » Ou « Il n'y a que nous, ici, les poulets ». La chambre était décorée de tout l'attirail Yale : fanions de l'équipe de natation de Yale, licence en anglais et art dramatique de Stan III, article d'un journal de New Haven qualifiant ce dernier d'un des jeunes acteurs de Yale les plus doués, et une carte jaune du secrétaire général de l'université de Yale, énumérant tous les semestres où Stan III avait figuré au tableau d'honneur.

— On dirait que Yale, c'est toute la vie de ton grand-père, observa Olivia.

Ses chaussures étaient à moitié enlevées, et elle les agitait au bout de ses orteils.

Stan V roula sur le dos et contempla le plafond.

— Ouais, répondit-il platement.

Olivia se demanda pourquoi il semblait l'avoir aussi mauvaise. Après tout, Yale était toute sa vie à elle aussi, mais c'était elle qui se retrouvait coincée sur liste d'attente.

Stan V tendit le bras et entortilla une mèche foncée de la jeune fille autour de son doigt.

— Nous devrions cesser de parler de cela, lui dit-il en relâchant la mèche. Sinon tu vas être franchement déprimée.

— Mais… commença à dire Olivia.

Quand allaient-ils au juste se mettre à concevoir un plan pour qu'elle entre à Yale ?

Stan V se mit sur le ventre et l'attira contre lui.

— Nous devrions cesser de parler d'heures de cours, reprit-il, ses yeux cherchant avidement son visage. Comme je te l'ai dit, mon grand-père et moi sommes très proches. Alors ne t'inquiète pas, OK ?

C'était la partie du film où la musique était censée ralentir, les têtes supposées se toucher, et le garçon et la fille s'embrasser avec une telle passion que leurs vêtements atterriraient en pile par terre sous des vitres qui s'embueraient. Stan V allait la faire entrer à Yale ! Mais pour une raison quelconque – peut-être était-ce la quantité de tout l'attirail Yale aux murs et par terre, ou peut-être parce qu'elle avait bu quatre coupes de champagne à une soirée où elle n'avait même pas été invitée, ou parce qu'embrasser un autre garçon que Nate était franchement coquin – mais Olivia ne parvint pas à fermer les yeux et à embrasser Stan Parris V. Tout ce qu'elle faisait, c'était s'étrangler de rire et pouffer comme une gamine de douze ans.

Elle le repoussa, s'étrangla de rire et pouffa si fort qu'elle s'étouffa.

— Quoi ? dit Stan V en se redressant sur les coudes.

Ses cheveux blonds lui tombèrent sur les yeux et il les repoussa.

Olivia s'étrangla de nouveau de rire. Elle avait la tête qui tournait, était toute confuse et éprouvait le besoin urgent d'un petit papotage entre filles avec Serena.

— Je ne sais pas.

Elle se leva et enfila ses chaussures à la va-vite.

— Hum, faut que je trouve quelqu'un. On se voit peut-être plus tard ?

Stan V semblait apprécier qu'elle soit dans tous ses états. Il lui fit un sourire effronté et arqua ses sourcils blonds.

— Peut-être.

Quand elle sortit de la chambre, Olivia tenta de se ressaisir.

Pas peut-être. Sûrement.

les femmes sont plus intelligentes

« Je n'ai jamais véritablement considéré Hamlet comme tragique en soi », Serena se surprit-elle à confier à Stanford Parris III.

Elle s'était contentée de parcourir *Hamlet* vite fait lorsqu'elles avaient dû rédiger une dissert en cours d'anglais, mais elle avait toujours été une excellente baratineuse. Même sans l'avoir lu intégralement, elle avait remarqué que Hamlet lui rappelait Dan Humphrey, avec qui elle était sortie l'automne dernier. Tellement malheureux et névrosé.

— C'est vrai, quoi, il avait simplement besoin de prendre un petit antidépresseur, genre Zoloft, il aurait conquis toute la Scandinavie, et aurait eu, genre, une femme dans chaque pays.

Euh… hello Mademoiselle-Je-sais-Tout-ce-qu'il-faut-savoir-sur-Shakespeare.

M. Parris opina d'un signe de tête.

— Wellbutrin. C'est l'antidépresseur que je prends.

Comme si elle avait franchement besoin d'être au courant.

— J'aime lire, poursuivit Serena. (Ce qu'elle venait

de dire la laissa totalement perplexe.) Tant que je n'ai rien d'autre à faire, se corrigea-t-elle.

Ce qui était presque jamais.

— J'imagine que c'est le problème qui va se poser, vous savez, si je choisis une matière principale? Je serai incapable de me décider entre anglais et théâtre.

Elle sourit et remit sagement sa jupe courte sur ses genoux.

Depuis quand la plus grosse fêtarde de la ville se préoccupait-elle de sa matière principale?

— Élémentaire, ma chère. C'est pour cela qu'ils ont inventé la double dominante!

M. Parris fit claquer ses bretelles, visiblement ravi de pouvoir divulguer son immense sagesse à une jeune fille à la beauté et l'intelligence si extraordinaires.

Brusquement, Olivia déboula dans la pièce, habillée bien trop sexy pour une réunion universitaire et arborant le pendentif Yale que sa mère avait commandé chez Cartier pour le bébé. Serena n'avait jamais vu son amie l'air aussi bizarre.

— Dieu merci, je t'ai trouvée! bredouilla Olivia, à bout de souffle. (Elle jeta un coup d'œil furtif à M. Parris.) Désolée de vous interrompre, monsieur, mais c'est une urgence!

Serena devinait toujours lorsque sa copine avait quelque chose en tête ou était à deux doigts de péter un plomb, parce que ses narines se dilataient comme un animal sauvage et elle oubliait de ciller. Là, elle ressemblait à un écureuil qui avait la rage. Serena se leva et serra la main de M. Parris.

— Ce fut un véritable plaisir de vous parler, M. Parris.

M. Parris se pencha et lui baisa la main.

— Tout le plaisir était pour moi.

Olivia toussa. Évidemment, Serena avait totalement ensorcelé le vieil homme, ce qui était totalement injuste dans la mesure où c'était *Olivia* qui *devait* l'ensorceler.

— C'est vraiment une urgence, lâcha-t-elle impatiemment.

Pas franchement ensorcelant.

— D'accord, j'arrive, murmura Serena.

Elle passa son bras sous celui de son amie, laquelle l'entraîna dans le hall d'entrée et appuya sur le bouton de l'ascenseur.

— Où va-t-on au fait ? s'enquit Serena alors que les portes de la cabine s'ouvraient dans un roulement.

— Au Plaza ! s'écria Olivia d'une voix perçante en la tirant dans l'ascenseur.

Et on peut dire, à coup sûr, qu'elles ne discuteraient pas de Shakespeare une fois là-bas.

et on croyait qu'Andy Warhol était mort !

Vanessa et Beverly gravirent une rampe clôturée qui menait dans l'entrepôt de Williamsburg où se déroulait la soirée des amis du jeune homme. Vanessa entendait de la musique qui provenait de l'intérieur – quelque chose d'éthéré et de rythmé, qui aurait pu être du Björk, encore qu'elle n'en fût pas sûre. Une femme ouvrit à la volée la porte en métal noir en haut de la rampe et passa devant eux d'un pas lourd, arborant un bandana jaune dans les cheveux, des chaussettes noires lui arrivant aux genoux, et des sabots jaune fluo. On aurait dit qu'elle avait pleuré, et elle tenait délicatement sa main gauche contre sa poitrine.

— Salut, Bethene, lui lança Beverly alors qu'elle s'en allait d'un pas lourd et bruyant.

— Qu'est-ce que c'est que ça ? demanda Vanessa en scrutant attentivement un seau de ce qu'elle espérait être des animaux empaillés très bien reproduits, par terre, à mi-chemin sur la rampe.

— Des chatons, répondit Beverly comme si aucune autre explication n'était nécessaire.

La rampe, qui semblait avoir été conçue comme une espèce de vitrine, était jonchée d'objets artistiques divers et variés. À côté du seau de chatons, se trouvait un Père Noël en cire de taille humaine, portant un immense sac plastique transparent rempli de poupées Barbie nues sans tête. Aux pieds du Père Noël trônait une lava-lampe à l'intérieur de laquelle flottaient des globes oculaires qui paraissaient réels. La rampe était comme une maison hantée, en légèrement plus déconcertante.

Légèrement ?

— Tout le monde ici est artiste, déclara Beverly, et ils font cette soirée depuis le mois de mars.

Vanessa hocha la tête, tout en se demandant ce qu'il insinuait au juste par « faire cette soirée ». Ça ressemblait un peu aux *happenings* d'art à la Andy Warhol's Factory dans les années 1960 – des tas de gens prétendument artistes et bohèmes collaborant pour faire de l'art bizarre, que personne ne comprenait réellement, et qui n'était même pas génial.

Lorsqu'ils furent arrivés en haut de la rampe, Beverly poussa la porte et ils entrèrent. C'était un entrepôt géant, froid et enténébré, à l'exception de la lueur de quatre lava-lampes géantes comme celles qu'ils avaient vues à l'entrée. Personne ne les salua et Vanessa fut surprise de ne voir qu'une trentaine de personnes. Tous étaient assis en tailleur par terre en petits groupes, peignant les pages de vieilles encyclopédies avec les doigts et l'air complètement défoncés, comme s'ils n'avaient pas dormi depuis que la soirée avait commencé, au mois de mars. Personne ne buvait, ne mangeait ou ne parlait. C'était comme une espèce de soirée anti-soirée.

Vanessa observa une femme portant un peignoir de bain rouge pelucheux et des bottes rouges en caoutchouc couper une poignée de ses longs cheveux noirs et les déposer dans une immense casserole sur une plaque chauffante par terre. Un grand type maigre et pâle, portant uniquement un chapeau mou noir et des boxer-shorts noirs, se dirigea vers la casserole et en remua le contenu à l'aide d'une règle en bois.

— Bruce, fit Beverly en saluant le type d'un signe de tête. Voici Vanessa. Elle réalise des films.

Bruce hocha la tête et continua à opiner plus longtemps que nécessaire tout en remuant le contenu de la casserole. Vanessa regrettait immensément de ne pas avoir sa caméra vidéo. Elle n'avait jamais rien vu de tel.

— Tu es là pour faire une donation ? s'enquit Bruce.

Vanessa se demandait à qui il parlait. En fait, pour la première fois de sa vie, elle se sentait totalement perdue. Toutes les fêtes où elle s'était rendue avaient été prévisibles au point d'être désespérément ennuyeuses. Elle gratifia Beverly d'un sourire timide. C'était plus sympa d'être surprise.

La musique changea brusquement, passant la bande originale du film *Shrek 2*, et Vanessa se sentit encore plus perdue. Elle avança d'un pas et regarda dans la casserole de Bruce d'un air interrogateur.

— Qu'est-ce que c'est, au fait ?

Bruce leva la main gauche et agita les doigts. La jointure supérieure du majeur de sa main gauche manquait, exactement comme Beverly.

— Je travaille sur un projet de régénération, déclara-t-il, comme si cela expliquait tout.

Beverly leva la main gauche et ouvrit les doigts

comme un éventail. Non, Vanessa n'était pas folle. Il manquait bel et bien le bout de son majeur.

— La majorité d'entre nous a contribué. Mais il n'y a pas d'obligation ni rien.

Eh bien, n'était-ce pas un soulagement ?

Il en fallait beaucoup pour faire flipper Vanessa, mais là, elle n'en était pas loin.

— Et que faites-vous avec les… morceaux et tout ça… dans la casserole… après, vous les faites cuire ou quoi ?

Bruce se fendit d'un grand sourire et des veines bleues saillirent sur son cou pâle. On aurait dit qu'il n'avait pas mangé depuis des mois.

— Ce n'est pas ce qu'on en fait qui compte, c'est la façon de remuer, répondit-il.

Beverly opina de la même façon bizarre et prolongée, comme Bruce l'avait fait un peu plus tôt.

— Vanessa a un super appart, lança-t-il spontanément, à propos de rien. J'envisage d'y crécher un moment. Ce serait génial pour ce genre de truc, ajouta-t-il, hochant toujours la tête.

D'un seul coup, Vanessa comprit que chercher un coloc sur Internet n'était probablement pas une super idée.

Beverly lui avait tout d'abord semblé intéressant, mais elle préférerait encore vivre avec Dan, en dépit de tous ses défauts, ou avec l'une des filles de sa classe pourries gâtées, vaines et obsédées par la mode, que rentrer chez elle pour tomber sur une casserole de doigts bouillants, ou qui sait ce qu'elle trouverait d'autre sur sa cuisinière. C'était une chose de faire de l'art que certains *trouvaient* choquant et bizarre sans pour autant *essayer* d'être choquant et bizarre.

Beverly et ses amis étaient à la fac – n'avaient-ils *rien* appris ?

— Tu as soif? lui demanda Beverly. Tu veux de l'eau ?

Vanessa réalisa que ça devait être la chose la plus sympa qu'il lui avait dite de toute la soirée. Elle n'arrivait pas à croire qu'elle s'était fait du souci pour la configuration de ses grains de beauté, ou qu'elle avait mis du parfum juste pour lui. Elle bâilla et passa en revue la pièce gigantesque.

— Je ne sais pas combien de temps je vais tenir, répondit-elle, répétant ce que lui avait dit Beverly à propos du concert de Dan au club. Je rentre chez moi.

Beverly se mordit la lèvre.

— Mais ça marche. Je veux dire, jusque-là en tout cas, non ? s'enquit-il.

— En fait, non, répondit Vanessa en imitant le sourire doux et hypocrite d'une nana de sa classe, Olivia Waldorf, disant par télépathie à son prof d'aller se faire foutre et de crever quand elle essayait de se faire excuser lorsqu'elle partait de classe plus tôt pour aller à une vente privée Manolo Blahnik.

— T'es sûre que tu ne veux pas faire de donation ? insista Brice, en continuant à remuer le contenu de la casserole.

Vanessa détacha le piercing de sa lèvre et le jeta dedans.

— Bonne chance, leur lança-t-elle, prête à s'en aller.

Beverly et Bruce se mirent à opiner du chef.

Et pour ce que nous en savons, ils opinent encore.

ce que font réellement les filles derrière les portes fermées des suites d'hôtel

— Tu te souviens quand on était en CM2 et qu'on s'entraînait à embrasser sur des oreillers ?

Serena enfouit son visage dans l'un des oreillers king size duveteux et rembourrés de plumes d'oie et lui roula une pelle imaginaire. « Oh *bébé*, roucoula-t-elle. Tes lèvres sont trop géniales ! »

Olivia jeta un coussin derrière la tête de son amie.

— Tu m'écoutes ? demanda-t-elle. J'ai dit que j'ai failli embrasser Stanford Parris cinquième du nom !

Serena tourna la tête d'un côté et dégagea ses cheveux de son visage. Elle avait ôté sa jupe, et sa culotte en coton blanc dévoilait à moitié son cul maigre.

— Alors pourquoi tu ne l'as pas fait ?

— Je ne sais pas.

Olivia défit le pendentif Cartier en or autour de son cou et le jeta sur la table de nuit. Puis elle ôta sa robe par la tête à la va-vite, ne gardant que ses sous-vêtements. Elle enfila l'un des peignoirs blancs en éponge du Plaza avant d'ouvrir une cannette de Coca.

— J'en avais envie, mais je ne pouvais pas m'empêcher

de rire. Et comme je me suis sentie idiote, je suis partie.

Serena roula sur le ventre et se mit tapoter la graisse inexistante sur son ventre.

— Tu ne trouves pas bizarre que l'on soit amies et que l'on soit attirées par des mecs aussi différents ? C'est vrai, quoi, j'ai trouvé qu'il se la jouait beaucoup trop.

Attirées par des mecs aussi différents ? Est-ce pour cela qu'elles avaient perdu leur virginité avec le *même* mec ? Non pas que l'une des deux souhaitât foutre *de nouveau* leur amitié en l'air en remettant *ça* sur le tapis.

Olivia rota bruyamment.

— Tu trouves que tout le monde se la joue trop. Et en fait, je pense qu'il se sentait plutôt mal d'être reçu à Yale après que je lui ai dit que j'étais sur liste d'attente. C'est, genre, un élève moyen d'Andover. Il ne suit aucun cours avancé et s'il a été admis, c'est uniquement grâce à son grand-père.

Serena ouvrit les yeux en grand. Elle avait 14 de moyenne et ne suivait pas non plus de cours avancé, mais elle avait été reçue. Et en discutant avec M. Parris, elle avait décidé une fois pour toutes que Yale était l'université faite pour elle. Oserait-elle l'avouer à Olivia et gâcher un moment à deux parfaitement génial dans leur propre suite d'hôtel ?

Olivia rota de nouveau et Serena donna de grands coups dans le matelas avec ses orteils vernis de rose nacré. *Nan*, décida-t-elle. De plus, elle soupçonnait que la seule raison pour laquelle sa copine était si accro à Stan V, c'était parce qu'elle pensait qu'il pourrait la faire entrer à Yale.

Voilà le problème quand on est les meilleures amies au monde. Parfois, elles vous connaissent mieux que vous ne vous connaissez.

— Hé, et si on faisait des blagues au téléphone ? s'écria Serena, mourant d'envie de changer de sujet.

Elle s'assit sur le lit et attrapa le téléphone, tapotant étourdiment sur le clavier.

— Allô ? Concierge ? Pourriez-vous envoyer un plombier dans la chambre 448 ? Il y a un horrible... euh... *problème* dans les toilettes. Vous avez compris ? Super. Merci. (Elle composa un autre numéro.) Monsieur ? Est-ce la chambre 448 ? Oui, c'est le concierge. Je voulais juste vous informer que l'escort-boy que vous avez commandé est en route. (Puis elle appela l'une des suites à l'étage.) Papa, je peux pas dormir, dit-elle d'une voix de bébé. Chante-moi une chanson. (Le type au bout du fil se mit à chanter un morceau des Raves « Crème Glacée ». Il avait exactement la même voix que Damian.)

Hum, et pourquoi donc ?

— Waouh, tu es excellent, souffla Serena de sa voix de bébé. Je t'aime, papa, roucoula-t-elle avant de raccrocher. (Elle se tourna vers Olivia.) D'accord, c'était débile.

Olivia ne dit rien. Elle n'arrivait toujours pas à croire qu'elle s'était dégonflée avec Stan V. Ce n'était qu'un baiser et Nate se moquait bien de savoir qui elle embrassait, vu qu'il semblait avoir totalement oublié son existence.

Quelqu'un frappa soudain à la porte.

— Merde ! cria Serena d'une voix perçante en plongeant sous les couvertures. C'est le concierge !

Olivia resserra la ceinture de son peignoir et se dirigea vers la porte à pas feutrés.

— Qui est-ce ? demanda-t-elle en touchant la porte du bout de ses doigts nerveux.

— C'est moi, fit la voix de Nate.

Olivia fit un bond en arrière, comme électrocutée. Elle tira de nouveau sur sa ceinture.

— Qui ? dit-elle d'une voix irritée, bien qu'elle sût parfaitement qui était là.

— C'est moi, Nate, cria-t-il derrière la porte fermée. Je peux entrer ?

— Psssit ! murmura Serena depuis le lit. Fais comme si j'étais Stan V !

Olivia se retourna et vit son amie affalée sur le ventre sur le lit sous la couette, ses longues jambes bien écartées, ses cheveux cachés sous un oreiller et ses grands pieds dépassant du bout du lit. Elle avait parfaitement l'air d'un garçon. Même la petite jupe grise froissée par terre aurait facilement pu passer pour des boxer-shorts.

Serena leva la tête et lui décocha un sourire diabolique. Olivia gloussa et lui fit signe de se remettre en place. Puis elle ouvrit la porte, mais seulement d'une dizaine de centimètres.

— Ce n'est pas vraiment le bon moment, murmura-t-elle d'un ton mystérieux.

Nate, échevelé, avait l'air fatigué. En fait, elle était quasi sûre qu'il portait exactement le même T-shirt noir délavé et le treillis qu'il avait quand elle était partie de chez lui la veille dans l'après-midi, et ses cheveux étaient clairement sales, parce qu'ils n'avaient pas de mèches dorées. Ils étaient simplement châtains.

De plus, il avait une saloperie noire entre les dents, comme des miettes de brownie.

Ou d'Oreos pré-mâchés.

— Il faut que je prenne une douche, bâilla Nate.

— Eh bien, pas ici, insista Olivia. (Elle réajusta son peignoir pour insinuer qu'elle était nue en dessous. Puis elle recula d'un pas pour qu'il pût voir la chambre.) Je suis occupée.

Elle observa le regard du jeune homme passer de la porte peinte en or et blanc au tapis beige doré puis au lit. Voilà deux nuits, elle l'aurait attrapé par la peau du cou et l'aurait jeté sur les couvertures pour pouvoir ravager son corps absurdement sexy et pour qu'il puisse ravager le sien, comme ils le faisaient depuis qu'elle avait décidé d'aller jusqu'au bout. Mais il ne l'avait pas appelée depuis deux jours entiers et avait franchement besoin de se brosser les dents. Il avait laissé passer sa chance.

Sous les couvertures, Serena imita de son mieux le ronflement d'une bête de sexe après l'amour. Olivia serra les dents pour s'empêcher de sourire. En fait, elle n'avait pas vraiment envie de sourire. Elle était trop énervée contre Nate.

Nate colla ses paumes contre ses joues comme s'il tentait de faire tenir son visage. Il comptait rester avec Olivia ce soir : a) parce qu'elle se trouvait dans une suite et que ce serait génial de prendre une bonne douche chaude, baiser comme un fou, prendre un bain plein de bulles, commander des tas de trucs au room service et regarder des films jusqu'à ce qu'ils s'endorment dans les bras l'un de l'autre ; b) parce qu'il n'avait pas du tout envie de rentrer chez lui et de subir le courroux de l'amiral Archibald.

Il serait clairement puni, ce qui signifiait qu'il ne pourrait plus sortir pour le restant de ses jours, et qu'il ne reverrait probablement plus jamais Olivia ; et c) parce que pendant qu'il bisouillait Lexie, il avait compris qu'il n'aimait plus embrasser personne, à part Olivia.

Eh bien, il aurait peut-être dû y penser, genre, hier.

Serena donna un coup de pied et ronfla par le nez comme un éléphant endormi.

Qu'est-ce que c'est que cette merde ? voulut demander Nate, brûlant d'impatience, mais l'idée de savoir qui c'était lui fit coller ses paumes contre son visage encore plus fort. Son regard se reposa sur Olivia, qui paraissait en avoir déjà marre du jeu auquel ils jouaient, quel qu'il fût.

— J'étais sur le bateau, commença-t-il à expliquer. J'ai perdu mon téléphone.

Puis il réalisa que cela n'expliquait pas tout.

Parfois, ça craint simplement d'être soi, non ?

— Rentre chez toi, Nate, le congédia Olivia. Tes parents te cherchent.

Nate relâcha son visage, fourra ses mains dans ses poches et recula vers l'ascenseur. Un magma infâme d'Oreos au chocolat était collé sur l'entrejambe de son pantalon. Il était crado.

— Tu ne sais toujours pas pour Yale, hein ? demanda-t-il dans un effort minable de trouver un terrain d'entente.

— Non, répondit-elle froidement.

Nate attendit qu'elle ajoute autre chose, mais non. Au contraire. Olivia étira ses bras au-dessus de sa tête et bâilla paresseusement, comme si elle avait tellement fait l'amour avec la grosse bête de sexe sexy dans son lit qu'elle ne pouvait même pas parler.

— Pourquoi tu ne m'envoies pas un e-mail, genre ? dit-elle à Nate en attrapant la poignée de porte.

Comme si Nate et elle avaient jamais communiqué par e-mail.

Quand vous voyez quelqu'un nu tous les jours pendant des heures après les cours, lui envoyer un e-mail n'est pas franchement indispensable.

Les commissures de la bouche de Nate retombèrent comme s'il allait se mettre à pleurer. Olivia ne cassait pas officiellement avec lui – elle ne l'avait jamais fait, raison pour laquelle ils rompaient et se réconciliaient régulièrement depuis trois ans. Mais c'était avant qu'ils ne deviennent aussi intimes que l'on peut l'être et, à présent, voilà qu'il y avait un étranger dans le lit de la jeune fille.

— OK. Bonne journée demain en cours.

— À plus.

Olivia referma la porte et s'y adossa.

— Il est parti, murmura-t-elle.

Serena leva la tête et ses cheveux blond clair tombèrent en cascade sur tout le lit.

— C'était marrant, observa-t-elle, mais à la façon dont elle le formula, ça sembla davantage tenir d'une question.

Olivia alla s'asseoir au bord du lit.

— Très marrant, acquiesça-t-elle platement.

Les regards des filles se croisèrent. Aucune ne souriait.

Puis Serena gloussa.

— J'imagine que ça aurait été plus drôle si j'avais *vraiment* été Stan V.

Olivia ne dit rien. Elle venait, en gros, de casser avec Nate – une fois de plus – après avoir laissé passer une super opportunité de prendre un petit extra avec un garçon qui pourrait très bien la faire entrer à Yale. Bien, une chose était sûre : elle ne laisserait pas filer Stan V.

Serena rejeta les couvertures et attrapa la carte du room service reliée de cuir sur la table de nuit.

— Et si on commandait des filets mignons, des frites, de la bière et qu'on matait de vieux films ?

Elle avait toujours été experte en changement de sujet.

Olivia mit ses pieds sous elle et attrapa la télécommande. Il y aurait peut-être un film avec Audrey Hepburn sur AMC ou TMC. Elle zappa, pleine d'espoir. Aha ! *My Fair Lady* ! Bien, au moins c'était déjà ça.

Serena alluma une Merit light, tira une taffe et la fourra dans la bouche d'Olivia. Puis elle attrapa le téléphone, massa les épaules de son amie en commandant presque tout ce qui figurait sur le menu du room service du Plaza.

Peut-être que la vie craignait pour certains, mais Serena ferait tout pour que, pour elles, elle ne craigne pas.

deux portes plus loin, une suite est mise à sac

Juste en bas du couloir, dans une suite encore plus spacieuse, Dan, Jenny, deux membres des Raves et une Française hyperbronzée traînassaient et fumaient des cigares envoyés de Cuba par FedEx dans la chambre le jour même. Toute la pièce était jonchée de cartons ouverts de la FedEx: pêches de Georgie, bougies de France, vodka de Finlande, bière brune forte d'Irlande, gressins d'Italie, gel douche de L. A. et cheddar du Vermont au goût très prononcé.

Comme si on ne pouvait pas acheter tout ça dans une ville qui avait déjà *tout*.

Lloyd demanda au concierge de monter d'autres peignoirs et, un à un, ils se déshabillèrent pour les enfiler. Jenny ne savait trop si elle devait enlever son pantalon et son T-shirt, et il était quasi impossible de cacher son soutien-gorge dans la mesure où le peignoir avait la fâcheuse habitude de s'ouvrir au niveau du décolleté. Elle décida de ranger ses fringues dans la sous-vasque or et blanc sous le lavabo, et serra la ceinture au maximum, avant de retourner dans la suite.

— Prends une pêche, lui proposa Damian avec son adorable accent irlandais.

Il sortit une pêche mûre à point de la boîte et la mit sous ses yeux. Il avait enfilé un peignoir et Jenny se demanda s'il avait gardé ses sous-vêtements. Cette idée fit s'empourprer ses joues et son peignoir s'entrouvrit de nouveau. Damian tapota le coussin de la causeuse en soie damassée or sur laquelle il était assis.

— Viens, reprit-il. Mange une pêche et montre-moi comment tu me rétames à Terminator.

Jenny jeta un coup d'œil furtif à la sélection de jeux de PlayStation sur la table basse. Le rétamer ? Elle n'avait jamais joué à un jeu vidéo de toute sa vie.

— Ou préférerais-tu quelque chose de plus raffiné, genre un gressin italien ? lui lança Lloyd depuis le sofa de l'autre côté de la table basse. (Il tambourina sur ses genoux avec deux gressins.) Ils sont excellents avec de la bière. Tu trempes, expliqua-t-il en plongeant un gressin entier dans une bouteille de bière irlandaise. Et tu mâches. (Puis il tapota le coussin juste à côté de lui comme venait de le faire Damian.) Goûte.

Incapable de décider lequel des deux était le plus mignon, Jenny coupa un morceau de cheddar sur l'énorme meule sur la table basse et s'agenouilla par terre. Monique aussi était assise par terre, fumait une cigarette roulée et lisait un magazine de mode français, l'air de s'ennuyer, parce que Dan était allé dans la salle de bains prendre une douche et mettre son peignoir.

— *Oooh, là, là**! Je viens juste de réaliser qui tu es ! s'écria Monique d'une voix perçante en jetant sa cendre par terre, tout excitée. Tu es ce top model dans ces fantastiques pages de *W*. J'adore ces photos. Et cette blonde – trop belle *non** ?

— Eh bien, tu es encore plus jolie, répondit Jenny toute timide, enchantée qu'elle l'ait reconnue.

Elle aurait voulu avoir un accent français comme Monique. Tout paraissait tellement plus cool avec l'accent.

Dan sortit de la salle de bains, ses fringues hip-hop en boule sous le bras. Maintenant qu'il était plus clair et qu'il avait quelque peu dessoûlé, il était tenté de balancer ses fringues par la fenêtre.

— Hé, man, tu nous as jamais dit que ta sœur était un foutu top model ! fit Damian.

— Si cette foutue Monique est impressionnée, elle doit être carrément canon, bordel, acquiesça Lloyd.

Les garçons. Donnez-leur de la bière irlandaise forte et d'un seul coup, ils prennent tous l'accent britannique.

Dan avait tellement honte de sa performance de la soirée qu'il avait du mal à regarder les membres de son groupe en face.

— Elle a fait quelques photos, marmonna-t-il.

Marc, le bassiste des Raves, ouvrit la porte de la suite : il venait de promener Trish, son bouvier bernois. Le chien était énorme et noir avec un doux visage marron et blanc, comme un saint-bernard. Il avait donné à la chienne le prénom de son ex-petite amie – l'amour de sa vie, qui avait cassé avec lui en troisième – et il n'allait nulle part sans elle.

Comme c'est mignon. Et comme ça fout les boules.

Dan s'assit par terre à côté de sa sœur. Trish s'allongea à côté de lui et posa sa tête sur ses genoux. Elle avait une haleine abominable, comme si elle avait mangé du maquereau en conserve et du lait tourné.

— Hé, Marc, il s'avère que Jenny est, genre, un supermodèle hyperconnu ! lança Lloyd.

Marc jeta un œil timide à l'adolescente puis prit un

peignoir du Plaza sur le portant et l'enfila par-dessus ses vêtements. On aurait dit un vampire des temps modernes, avec des cheveux bruns bouclés, une peau pâle, et des yeux presque noirs.

Jenny pouffa, se délectant de toute l'attention dont elle faisait l'objet. Il était une heure du matin et elle se trouvait au Plaza, uniquement vêtue d'un peignoir et de ses sous-vêtements, avec les membres du groupe le plus cool au monde ! C'était un peu bizarre d'être là avec son frère, mais rassurant aussi.

Monique s'assit sur les genoux et caressa les oreilles de Trish. Puis elle glissa la main dans le dos du peignoir de Dan.

— Viens dans la chambre, lui murmura-t-elle à l'oreille.

Jenny entendait tout ce que disait Monique – mais sans le vouloir. Hardiment, elle se leva et alla s'asseoir sur le canapé à côté de Lloyd. Après tout, elle était un top célèbre – elle pouvait s'asseoir où elle le désirait.

Lloyd lui tendit un gressin.

— Dans le Sud de l'Italie, on dit qu'ils sont aphrodisiaques.

— Menteur ! fit Damian en balançant une pêche mûre et juteuse dans la tête de Lloyd.

Elle loupa sa cible et s'écrasa sur le mur blanc virginal derrière lui.

Vous n'êtes pas une véritable rock-star si vous ne savez pas vandaliser une chambre d'hôtel.

— N'écoute pas cette tête de nœud, il raconte que des conneries, l'avertit Damian, perdant soudainement son accent irlandais.

Il apporta trois manettes de PlayStation sur le

canapé et s'assit, de sorte que Jenny fût coincée entre Lloyd et lui.

Comme si ça la dérangeait.

Jenny avait des fourmis dans les pieds et ses oreilles bourdonnaient. C'était un soir en semaine, et elle était une supertop traînant dans une chambre d'hôtel avec trois rock-stars célèbres. Si seulement Serena pouvait la voir en ce moment.

Monique fit se relever Dan. Le pied de Damian vola dans l'air et lui donna un coup aux fesses, mais Monique fit celle qui n'avait rien remarqué. Elle entraîna Dan dans la chambre attenante et claqua la porte derrière eux.

— Ne faites pas trop de bruit ! leur cria Damian.

Marc s'allongea là où Dan et Monique étaient assis et posa la tête sur son chien. Trish lécha sa joue pâle et passa son énorme patte noire autour de son cou.

Waouh. Quel couple mignon.

Jenny ne s'était jamais sentie aussi célèbre de sa vie, et tout cela, elle le devait à son frère. Il méritait bien de se faire une Française. Et elle méritait bien d'être coincée entre les deux mecs les plus mignons du monde à avoir honoré de leur beauté la couverture de *Rolling Stone.* Si seulement un journaliste frappait à la porte pour les prendre en photo. Elle désirait que le monde entier soit au courant – c'était trop bon pour que personne ne le sache, même si elle devait aller au-devant de très gros problèmes.

Pas de souci, chérie – le monde a le drôle de don d'être au courant de presque *tout.*

gossipgirl.net

thèmes ◀précédent suivant▶ envoyer une question répondre

Avertissement : tous les noms de lieux, personnes et événements ont été modifiés ou abrégés afin de protéger les innocents. En l'occurrence, moi.

salut à tous !

ET DIRE QUE L'ON TROUVAIT LE TRIBECA STAR TROP COOL

Le Plaza est en plein *revival*, un *super revival*. Certains de nos petits chouchous ont vandalisé des suites dudit hôtel la nuit dernière. Ça s'est passé trop tard pour figurer dans la presse d'aujourd'hui, mais allez faire un tour sur la page six du *New Work Post* en ligne, tout y est. Un méga montage photo noir et blanc de l'adorable petite **J**, que le guitariste des Raves embrasse sur les lèvres sur les marches au tapis rouge du Plaza et à qui le batteur donne la fessée avec ses baguettes avant de l'étreindre hyperfort. Elle portait même le peignoir du Plaza pour rentrer chez elle, après avoir négligemment oublié ses vêtements, et envoyait des baisers de son taxi, telle une Marilyn Monroe des temps modernes.

J n'était pas le seul top model en herbe à sortir avec le guitariste des Raves. Un membre du personnel de l'hôtel a enregistré celui-ci en train de chanter une chanson à **S** au téléphone du Plaza. **S** a conclu le coup de fil en disant : « Je t'aime, papa. » Non, elle a fait ça ??

Et son mariage à une mystérieuse Française voilà un an, lors d'une cérémonie très privée à Saint-Bart ? Si vous regardez bien la photo où il embrasse **J**, il *porte* une alliance en or à l'annulaire de sa main gauche… et il y *avait* également une sublime Française dans le coup, bien qu'elle fût totalement obsédée par **D**, le nouveau leader déchaîné du groupe. Sa première performance en public fut quelque peu embarrassante mais, en bonne Française qui se respecte, elle est probablement trop chaudasse pour en avoir quelque chose à faire.

Ce qui est déroutant, c'est que **S** est restée avec **O** dans *sa* suite, nous rappelant toutes ces histoires sur **elles deux,** ensemble dans un jacuzzi, se livrant à ce qu'il vaudrait mieux décrire comme une baisouille entre filles. Comme si les choses n'étaient pas suffisamment compliquées et juteuses !

CES FRANÇAISES ONT UN TRUC

Je sais que j'ai déjà déliré là-dessus, mais comment ça se fait que les filles qui vont à l'Ecole française aient l'air d'avoir vingt-cinq ans alors qu'elles n'en ont que quatorze ? Et pourquoi tous les garçons que nous connaissons les désirent-ils en secret – ou pas en secret du tout ? Et n'est-ce pas superrageant d'entendre un groupe de filles de l'Ecole parler de vous à une soirée – en franglais, pour qu'on ne comprenne pas un seul mot de ce qu'elles racontent ? Elles se nourrissent exclusivement de chocolat chaud et de pommes frites, fument comme des pompiers, et on ne les voit jamais courir ou jouer au hockey sur gazon dans Central Park. Pourtant, elles ne sont pas grosses ni couvertes de boutons. À croire que leurs *mères** et *grands-mères** leur ont présenté Chanel ou Lancôme quand elles étaient bébés ; et les acides alpha-hydroxy ou je sais trop quoi, se sont répandus dans leurs systèmes, leur ont donné une peau parfaite, des corps parfaits, et des pieds super à l'aise sur des talons de sept centimètres. Leur établissement *autorise* même les talons – contrairement à toutes les autres écoles de filles de l'Upper East Side – ce qui, en gros, confirme ce que je viens de vous dire. En matière d'éducation, les Françaises suivent manifestement un programme totalement différent. Non pas que nous soyons jalouses ni rien...

ON A AUSSI VU

La mère d'**O**, au consulat d'Italie, agiter son carnet de chèques dans tous les sens. Qu'a-t-elle donc en tête ? **K** et **I**, se faire des épilations du maillot assorties, chez Maria Bonita, un minuscule salon NoLita, commodément situé près de chez Sigerson Morrison qui, comme par hasard, organisait une vente privée le même jour. **C** – qui avait momentanément disparu de la circulation après que toutes les facs où il avait postulé ont refusé sa candidature – amener son singe blanc se faire... euh... castrer dans une clinique discrète de Chelsea. Apparemment, le singe avait hérité du penchant naturel de son maître à sauter sur tout ce qui bouge, et se faisait tous les chiens, les chats et les furets du quartier.

VOS E-MAILS

Q: Chère GG,

Je sais que c'est toi qui as réalisé le film qui a suscité tellement d'enthousiasme à Cannes. Qu'est-ce que tu attends ? Amène ton cul et viens chercher ta récompense !

— mogl

R: Cher mogl,

Tu dois penser que « la reine fait trop de protestations », mais je le dis pour la dernière fois – je ne vois absolument pas de quoi tu parles, p… ! Amuse-toi bien à Cannes.

— GG

Q: Chère GG,

Qu'est-on censé faire le reste de l'année maintenant que l'on sait que l'on entre à la fac ?

— bord

R: Chèr(e) bord,

Arrête ton char ! – n'est-ce pas ce que l'on attend tous ? Faire les magasins, boire, manger, et se cuiter ? Pouvoir être tout ce que l'on veut ? Si tu ne possèdes pas ta propre piscine et si tu ne peux pas aller dans la piscine sur le toit du SoHo House, donne-toi pour mission d'être ami avec quelqu'un qui y a accès et passe le reste du mois de mai à griller en bikini Eres !

— GG

Q: Chère GG,

Si tu aimes très très fort une fille mais qu'elle n'arrête pas de t'ignorer, que ferais-tu ?

— tromal

R: Cher tromal,

Premièrement, change de pseudo et trouve-toi un truc plus optimiste et plus séduisant, genre « supercho ». Deuxièmement, assure-toi que ton déodorant fonctionne et que tes fringues ne sont pas

totalement désespérées. Puis propose-lui de sortir, de préférence là où il y a d'autres personnes qu'elle connaît et avec qui elle est à l'aise, pour qu'elle puisse s'amuser si jamais elle décrète que tu es un loser humble et que tu ne l'intéresses pas. Bonne chance !
— GG

C'est lundi, le début de la semaine de cours – je sais, *chiant*. Mais soyons réalistes, après un week-end comme celui-ci, les choses peuvent-elles réellement être chiantes ? Tels des loups déguisés en agneaux, nous avons toutes l'air tellement innocentes dans nos costumes d'école, mais ce week-end ne sera forcément pas sans répercussions.
Je serai la première à en parler quand ça va chier !

Vous m'adorez, ne dites pas le contraire.

gossip girl

j, o et s se font carrément renvoyer

— Il paraît que cette pouffiasse de troisième a, genre, carrément partouzé avec tous les membres du groupe – même le nouveau chanteur, qui est, genre, son *propre frère*, chuchota Kati Farkas à Isabel Coates, sa meilleure amie et co-organisatrice du Week-end Spa des Terminales de Constance Billard.

Kati refit la raie dans ses longs cheveux blond vénitien avec un peigne en écaille rose avant de les lisser avec les mains.

— Tu as vu ces photos d'elle sur le site du *Post*? Elle n'a même pas pris la peine de se rhabiller pour sortir de l'hôtel !

Les deux filles regardaient par les fenêtres de la bibliothèque de Constance Billard au troisième étage, feignant de réviser le texte de leur sketch filles-en-bikinis-et-masques-de-boue qu'elles étaient censées faire demain dans la salle des terminales afin de promouvoir le Week-end Spa. Non pas qu'il eût besoin de pub. Tout le monde rapporterait chez soi des sacs-cadeaux remplis de nouveaux produits Origins fabuleux, et leur peau serait totalement rayonnante jusqu'au bac. Ce serait le plus cool séchage de cours des Terminales jamais organisé.

Isabel prit le peigne dans les mains de son amie et attacha en queue-de-cheval ses cheveux bruns lisses et brillants.

— Il paraît que Nate et ses copains ont failli mourir dans un naufrage, mais Olivia était trop occupée à baisouiller *encore* avec Serena pour s'en rendre compte. Tu imagines, apprendre que ta petite copine te trompe avec, genre, une *fille* ?

Kati fit la grimace et frissonna pour signifier son assentiment.

— Dégueulasse.

Isabel colla son nez retroussé contre la vitre.

— Regarde !

Olivia et Serena descendaient la 93e Rue à la hâte, bras dessus, bras dessous, souriant timidement, comme si elles venaient de partager le plus amusant des secrets. Au lieu de sa longueur habituelle à mi-cuisses, socialement décente, l'uniforme d'Olivia lui arrivait aux genoux. C'était clair de chez clair qu'elle avait emprunté celui de Serena.

Si vous voyez ce que je veux dire…

Juste au moment où les filles passaient les grandes portes bleues de Constance Billard, un taxi jaune se gara, duquel descendit Jenny Humphrey en croquant dans un gressin. Elle avait réussi à troquer son peignoir du Plaza contre un T-shirt rose et son uniforme de printemps en crépon de coton bleu et blanc. Elle portait également des sandales compensées Jimmy Choo rose électrique plutôt ravissantes, qui détonnaient à fond avec l'uniforme, et d'énormes lunettes de soleil Jackie O en écaille rose.

Oh-oh, ne vous retournez pas, mais j'en connais qui la trouvent *trop bonne*.

— Où a-t-elle trouvé ces pompes ? souffla Kati, incrédule. La liste d'attente pour en avoir fait, genre, un kilomètre et demi !

— Ce doit être des fausses, ça se voit d'ici, répondit Isabel.

Aucune des deux ne voulait avouer le fond de sa pensée – que Damian ou Lloyd des Raves avait probablement offert les chaussures et les lunettes à Jenny – parce qu'être jalouse d'une troisième, ça ne se faisait pas.

Serena, Olivia et Jenny venaient de passer les portes de l'établissement lorsque Mme M, la redoutable directrice de Constance Billard, les aborda.

— Les filles, ordonna-t-elle, j'aimerais vous parler à toutes les trois dans mon bureau, s'il vous plaît. Vos parents vont arriver.

Euh ? se demandèrent les trois filles à l'unisson.

Ça devrait être drôle.

Le visage de Mme M était doux et terreux ; ses cheveux teints en auburn style poupée Raggedy Ann, et permanentés en petites frisettes, lui donnaient une apparence douce de grand-mère. Mais les apparences sont trompeuses : elle était tout sauf douce. En fait, c'était une vieille et grosse gouine vacharde, qui avait soi-disant une petite amie conductrice de tracteur dans sa maison au nord de New York et arborait un tatouage sur la cuisse proclamant : « Chevauche-moi, Vonda ».

— Asseyez-vous, les filles, ordonna-t-elle en positionnant son cul vêtu d'un tailleur-pantalon bleu marine Talbots sur la chaise d'époque derrière son bureau géant en acajou.

Le bureau de la directrice était entièrement décoré en rouge, blanc et bleu, et les filles de Constance se demandaient si elle se prenait pour le Président ou si elle était juste extrêmement patriote.

Ahuries et obéissantes, Serena, Olivia et Jenny s'installèrent sur la causeuse bleue et dure en face du bureau de la directrice. Elles se sentaient un peu à l'étroit, assises à trois sur la causeuse, mais cette proximité était rassurante.

— Deux d'entre vous sont censées passer le bac le mois prochain, après quoi vous ne serez plus sous ma responsabilité, commença Mme M. L'une d'entre vous, en revanche, vient seulement de commencer sa carrière au lycée et prend déjà un très mauvais chemin, et l'on ne peut pas dire que ce soit grâce à vous, mesdemoiselles. (Elle chaussa ses lunettes demi-lunes et feuilleta un tas de dossiers sur son bureau.) Vous vous trouvez dans une situation extrêmement précaire, toutes les trois.

Olivia ouvrit la bouche pour parler, mais la referma lorsque sa mère apparut sur le pas de la porte du bureau de Mme M, en tenue de tennis et portant une Yale pleurnichant en s'agitant dans un porte-bébé Burberry. La courroie, qui n'avait pas été réglée correctement, heurtait sa hanche comme un fourre-tout encombrant.

— J'essaie cette nouvelle chose que l'on appelle l'« *attachment parenting*[1] », expliqua Eleanor, à bout

1. L'*attachment parenting* est une philosophie et une pratique d'éducation qui favorisent la naissance de liens émotionnels solides et sains entre enfants et parents (allaitement, sommeil partagé, portage ou toucher, discipline positive, etc.). *(N.d.T.)*

de souffle. C'est censé créer des liens très forts entre votre enfant et vous, et renforcer leur confiance. (Elle gloussa et remonta la courroie sur son épaule, mal à l'aise.) J'imagine que vous êtes censée marcher avec cela toute la journée, mais qui a le temps ? J'ai tennis au Y, déjeuner chez Daniel, et un soin du visage chez Arden, puis Cyrus et moi allons à Bridgehampton en fin de semaine. Une demi-heure le lundi et le mercredi, c'est le seul créneau dont je dispose pour créer des liens affectifs !

Bien, sa bonne volonté lui fait tout de même marquer des points.

— Ah, et Olivia, chérie, il y a une vente privée Dior qui t'intéressera sûrement, me suis-je dit. C'est à midi. Tu pourrais m'y retrouver.

Mme M arqua un sourcil marron non épilé. Faire du shopping pendant les heures de classe – grands dieux ! Mais s'il s'était agi d'une vente privée Talbots, même elle eût été intéressée.

— Mme Rose, fit Mme M en désignant comme une pro le fauteuil à oreilles à côté de la causeuse où les filles étaient perchées, je comprends que vous soyez débordée, mais je voulais vous exprimer mon inquiétude, étant donné que votre fille vit manifestement à l'hôtel. Son admission à l'université de Yale étant en jeu, j'ai du mal à croire qu'il soit opportun pour une jeune femme de vivre dans un… (Elle marqua une pause, cherchant ses mots.) Un environnement aussi tourmenté.

Comme si elle tombait des nues, Eleanor gratifia la directrice d'un sourire rayonnant. Elle avait constaté que sa fille s'était absentée pour le weekend, mais elle ne savait pas où au juste et elle n'avait pas vraiment remarqué qu'elle n'était pas rentrée hier soir. En effet, Cyrus et elle s'étaient rendus à un cocktail pour fêter l'ouverture d'un de ses nouveaux immeubles et n'étaient pas rentrés avant deux heures du matin. Elle s'assit dans un fauteuil à gauche du bureau de Mme M et croisa les jambes, fourrant Yale sous son bras comme le dernier sac Birkin d'Hermès. Yale pleurnicha en guise de protestation, mais Eleanor continua à sourire, comme si elle ne savait que trop faire d'autre.

Olivia, mal à l'aise, se tortilla dans son fauteuil. Avec une mère pareille, Mme M ne pouvait-elle pas comprendre pourquoi elle était obligée de vivre à l'hôtel ?

— Olivia a dormi chez moi hier soir, pipeauta Serena.

Pour quelqu'un qui passait pour une Barbie de l'Upper East Side, Serena savait très bien retomber sur ses pattes, sur ses Manolos, ou quelles que fussent les chaussures-du-moment qu'elle portât.

— Regardez, elle m'a même emprunté un uniforme.

— Alors pourquoi ai-je dû répondre au pied levé, toute la matinée, à des coups de fil de parents et de futurs parents inquiets que leurs filles dorment dans des chambres d'hôtel avec des rock-stars ivres ? demanda Mme M. J'ai même reçu un appel d'une maison d'édition pour m'informer que l'an prochain Constance Billard aura l'honneur de figurer dans leur guide pour l'université comme l'une des cinq meilleures écoles dans lesquelles envoyer votre fille, si vous voulez qu'elle devienne une célébrité ou qu'elle en fréquente.

— Cool, lâcha étourdiment Jenny, le regrettant sur-le-champ.

Mme M darda un regarda noir sur elle, disant « ne-commence-pas, espèce-de-petite-trouducuteuse ». De toute évidence, la directrice semblait en panne d'inspiration quant aux conseils à donner à Eleanor pour élever sa fille, ce qui devait être un problème fréquent, étant donné que la majorité des parents des élèves de Constance Billard n'élevaient pas eux-mêmes leurs filles. Ils avaient de l'aide, et beaucoup d'aide.

— Je suis sûre que si les filles étaient ensemble, elles n'ont pas dû faire beaucoup de mal, observa Eleanor avec plus de bon sens qu'Olivia l'aurait crue capable.

— Nous n'avons même pas quitté la chambre, ajouta Olivia avant de refermer la bouche.

C'était quoi son problème, au fait ? Serena venait de dire qu'elles étaient restées chez elle hier soir.

Puis Lilian van der Woodsen, la mère de Serena, et Rufus Humphrey, le père de Jenny, apparurent soudain sur le pas de la porte du bureau de Mme M. Rufus, qui n'était pas habitué à sortir de chez lui ni même à se réveiller avant onze heures, était encore plus échevelé et dépassait encore plus les bornes qu'à l'accoutumée. Ses longs cheveux rêches poivre et sel étaient attachés en espèce de chignon avec l'immense pince en plastique pourpre brillante que Jenny avait achetée en CM1, et il portait un pantalon de jogging gris, coupé à mi-mollets en pantacourt, et une chemise en flanelle rouge, dont une manche était remontée. Un paquet de Camel sans filtre dépassait de sa poche poitrine. Ses chaussures passaient encore

– des mocassins marron vintage – mais n'allaient pas superbien avec le pantalon de survêt et craignaient vraiment sans chaussettes.

Mme van der Woodsen était fidèle à elle-même, impeccablement habillée, calme et posée, semblant diffuser une odeur de lis fraîchement coupés et de savon fabriqué en France. Elle serra ses longs bras bronzés contre sa poitrine, froissant sa robe Chanel en lin vert menthe, pour qu'aucune partie de son corps ne soit trop près de Rufus.

— Désolé d'être en retard pour l'inquisition, grommela Rufus. (Il jeta un regard menaçant à Jenny.) Je n'aurais loupé cela pour rien au monde.

Mme van der Woodsen entra et embrassa gracieusement Mme M sur la joue. C'était le genre de baiser dont les bienfaiteurs avaient l'habitude de gratifier les directeurs d'organisations auxquelles ils prodiguaient si généreusement des millions de dollars.

— C'est de ma faute si les filles sont arrivées en retard à l'école, avoua-t-elle. Mon chauffeur a dû filer récupérer mes affaires au pressing et elles ont dû aller en classe à pied.

Serena gratifia sa mère d'un regard reconnaissant et celle-ci cilla, compatissant en silence.

Maintenant nous savons de qui Serena tient sa grâce sous pression.

Bébé Yale produisit brusquement le type de bruit gastro-intestinal que seuls les nouveau-nés ont le droit de faire en public. Eleanor sortit son portable à la va-vite et appela la nounou. Elle avait eu sa dose d'« *attachment parenting* », merci bien. Elle n'allait pas se risquer à changer une couche.

— Restez dans la voiture, j'arrive tout de suite, ordonna-t-elle frénétiquement.

Apparemment, Mme M venait brusquement de comprendre qu'il y avait trop de monde dans son bureau et que si elle ne faisait rien, les choses allaient devenir extrêmement bizarres.

Comme si elles n'étaient pas déjà assez bizarres.

La directrice soupira profondément, comme si son week-end à botteler de la paille à Woodstock avec Vonda était passé trop vite et qu'elle ferait peut-être mieux d'envisager de partir en retraite anticipée.

— Olivia et Serena, vous êtes en terminale et vos parents sont occupés. Restons-en là : vous avez beau vous approcher de l'âge adulte, je préférerais que vous dormiez dans vos propres lits, surtout les soirs de semaine.

Eleanor hocha la tête et se hâta de glisser Yale dans son porte-bébé du mieux possible, clairement impatiente de mettre l'enfant en lieu sûr, entre les mains compétentes de la nounou. Mme van der Woodsen sourit d'un air contrit, comme si elle était sûre et certaine que les problèmes que pourrait causer Serena se régleraient facilement d'un baiser démocratique sur la joue et sur la promesse d'une grosse donation au fonds de développement de Constance Billard. Et Rufus grommela, comme s'il avait hâte d'être seul dans la pièce avec Jenny et Mme M, afin de pouvoir leur dire leurs quatre vérités à toutes les deux.

La cloche sonna, signalant la fin de la première heure de classe.

— Pourrait-on aller en cours maintenant ? demanda Olivia d'un ton doux, comme si louper la gym allait *vraiment* foutre sa journée en l'air.

— Oui, consentit Mme M, se laissant fléchir.

(Serena et Olivia se levèrent, laissant Jenny seule sur la causeuse.) N'oubliez pas, les filles, ajouta la directrice, votre admission à l'université peut être révoquée si vous ne gardez pas le niveau promis sur votre dossier.

— Merci de nous avoir prévenues, répondit Serena en agitant la tête dans une espèce de demi-révérence docile, avant d'attraper Olivia par le coude et de quitter la pièce.

Elles embrassèrent leurs mères pour leur dire au revoir et gravirent l'escalier jusqu'à la salle des terminales, trois marches à la fois, se répétant inlassablement, à bout de souffle: « *Qu'est-ce que c'était donc que ce bordel?* »

— Jennifer, dirent Mme M et Rufus, pratiquement à l'unisson.

Jenny croisa les chevilles et s'assit sur les mains, se sentant toute petite et désarmée, maintenant que les deux grandes étaient parties. Son père s'assit à côté d'elle sur la causeuse et passa son bras autour de ses épaules. Il sentait le bagel à l'oignon rassis et le mauvais café. De petites brûlures de cigarettes criblaient son pantalon de jogging.

— Je n'ai jamais eu à me plaindre de toi, dit-il à Jenny en lui serrant affectueusement l'épaule. Bonnes notes. Bonne artiste. Lit beaucoup. Gentille avec son papa – la plupart du temps. (Il lança un regard amusé à Mme M.) Allez-vous me dire que, toutes ces années, je me suis bercé d'illusions?

Mme M lui décocha son premier sourire sincère depuis des semaines. Elle aimait bien Rufus Humphrey. Bien sûr, il était débraillé et pas à sa place, mais c'était un père célibataire qui élevait deux gosses tout seul et qui s'en sortait plutôt bien. Son seul problème était qu'il habitait de l'autre côté du parc et ne jouait pas selon les mêmes règles que le reste de l'Upper East Side, depuis l'entrée à la crèche de Brick Church sur Park Avenue. Il n'avait jamais donné un centime à la fondation de l'école ni assisté à un dîner organisé pour collecter des fonds. Il n'avait jamais proposé d'offrir une nouvelle bibliothèque, un gymnase ou une piscine à l'établissement, si cela pouvait garantir à sa fille une place à Harvard après le bac. Il était plus protecteur envers sa fille que la plupart des parents qu'elle connaissait, principalement parce qu'il avait lui-même changé ses couches, veillé à son côté quand elle n'arrivait pas à dormir, et l'avait punie lorsqu'elle avait fait une bêtise. Et, de fait, il se sentait quelque part responsable de son comportement.

Waouh, quelle idée !

Jenny espérait sérieusement qu'il s'agissait de l'un de ses rêves bizarres qu'elle faisait quand elle mangeait trop de beignets au chocolat Entenmann. Non pas qu'elle en ait beaucoup mangé récemment. Pour ce qu'elle s'en souvenait, elle avait en tout et pour tout dîné hier soir de six gressins fins importés d'Italie par la FedEx, dans une certaine suite du Plaza.

Sans parler du septième qu'elle avait enveloppé dans une serviette du Plaza brodée d'or en souvenir.

— Merci d'être venu si vite, M. Humphrey, commença Mme M. Et je dois reconnaître que je suis d'accord avec vous. Jennifer est une fille intelligente, créative et la plupart du temps, elle se conduit bien. Toutefois elle se forge une réputation d'être quelque peu… dissipée et les parents de ses pairs commencent à se poser des questions.

Rufus tira sur sa barbe, perplexe. En tant qu'anarchiste autoproclamé, il aurait dû se sentir supermal à l'aise dans le bureau patriotiquement décoré de la directrice, contraint de s'incliner devant une figure autoritaire à propos du comportement prétendument dissipé de sa fille.

— Qu'insinuez-vous par « réputation d'être quelque peu dissipée » ?

Mme M déchaussa ses lunettes qu'elle plia soigneusement devant elle.

— M. Humphrey, savez-vous que votre fille n'était pas chez vous hier soir ?

Rufus opina du chef.

— Ça vous pose un problème ?

Jenny gloussa puis flanqua sa main à sa bouche.

— Bien, où était-elle, vous figurez-vous ? insista Mme M, son doux visage de poupée de chiffon devenant de plus en plus sévère.

Rufus s'étrangla de rire, et Jenny sentit son sang d'anarchiste se mettre à bouillir.

— Je n'ai rien à me *figurer* du tout. Elle me l'a *dit*. Elle a passé la nuit chez son amie Elise. Pas loin d'ici.

— Elise Wells, développa Jenny d'une voix rauque. Elle est dans ma classe.

— Oui. Bien. Elise n'est pas arrivée en classe avec une heure de retard ce matin. En fait, elle est arrivée à l'heure et toute seule. Votre fille, en revanche, vient juste d'arriver. Et ce parce qu'elle a dû rentrer chez elle se changer. Parce que, en fait, elle a passé la nuit dans un hôtel avec un groupe de rock plutôt connu.

La mâchoire de Rufus s'ouvrit en grand, révélant ses dents de travers et tachées de café. Pour une fois, il était complètement sans voix. Jenny serra ses bras contre sa poitrine, tout en gardant les yeux rivés sur le tapis bleu roi.

— Ce n'est pas sa première mésaventure, non plus, poursuivit Mme M. Il y a eu cette image compromettante d'elle et d'un garçon qui a circulé sur Internet voilà quelques mois. Ensuite, je vous ai envoyé un courrier vous suggérant que Jenny aille voir un thérapeute plusieurs fois par semaine ici à l'école, auquel vous n'avez jamais répondu. Puis, le mois dernier, votre fille est apparue dans un magazine populaire pour ado en soutien-gorge de sport, tracassant plusieurs parents – surtout ceux qui ont des fils ados.

Rufus essuya sa main sur son visage.

— Bon Dieu, Jenny, souffla-t-il.

Même Jenny dut reconnaître que Mme M la faisait passer pour une pétasse de première, mais elle n'allait même pas essayer de se défendre. De plus, elle avait été sage la majorité de sa vie – c'était plutôt excitant d'être la débauchée de service.

— Alors, allez-vous l'exclure temporairement? demanda Rufus.

Oui, s'il vous plaît, songea Jenny avec un plaisir silencieux. *Et envoyez-moi direct au pensionnat.*

Mme M secoua la tête en signe de dénégation.

— Pas encore. Ce n'est qu'un avertissement. Mais si Jennifer continue à se comporter de façon aussi flagrante en public ou de sorte à contrarier ses camarades de classe ou leurs parents, je serai contrainte de prendre des mesures afin de m'assurer que la réputation de cette institution ne soit pas entachée.

La troisième cloche sonna, signalant le début de la deuxième heure.

— Je vais louper le latin, glapit Jenny. Puis-je y aller ?

— Pas si vite, ma petite demoiselle, tonna son père en resserrant son étreinte sur ses épaules.

Rufus était un tendre au fond, mais très strict en matière de discipline quand on l'énervait.

— Très bien. J'en ai terminé avec vous deux, répondit Mme M.

Elle repoussa sa chaise et croisa les bras sur sa poitrine, l'air plus gouine que jamais.

Jenny se leva d'un bond et fila du bureau avant que son père ne puisse la rattraper et avoir le dernier mot – et avant que Mme M ne la renvoie chez elle pour être en tenue de tous les jours.

— Vous allez l'air fatigué, M. Humphrey, entendit-elle Mme M dire derrière elle. J'ai une ferme merveilleuse à Woodstock. Vous devriez franchement y faire un tour un de ces jours.

— Woodstock – j'adore Woodstock ! s'exclama M. Humphrey. J'y ai campé en 1974. Je vivais avec deux potes poètes dans une camionnette…

Jenny grimpa l'escalier quatre à quatre pour aller en latin, bizarrement enchantée à l'idée d'avoir été à deux doigts de se faire expulser de Constance. Qu'est-ce que ça pouvait faire si sa photo figurait dans la page potins en tant que pouffiasse non identifiée, petite, frisée et « flagrante en public » ? On finirait par la reconnaître, par savoir qu'elle était la fille qui sortait tout le temps avec les Raves. Les gens lui demanderaient constamment si *elle* était la petite copine de Damian, et elle deviendrait la pin-up des quotidiens, comme elle l'avait toujours souhaité !

*le petit fiasco perso de n * %@§*

— Une victoire à la Pyrrhus, marmonna M. Knoeder dans son style incompréhensible bien à lui. Archibald, êtes-vous avec moi ?

Nate n'avait pas fait ses devoirs. Il ne savait même pas quel jour c'était. Il s'était réveillé, avait pris une douche puis était tranquillement allé en classe, dans l'espoir de trouver des conseils. Mais voilà que son connard de prof d'histoire voulait qu'il réponde à une question débile sur la guerre du Vietnam qui, tout le monde le savait, avait été une merde de fiasco total.

— Pyrrhus était un roi grec, enfin un mec qui a rétamé les Romains dans une bataille, mais y a eu des tas de victimes, Nate s'entendit-il dire.

Pas étonnant que j'aie été reçu à Yale et *à Brown*, se félicita-t-il. *Je suis un* putain *de génie* !

— En fait, c'était la *bataille* de Pyrrhus, le corrigea M. Knoeder, en fourrant son auriculaire dans son oreille tout en écrivant quelque chose au tableau.

Les garçons de St Jude's le surnommaient tous M. Sans Bite, parce qu'il portait des pantalons tellement hauts et moulants qu'il ne pouvait raisonnablement pas avoir de bite.

— Mais votre réponse était presque correcte.

Nate sortit son portable pour envoyer un texto à Jeremy, assis dans le même rang que lui, quatre places plus loin.

Mer6 100 Bite, écrivit-il.

Tu vE trené apré ? répondit Jeremy.

PE pa. puni, répondit Nate.

Dsolé pr O & ce keum, écrivit Jeremy.

Nate se pencha par-dessus son bureau et jeta un regard perdu à son ami, signifiant : « Explique-moi, s'il te plaît. »

« Keum 2 la soiré Yale ki a B zé avc O », clarifia Jeremy.

C'était donc ce type qui était dans le lit d'Olivia hier soir. Nate l'avait trop mauvaise pour répondre à son pote. Il avait laissé son amie seule à peine plus d'une journée et il avait fallu qu'elle couche avec un salopard à une soirée Yale à la con, à laquelle elle n'était probablement même pas invitée ? Il aurait dû être furieux. Mais il se sentait simplement déprimé. Il était censé se rendre à cette soirée. Il aurait même pu y amener Olivia. Ils auraient pu parler de leur avenir, puis faire l'amour. Ça aurait pu être romantique. Mais comme d'habitude, il avait tout fait foirer.

Eh bien maintenant il sait – ça craint peut-être pas d'être celui qui trompe, mais ça craint à fond d'être celui qui est trompé.

Et merde, se dit-il. Il leva la main.

— M. Knoeder, est-ce que je peux sortir ? Je crois que j'ai une intoxication alimentaire, un truc comme ça.

Allez, mon grand, tu peux mieux faire.

M. Knoeder ne s'en rendit même pas compte. Le

dos tourné, il dessinait une carte détaillée de Saigon à la craie pourpre. Nate envoya un « @ + » déprimé par texto à Jeremy, rassembla ses affaires et sortit discrètement de la salle de classe, laissant les autres terminales du cours d'histoire américaine de St Jude's le dévisager tout en se demandant pourquoi ils n'avaient pas les couilles d'en faire autant.

Nate rangea ses livres dans son casier du rez-de-chaussée et claqua la porte. Aux chiottes les devoirs, et aux chiottes le lycée. Il était déjà admis à la fac et maintenant qu'il était puni, autant rester chez lui, manger des brownies et se défoncer. Il sécherait les autres cours de la journée, se roulerait un énorme pétard, remplirait les formulaires de rigueur et enverrait ses arrhes à Yale. Tant pis s'il avait promis à Olivia qu'il irait à Yale uniquement si elle était admise. Toutes les promesses qu'ils s'étaient faites avaient été rompues et, la vérité, c'était que Yale possédait la meilleure équipe de lacrosse et avait promis de faire de lui le capitaine de son équipe de deuxième année. Il désirait y entrer, qu'Olivia y soit admise ou non.

Armé d'une volonté inflexible, il rentra chez lui en tentant de se débarrasser de l'image du connard maigre et ronflant, voleur-de-petite-copine, qui dormait dans le lit d'Olivia. Envoyer ses arrhes à Yale ne serait sûrement pas une victoire sans conséquences catastrophiques, en revanche. Olivia cracherait du feu quand elle l'apprendrait.

À moins qu'elle s'en fichât, ce qui était presque plus flippant.

d, l'avenir du hip-hop

Riverside Prep, la petite école la plus pittoresque de l'Upper West Side, se trouvait dans une église en briques rouges construite fin 1900. L'entrée principale donnait sur West End Avenue – une porte rouge vif mignonnette arborant un panneau « RIVERSIDE PREPARATORY SCHOOL FOR BOYS », qui véhiculait l'impression gênante d'être une espèce d'institution pour gosses de riches. Heureusement les terminales entraient par la porte latérale, une porte noire d'apparence normale sur la 77e Rue – l'idéal pour se faufiler discrètement quand vous arrivez avec quelque deux heures de retard.

Dan entra en plastronnant pour les dix dernières minutes de la première heure du cours avancé d'anglais, portant son pantalon de hip-hop et ses tennis jaune et noir du concert des Raves de la veille, ainsi qu'un T-shirt APC gris foncé que Monique lui avait offert, arborant M. WONDERFUL[1] au pochoir rouge en caractères gras sur la poitrine. Hier soir, il s'était bourré la gueule, avait chanté comme une pauvre merde, avant de passer une nuit de baise torride totalement imméritée avec une sublime Française, sur un

1. Litt. : M. Merveilleux. *(N.d.T.)*

lit géant dans une suite du Plaza. C'était excellent, en fait, d'être une rock-star.

À qui le dis-tu.

— Bien, si ce n'est pas mon plus célèbre élève, observa laconiquement Mme Solomon lorsque Dan se dirigea tranquillement au fond de la salle et s'avachit derrière un bureau.

Mme Solomon était fraîchement diplômée et avait hyperhonte du gros faible qu'elle nourrissait pour Dan. Au lieu de l'inonder d'éloges – il était indubitablement l'élève le plus doué de la classe – elle était soit narquoise soit critique, ou l'ignorait complètement. Une fois, rien que pour la tester, il avait carrément recopié un essai sur la prose de Virginia Wolf, écrit par le célèbre critique littéraire Harold Bloom, son conseiller pédagogique de Princeton, et le lui avait rendu en feignant l'avoir rédigé lui-même. Mme Solomon lui avait mis un 14/20, comme pour chacun de ses devoirs d'anglais, qu'ils soient bons ou mauvais.

— La classe et moi nous demandions si nous devrions ou pas faire une dernière dissertation sur les tragédies de Shakespeare au lieu d'un examen final. Un avis, Dan ? (Elle plaqua sa main sur sa bouche et ajouta, sarcastique :) Veuillez m'excuser – peut-être avez-vous un nom de scène, maintenant ?

Fronçant les sourcils, Dan contempla son bureau sur lequel quelqu'un avait gravé les mots *Face de Garce* au stylo-bille vert. En temps normal, il aurait été ravi de rédiger une disserte au lieu de passer un exam, mais les dissertes exigeaient beaucoup de recherches, un plan et des heures d'écriture, alors qu'un exam ne nécessitait qu'une brève apparition de deux heures.

À condition que vous n'ayez pas l'intention de réviser – ce qui était son cas.

Maintenant qu'il était une rock-star, il partirait en tournée, ferait des vidéos, signerait ses albums et repousserait les femmes et les paparazzi. Consacrer deux heures sur une seule journée à un stupide exam d'anglais était franchement préférable.

Mme Solomon était du style maigre et sec, ce qui lui donnait quarante ans de plus, et ses cheveux blond foncé cendré, tout le temps attachés en queue-de-cheval basse, avaient l'air gris sous l'éclairage fluorescent et cru de l'école. Elle adorait la dentelle et affectionnait les blouses couleur crème aux cols et manchettes en dentelle, qu'elle portait avec des jupes en laine noire au genou, des bas noirs et des pompes noires aux talons bizarrement hauts et fins. Ses jupes étaient toujours hypermoulantes, amenant les garçons à se demander si elle ne se considérait pas comme la femme la plus sexy au monde.

Euh…

— La moitié de la classe veut une disserte et l'autre moitié, un examen. Votre vote sera décisif, expliqua-t-elle.

Ce qui signifiait que, quoi que décidât Dan, la moitié de la classe le détesterait.

Il s'éclaircit la gorge.

— Je pense qu'un examen serait un meilleur indicateur de tout ce que nous avons appris au cours de l'année, déclara-t-il, passant pour un gros nul.

— Non, pas possible ? railla Chuck Bass, assis deux rangs plus loin.

Le code vestimentaire de Riverside Prep était treillis ou pantalon de velours uni, ceinture marron ou noire, chemise blanche ou pastel boutonnée, et mocassins noirs ou marron, avec des chaussettes foncées. Chuck Bass portait une combinaison-pantalon Prada noire dézippée, dévoilant son torse bronzé et récemment épilé, et des sandales Camper en cuir blanc crème qui révélaient ses pieds glabres et manucurés. Par terre, sous son bureau, Sweetie, son singe des neiges, sortit la tête du fourre-tout Dooney & Bourke en cuir orange et rouge de son maître et montra les dents.

Chuck ne méritait pas d'être en cours avancé d'anglais. Il savait tout juste écrire, n'avait jamais lu un seul livre dans son intégralité, et croyait que Beowulf était un type de fourrure utilisé pour doubler les manteaux. Mais dans l'espoir de le faire entrer à la fac, ses parents avaient insisté pour qu'il suive tous les cours avancés, ce qui s'était avéré être une énorme erreur. Étant donné que Chuck préférait faire du shopping et assister à des défilés de mode au lieu d'aller en classe et de faire ses devoirs, il avait obtenu des 10/20 dans tous les cours le semestre dernier, n'avait été reçu dans *aucune* des universités où il avait déposé sa candidature, et allait entrer dans une école militaire.

Et il était amer ? Assurément.

— Hé, M. Wonderful ! siffla Chuck à l'attention de Dan. Ne te retourne pas, mais ta carrière de chanteur des Raves est finie !

Pardon ?

Dan s'affala dans sa chaise et donna des petits coups de stylo dans le bureau. Il était une rock-star, il n'avait pas à écouter ces conneries. Il reçut un petit coup de pied à la base de sa colonne vertébrale.

— T'es fini, murmura Bryce James, un pote fervent de Chuck. À moins que ta pétasse de sœur te relance.

Ce qui hérissa Dan : qu'est-ce que Jenny avait à voir dans l'histoire ? Pour ce qu'il en savait, sa sœur était juste venue pour voir, comme elle l'avait toujours fait. Après tout, si votre grand frère faisait partie d'un gros groupe de rock, ne voudriez-vous pas traîner avec lui et son groupe, vous aussi ?

— Il paraît qu'elle veut être chanteuse, développa Bryce. Donc elle a couché avec tous les membres du groupe.

Dan se retourna d'un coup et fit simplement un doigt à Bryce, parce qu'il avait trop la gueule de bois pour lui balancer une repartie intelligente. Jenny avait quitté la suite à la minute où Monique et lui s'étaient réveillés ce matin, mais qu'avait-elle donc fichu au juste cette nuit pendant qu'il était occupé ? Et comment ça se faisait que tout le monde paraissait au courant ?

— Ce sera donc un examen, annonça Mme Solomon. (Elle griffonna quelque chose dans un calepin, se leva et s'approcha du bureau de Dan.) Je suis un peu fan des Raves, murmura-t-elle en s'empourprant légèrement. Et ça me tue.

Elle s'arrêta devant Dan, posa ses mains sur son bureau et se pencha, de sorte qu'il pût sentir le bagel au sésame, ail, graines de pavot, seigle et fromage à l'oignon qu'elle avait mangé ce matin au petit déjeuner.

— Est-ce vrai que Damian est marié à cette belle lycéenne ? Une Française ? demanda-t-elle à voix haute, trouvant extrêmement branché de la part d'un professeur de tout savoir sur un groupe aussi cool que les Raves.

Les mains de Dan étaient moites. Il toucha le

paquet de Camel sans filtre dans la poche arrière de son baggy. Riverside Prep n'avait-elle pas de règlement à propos des professeurs harcelant leurs élèves ?

Il ne restait que deux minutes avant la fin du cours. Espérant entendre la réponse à la question de Mme Solomon, les autres garçons se hâtèrent de rassembler leurs affaires et de remonter la fermeture Éclair de leurs sacs à dos.

La grande aiguille sur l'horloge au-dessus du tableau noir avança d'un cran et le couloir devant la salle de classe s'anima dans un bourdonnement. Dan se leva, effleura sa fouineuse de professeur en sortant et se dirigea vers la porte.

Sauvé par le gong.

un e-mail qui mérite une réponse

Cet après-midi-là, en labo d'informatique, Serena fut tentée de répondre à cet artiste mélodramatique de Brown, à ces barjos d'associations d'étudiantes de Princeton toutes guillerettes, et à ce sporteux tout dégoulinant d'amour de Harvard pour leur souhaiter bien des choses, parce qu'à partir de dorénavant, elle n'avait plus d'yeux que pour Yale. Mais elle les avait définitivement supprimés de sa corbeille. À l'heure du déjeuner, elle avait envoyé ses arrhes à Yale, et quel soulagement d'avoir enfin pris une décision ! – même si elle ne pouvait en parler à sa meilleure amie au monde. Elle fit défiler tous ses e-mails jusqu'à ce qu'elle tombe sur un courrier d'origine inconnue.

De : dpolk@raver.net
À : Svdwoodsen@constancebillard.edu
Objet : ne crois pas tout ce que tu lis
Alors comme ça on est en couple. C'est très flatteur. Le problème, c'est qu'on s'est jamais rencontrés. Ça te dit ? Y aura un tas de monde chez moi au Village vendredi soir. J'espère que tu pourras venir.
Damian

Serena pouffa et se leva partiellement de sa chaise, cherchant la tête brun brillant d'Olivia dans le labo d'informatique de Constance Billard. Mais celle-ci, hyperconcentrée sur son ordinateur, ne remarqua même pas que son amie lui faisait signe. M. Schneider, leur responsable informatique coincé aux narines déformées, foudroya Serena du regard et elle retourna à son e-mail. Elle savait, d'après des vidéos, que le guitariste des Raves était extrêmement beau et talentueux, et ce serait de la folie, non, s'ils craquaient l'un pour l'autre et transformaient le mythe en réalité ? Tant pis si elle avait décidé d'emprunter la voie sérieuse et d'être étudiante à temps plein l'an prochain. C'était l'an prochain et, le reste de l'année en cours, elle allait s'amuser, s'amuser, s'amuser. Qui sait – elle pourrait même changer d'avis, reporter son admission, devenir une groupie des Raves et partir en tournée avec le groupe pour les cinq années à venir !

Et dire qu'il y a quelques minutes, elle était toute contente d'elle d'être aussi résolue.

Serena se rongea les ongles quelques secondes, puis cliqua sur Répondre et tapa trois lettres, se servant de son index en partie verni, en partie rongé.

O-U-I.

un couple inattendu

Olivia cherchait sur Internet les exquises chaussures Jimmy Choo qu'elle avait repérées dans le magazine *W*, mais n'avait pas encore trouvé sa pointure. Elles étaient en soie verte, cousues à la main, avec de minuscules cœurs nacre sur les talons. Trois cents paires seulement avaient été distribuées dans le monde entier, mais il devait sûrement rester un 38 qui n'avait pas été réclamé – à Mexico peut-être, ou à Hong Kong, où les femmes avaient tendance à chausser petit.

À côté d'elle, Vanessa Abrams tapait frénétiquement sur son clavier, créant sûrement une espèce de page web féministe, un truc dans le genre. Olivia jeta un coup d'œil à l'écran de sa voisine. *Cherche colocataire*, lut-elle en grosses lettres en caractères gras. *Femmes uniquement.*

Olivia n'avait jamais raffolé de sa camarade de classe cinéaste-auteur au crâne rasé et toujours en noir. Tout ce que sortait Vanessa en cours était formulé d'un air de dire: « Je vous parle uniquement parce que vous m'avez posé une question », comme si elle était dix fois plus fine et intelligente que les professeurs mêmes. Et elle avait toujours soupçonné Vanessa de préférer les filles aux garçons.

— J'ai fait passer un entretien à un mec ce week-end. En fait, c'était un taré, grave.

Olivia jeta un œil à sa voisine et réalisa que celle-ci s'adressait à elle, à vrai dire.

— J'ai décidé de m'en tenir uniquement à des candidates féminines, ajouta Vanessa en appuyant sur la touche entrée de son clavier, histoire de bien se faire comprendre.

Olivia serra les lèvres et s'agita sur sa chaise. Vanessa avait bien l'air de s'adresser à elle.

— J'ai rencontré un mec ce week-end moi aussi, avoua-t-elle. (Elle se mordit la lèvre et désigna l'écran de Vanessa.) Pourquoi tu cherches une coloc, au fait ? Je ferais n'importe quoi pour vivre toute seule.

Vanessa haussa les épaules. C'était suffisamment bizarre de papoter avec cette salope d'Olivia Waldorf, mais encore plus bizarre que sa question mérite réflexion.

— Ma sœur est en tournée en Europe. Je ne sais pas, j'imagine que je me sens seule, avoua-t-elle avant de pouvoir s'en empêcher.

Dès qu'elle l'eut dit, elle eut envie de flanquer sa main à sa bouche. Qu'est-ce que ça pouvait bien foutre à quelqu'un comme Olivia Waldorf ?

— Et ton petit copain – cette tête de n… ? fit Olivia en se mordant la lèvre, puis elle se reprit. Ce garçon avec le… carnet ?

— On a cassé.

Olivia hocha la tête, tentée de lui expliquer qu'elle aussi avait rompu avec son petit copain et qu'elle aussi se sentait seule parfois. Discrètement, elle jaugea Vanessa du regard. Elle appréciait que celle-ci ne se lance pas dans de longues digressions sentimentales, comme quoi son ex-petit ami était un gros loser, se plaigne des cadeaux qu'il lui avait offerts, se moque de sa façon débile de lacer ses chaussures, et raconte tout ce qui s'était passé en long, en large, en travers. Vanessa était bizarre, mais, au moins, elle n'était pas prévisible. Et tout le monde savait que ses parents vivaient dans le Vermont ; de fait si sa sœur n'était pas là, elle était bel et bien toute seule.

— Comment ça se passe ? s'enquit Olivia. Tu fais, genre, passer des entretiens à tes futurs colocs ?

Vanessa dut se demander où tout cela allait les mener.

— Bien, d'abord je les présélectionne sur Instant Messenger et, s'ils ont l'air normaux, je leur fais passer un entretien. Mais jusqu'ici, aucun n'a été normal.

Olivia n'arrivait pas à croire qu'elle envisageait ne serait-ce que de vivre avec cette gouinasse, chauvasse, bizarrasse de Vanessa sans-amis, mais elle avait réellement besoin d'un endroit où vivre. Son chez-elle était insupportable et, après sa prise de bec avec Mme M ce matin, elle se voyait mal habiter au Plaza pour la fin de l'année scolaire, au risque de ficher complètement en l'air ses chances d'entrer à Yale. Et si elle avait besoin de divertir un… invité ? Un appartement sans parents, nounous, bonnes ou cuisiniers était *idéal*, fût-ce dans le quartier crade et dégueu de Williamsburg. Elle pourrait même convaincre Vanessa d'embaucher un décorateur pour ajouter des touches de couleur dans l'appartement. Non pas qu'elle eût vu l'appart de Vanessa mais, pour être allée en cours avec elle ces cent dernières années, elle était quasi sûre que l'appartement était entièrement peint en noir. Elle pourrait totalement relooker l'appart, comme Audrey Hepburn, initialement polarde et mal fagotée, avait été relookée en sublime mannequin dans *My Fair Lady*.

— Fais-moi passer un entretien, suggéra-t-elle.

— Mais… riposta Vanessa. J'habite à *Brooklyn* !

Olivia fit inlassablement tourner son rubis autour de l'annulaire de sa main gauche.

— Je *sais*.

Elle poussa un soupir mélancolique en contemplant ses ballerines en cuir verni noir et ferma les yeux, tentant de s'imaginer en Williamsburgienne branchée et bohème. Elle arborerait des T-shirts vert terne, affichant des décalcomanies ironiques du style, WILLIAMSBURG EST FAIT POUR LES AMANTS. Elle boirait du café noir. Elle porterait des Converse sans chaussettes et un sac à main en plastique pourpre vintage. Elle se ferait faire des mèches orange, et chausserait des lunettes à monture octogonale noire. Elle mangerait des falafels. Elle écrirait des poèmes. Elle se ferait un piercing à la lèvre et un tatouage ! Oh, Nate serait vert, non ?! Un sourire s'ébaucha sur son visage.

— J'ai toujours voulu habiter à Brooklyn.

Ouais, bien sûr.

— Non, tu… commença Vanessa, tentant de la dissuader.

— Tu as le câble, TiVo, et un lecteur DVD, hein ? demanda Olivia.

Attendez, qui est censé faire passer un entretien à qui ?

— Il *faut* que je regarde mes films, insista Olivia,

comme une vieille ménagère accro aux plateaux-T.V. et incapable de survivre sans sa dose quotidienne de Regis et Kelly, l'émission matinale à grand succès.

— Films ? répéta Vanessa en se demandant si Olivia n'avait pas totalement perdu la tête.

Elle avait oublié que la jeune fille était une grosse fan de vieux films. En novembre, Olivia s'était même inscrite à un concours de films au lycée. Elle s'était contentée de rejouer les dix premières minutes de *Diamants sur Canapé* sur une musique différente parce que, selon elle, c'étaient les dix *meilleures* premières minutes de tout film au monde. Vanessa avait gagné le concours avec sa version de *Guerre et Paix*, où elle avait fait jouer son ex-meilleur ami Dan Humphrey dans le rôle du Prince Andrei mourant. C'était avant qu'ils ne s'embrassent – ce qui lui paraissait il y a un siècle.

— N'importe quel film avec Audrey Hepburn. Ou Jimmy Stewart. Ou Cary Grant. Ou Lauren Bacall, clarifia Olivia, à bout de souffle. Et bien sûr *Autant en emporte le vent.*

S'il y avait une chose que possédait Vanessa en grand nombre, c'était bien du matos de cinéma, télés, vidéos et DVD.

— Ne t'inquiète pas. J'entre en cinéma à l'université de New York l'an prochain. J'ai tout, la rassura Vanessa. Tous les classiques.

— Et comment tu vas en cours ? s'enquit Olivia, se demandant si elle devrait apprendre à conduire. (Sans quitter son écran d'ordinateur des yeux, elle agita la souris, pour donner l'impression qu'elle travaillait dur.) Il y a genre, un pont que tu dois traverser ?

Étant donné que Manhattan était une île, eh bien oui, il devait bien y avoir un pont quelque part.

Vanessa décida de lui faire plaisir. Comme si Olivia Waldorf désirait réellement vivre dans son immeuble de Brooklyn, louche et graffitisé, avec vue sur d'autres immeubles louches et graffitisés.

— La ligne L va jusqu'à Union Square, et là je change et je prends la 6.

Euh???

Olivia fronça les sourcils. Parlait-elle du *métro*?

— S'il ne fait pas beau ou si je suis hyper en retard, je fais appel à un service de voitures, reconnut Vanessa.

Aha!

— Et ça te dérange, les… tu sais, les *visiteurs*? demanda Olivia.

Genre, des visiteurs *mâles*?

Vanessa rit.

— Tant qu'ils ne puent pas et qu'ils apportent à manger.

Olivia hocha sérieusement la tête. Elle aurait son appart rien qu'à elle, où elle pourrait passer des nuits folles et torrides avec Stan V, ou tout autre garçon de son choix, et elle deviendrait la fille la plus sexy, la plus piercée et la plus tatouée de Williamsburg. Nate serait absolument fou de regrets.

— Je crois que ça pourrait le faire, pas toi?

Les grands yeux noisette de Vanessa avaient cessé de ciller.

— Mais on se déteste, dit-elle d'un ton neutre.

Olivia roula des yeux et donna un coup de son genou maigre et bronzé dans celui, rond et pâle, de Vanessa.

— Allez, ne joue pas les snobs, fit-elle, vexée, prenant très au sérieux son nouveau rôle de sœur beatnik de Vanessa, perdue de vue depuis longtemps. Maintenant, à propos de ton problème de petit copain, poursuivit-elle, comme si le sujet était déjà clos, le fait est, ne le prends pas mal, que je parie que tu es uniquement attirée par des mecs qui sont, genre, « alternatifs », comme toi…

Olivia flanqua la main à sa bouche, alors que son cerveau subissait une illumination momentanée. Pourquoi n'y avait-elle pas pensé plus tôt, elle l'ignorait, mais Aaron, son demi-frère dreadlocké et prétendument alternatif, et Vanessa toute de noire vêtue et le crâne rasé, formeraient le couple *idéal* ! Ils pourraient se vernir mutuellement les ongles des pieds en noir, cuisiner des sushis végétariens, filmer leurs cheveux ou leurs non-cheveux, et se divertir de diverses autres façons pendant qu'elle-même serait occupée à séduire le garçon qui la ferait entrer à Yale.

Vous voyez, Williamsburg *est* peut-être vraiment fait pour les amants.

Avertissement : tous les noms de lieux, personnes et événements ont été modifiés ou abrégés afin de protéger les innocents. En l'occurrence, moi.

salut à tous !

LE COUPLE PEU PROBABLE

Qui l'eût cru ? Une fille mariée à ses Manolos à huit cents dollars a provisoirement aménagé avec une élève de sa classe, qui n'avait jamais lâché ses Doc Martens aux bouts en fer et avait toujours porté des chaussettes noires Danskin arrivant aux genoux. Une chose est sûre : elles ne partageront pas leurs vêtements. Mais vu qu'elles viennent de deux planètes totalement différentes, elles auront énormément de sujets de conversation et beaucoup à apprendre. Exemple de conversation :
« *Tu as vu la brosse de ma poudre à bronzer Stila ?* »
« *Ah, tu as un projet artistique ?* »
J'ouvre les paris quant à la durée de cette soirée-pyjamas de folie !

QUE DIÉSASTRE !

Le bruit court aussi qu'une certaine Française, une hippy adepte du *tie & dyed*, raconte au monde entier qu'elle et notre sporteux joueur de lacrosse préféré et adepte de la fumette ne se contentent pas de se fréquenter – ils sont *amoureux*. Oh-oh.

VOS E-MAILS

Q: Chère GG,

Je suis bénévole au bureau des admissions de ma fac, qui, en l'occurrence fait partie de l'Ivy League[1], et mes amies et moi avons passé bien du temps à courtiser cette nouvelle élève qui va entrer en première année, parce que, selon nous, elle représenterait l'étudiante idéale pour notre assoce. Elle est sublime, intelligente et douée – exactement comme nous. Le problème, c'est qu'elle n'a pas répondu à un seul de nos e-mails. Je sais que ça fait un peu tarte, mais si nous lui envoyions, genre un paquet-surprise avec plein de bonnes choses, tu crois que ça servirait à quelque chose ?

— PrincetonBabe

R: Chère PrincetonBabe,

Désolée de te décevoir, mais non, je ne crois pas.

— GG

ON A VU

C, chez Tower Records, acheter une version piratée du dernier single des Raves, où chante **D** en personne, qui est soi-disant l'individu qu'il déteste le plus au monde. Est-ce à la musique ou aux paroles qu'il ne peut résister ? **K** et **I**, essayer des produits Origins contre l'acné et glisser par inadvertance quelques échantillons dans leurs sacs Tod's lorsque la vendeuse avait le dos tourné.

1. Regroupement des huit plus grandes universités du nord-est des États-Unis. *(N.d.T.)*

O et **V**, soudoyer le livreur de l'épicerie avec une boîte de truffes Godiva pour lui faire monter leurs sacs de courses sur trois étages, jusque devant la porte de leur appartement. Et où sont passés ces rideaux en toile noir et blanc aux cantonnières ballon que nous voyions aux fenêtres ? J'imagine qu'elles apprennent *toutes les deux* à faire des compromis.

LE CALME AVANT LA TEMPÊTE

Cette semaine, j'ai bel et bien vu mes camarades de classe traîner devant l'école à la sortie, papoter de leurs projets de vacances d'été et boire des thés glacés. Voilà quelques semaines, nous séchions les cours pour prendre le soleil au parc, écouter nos MP3 en nous adressant à peine la parole. Aujourd'hui, nous ne savons que faire de nous, et ne supportons pas la solitude. Mettez-le sur le compte du mois de mai, humide, lourd et nuageux, et du fait que, dans moins d'un mois, certains ne se reverront plus jamais. Je suis également convaincue qu'il se trame quelque chose. C'est clair, vendredi, ça va chier !
Je serai là, sans faute.

Vous m'adorez, ne dites pas le contraire.

gossip girl

s reste de marbre

Un fonds en fidéicommis plutôt coquet hérité de son grand-père, impliqué dans l'invention du Velcro, et l'argent amassé grâce au premier album disque d'or des Raves, *Jimmy and Jane*, avaient permis à Damian Polk, vingt-trois ans, de s'offrir un hôtel particulier de quatre étages, blanc et mignonnet, aux volets rouges sur Bedford Street, rue pittoresque du West Village. Bedford Street ne faisait que trois pâtés de maisons et était jonchée de restaurants et de cafés cosy, de maisons anciennes, d'un célèbre bar clandestin et d'homos canons promenant leurs petits chiens d'appartement. De l'extérieur, la bâtisse ressemblait à une maison de poupée d'époque, mais à l'intérieur, c'était un modèle du genre, côté mobilier moderne, blanc et minimaliste. D'après la rumeur, Damian avait beau porter toutes sortes de couleurs sur scène, chez lui il ne mettait que du blanc et n'autorisait jamais ses invités à porter une autre couleur, pas même des jeans.

Dommage qu'il ait oublié de mentionner cette règle à certains.

La porte d'entrée était grande ouverte. Serena gravit les marches de marbre blanc jusqu'au deuxième étage, vêtue de son Blue Cult pattes d'éléphant préféré, d'un T-shirt rose vif court et moulant, et de tongs compensées rose vif Hollywould de folie avec lesquelles marcher constituait un défi en soi. Elle entendit une espèce de morceau de jazz psychédélique, un tintement de verres et un murmure de voix.

Jenny Humphrey était assise en tailleur sur le comptoir blanc laqué de l'îlot de cuisine blanc de Damian dans la cuisine ouverte, et buvait un verre de lait. Elle s'était fait des nattes et portait un maillot de corps et des boxer-shorts en coton blanc.

— Salut ! s'écria-t-elle en descendant du comptoir d'un bond pour accueillir Serena. Damian m'a dit que tu viendrais. Il est sous la douche. (Elle s'approcha d'elle sur la pointe des pieds et leva son menton blanc lis pour l'embrasser sur la joue.) Je suis tellement contente que tu sois là !

Euh, bonjour, petite miss super maîtresse de maison. Rien à voir avec la Jenny de la semaine dernière, complètement gaga à l'idée d'être invitée chez Serena ! Et d'ailleurs n'était-elle pas *interdite* à jamais de traînouillage avec les Raves ?

Comme si cela changeait quoi que ce soit.

— Je suis sortie en douce, murmura Jenny. Papa regardait un documentaire hyperchiant sur Allen Ginsberg. Il croit que je suis dans ma chambre, en train de, genre, *peindre* ou je sais pas quoi !

Ah peindre. C'était son seul et unique passe-temps à l'époque, quand elle était jeune et innocente.

Serena sourit à sa petite protégée frisée, ne se sentant curieusement pas à sa place. Les autres fêtards traînaient sur le canapé modulaire en cuir suédé blanc dans le séjour blanc voûté adjacent à la cuisine, vêtus de blanc de la tête aux pieds, buvant des Martinis-gins géants dans lesquels flottaient des œufs durs. Un mur du séjour était orné de découpages de flocons de neige en papier blanc, comme ceux que l'on faisait au jardin d'enfants, et un autre mur était peint de sorte à ressembler à des étagères remplies de livres blancs.

Parce que les vrais livres sont trop colorés ?

Un grand type maigre était assis sur un tapis d'ours polaire blanc laineux, uniquement vêtu d'un peignoir éponge blanc. Un énorme chien marron et noir était étendu à son côté, son énorme tête marron et noir enfouie sur ses genoux – la seule touche de couleur dans une pièce entièrement blanche.

— Oh là là ! pépia Jenny, tout émoustillée, lorsque Damian apparut, encore humide après sa douche et ne portant qu'un pantalon de jogging en cachemire blanc.

Ses cheveux blond-roux étaient encore mouillés et des gouttes d'eau perlaient sur les bosses de sa clavicule. Ses bras et son torse étaient parsemés de minuscules taches de rousseur et de gros muscles et, oui, il était encore plus beau en chair et en os que sur la pochette de ses disques.

— Bonjour, lui lança Serena, totalement éblouie, ce qui ne lui ressemblait pas le moins du monde.

Et pourquoi personne ne lui avait parlé du code vestimentaire exclusivement blanc ? Comment était-elle censée *savoir* ?

— Maintenant je comprends pourquoi tout le monde me disait qu'il fallait que je te rencontre, fit-il automatiquement, dès qu'il vit Serena.

Ce compliment fit rougir la jeune fille, mais elle ne

trouva rien à répondre. Une occasion rare pour elle – les van der Woodsen étaient conditionnés pour dire ce qu'il fallait quand il fallait, et tout le temps.

Jenny prit la main de Serena et celle de Damian et se planta entre eux comme une petite fille bien en chair qui accompagne les demoiselles d'honneur à un mariage arrangé.

— Il faut que tu montres ta chambre à Serena, dit-elle à Damian. (Elle se tourna vers Serena.) Sa chambre est *trooop* cool !

Ah ouais ? Et comment elle le sait ?

Damian haussa les épaules et entra dans le séjour, entraînant Jenny et Serena derrière lui.

— Allez, asseyez-vous. Kelly et Ping ne devraient pas tarder.

— Cool, répondit Serena, bien qu'elle n'eût aucune idée de qui il parlait.

Kelly et Ping – était-ce un autre groupe ? Un numéro de clown ? Des D.J. ?

— Miam-miam. Ils ont les meilleures nouilles thaïes *au monde*, fit Jenny, comme si elle avait été cliente du resto asiatique de SoHo toute sa vie.

— Miam-miam, acquiesça Serena.

Qu'est-ce qui n'allait pas chez elle ? Elle n'avait même pas faim.

Jenny se détacha d'eux pour aller se jucher sur les genoux d'un mec. Il avait les cheveux bruns, des joues à fossettes et portait un bleu de travail blanc, ressemblant comme deux gouttes d'eau à Lloyd Collins, le batteur des Raves.

Parce que c'était *lui*, justement.

— Salut Serena, la salua Lloyd sur son ton railleur et effronté. J'ai l'impression qu'on est déjà sœurs, ajouta-t-il en agitant les poignets et en feignant d'être le jumeau gay de Damian perdu de vue depuis longtemps.

— Damian vient de m'enregistrer en train de chanter *Happy Birthday to Me.* Il va le sampler sur le prochain morceau du groupe, annonça gaiement Jenny à ceux qui écoutaient. J'ai hâte que Dan l'entende !

— Il n'est pas là ? s'enquit Serena en cherchant le nuage de Camel qui d'habitude engloutissait la tête de Dan Humphrey.

— Pas encore, répondit Damian, et Serena crut déceler une once de malice dans sa voix.

Dan et Serena étaient sortis ensemble l'automne dernier, mais ça avait été de courte durée, comme toutes ses histoires à elle, et ils n'étaient pas exactement restés en contact. Mais il n'y avait pas de rancune, et ça pourrait être sympa de traîner ensemble en amis, maintenant qu'ils passaient tous les deux le bac. Elle se demanda dans quelle fac il entrerait à la rentrée ou s'il prenait une année sabbatique pour partir en tournée avec le groupe.

— Cigare ? proposa Damian en lui tendant une boîte. Ils sont arrivés hier soir de Cuba.

— Gressin ? proposa Lloyd en jetant un gressin en l'air comme si c'était une baguette et en le rattrapant avec ses dents. Ils sont italiens et supercroustillants.

— Non merci, répondit rapidement Serena, déclinant les deux propositions.

Et voilà qu'elle, fêtarde tristement célèbre, qui se trouvait à ce qui était censé devenir une fête tristement célèbre, ne se sentait pas du tout inspirée. Peut-être le fait que tout le monde pense que Damian et elle sortaient déjà ensemble lui gâchait-il tout. Ou peut-être le fait de voir Jenny, qui lui faisait penser à elle deux ou trois ans auparavant, lui faisait-il comprendre qu'elle était prête à essayer autre chose de nouveau. Ou peut-être était-ce parce qu'il s'agissait de ses toutes dernières semaines au lycée, avant l'été et avant Yale. Elle se fichait bien de rencontrer des rock-stars ; elle voulait simplement traîner avec ses amis.

Olivia était chez Vanessa à Williamsburg en ce moment – probablement en train de retapisser la salle de bains avec des petits boutons de rose roses, genre – et c'était là-bas que Serena tenait absolument à être.

— Ça te dérange si j'utilise la salle de bains ? demanda-t-elle.

Damian la fit passer sous un ensemble de tentures en velours blanc puis descendre un long couloir blanc en direction d'une salle de bains à la baignoire en marbre, au plafond à miroirs et au carrelage blanc. Serena referma la porte, extirpa son bâtonnet de brillant à lèvres Cherry Ice de MAC de sa poche arrière et s'en appliqua. Du couloir, de l'autre côté des tentures en velours blanc, provenaient les bruits de la sonnette de la porte d'entrée et de Kelly et Ping livrant leurs délicats mets asiatiques. Elle ouvrit la porte de la salle de bains à la volée et descendit le couloir à vive allure, passa devant les traiteurs qui venaient d'arriver et sortit de nouveau sur le trottoir envaporé.

Et ça, de la part d'une fille connue pour danser sur les tables dans tous les bars de France ? D'une fille qui s'était fait photographier une partie honteuse de son corps qui avait ensuite été placardée sur les bus et les métros dans toute la ville ? Zapper une teuf avant même qu'elle n'ait commencé ?

Mais bon, peu importait que Serena reste ou non à la soirée. Quoi qu'elle décide, ça ferait forcément les gros titres.

le couple dépareillé

— Voilà, ça c'est le tiroir où l'on rangera tous nos démaquillants, crèmes hydratantes, toniques, exfoliants et nettoyants. Tous les gels douche sont dans le tiroir du bas, le plus proche de la baignoire. Et là, tu vois ? C'est un tapis de bain en coton égyptien, pour cacher le lino gris dégueulasse, expliqua Olivia en désignant le nouveau tapis pêche qu'elle venait d'installer dans la salle de bains de Vanessa.

Vanessa ouvrit les tiroirs de la sous-vasque craquelée couleur crème sous le lavabo. Tout avait été rangé par ordre alphabétique et codifié par couleurs, selon le cahier des charges d'Olivia la maniaque en chef. Non pas que Vanessa possédât personnellement des produits de beauté ; c'étaient les affaires d'Olivia, de toute façon.

— Tu peux m'emprunter tout ce que tu veux, proposa Olivia, grand seigneur. (Elle sortit un minuscule pot en porcelaine de crème pour les yeux La Mer et s'en appliqua sous les yeux.) Ce truc est génial, déclara-t-elle. Je regrette juste que ça sente la crème de beauté.

Elle tendit le bras et en appliqua un peu sous les yeux de Vanessa. Une application ne servirait pas à grand-chose, mais si elle parvenait à la forcer à s'en mettre une fois par jour, dans une semaine, ces poches grosses comme des aubergines auraient complètement disparu. Peut-être Vanessa la laisserait-elle même la relooker intégralement. Elles pourraient aller acheter des jeans ensemble au Bloomingdale's de SoHo, et même une jolie perruque à sa coloc!

Bien tenté.

— Où est mon rasoir électrique? râla Vanessa en détournant son visage comme un gamin qui déteste qu'on lui lave la figure. Il faut que je me rase la tête une fois par semaine, tu sais.

— Rasoir? répéta Olivia comme si elle n'en savait rien de rien. (Elle désigna un sac-poubelle qui gisait contre la porte de la salle de bains.) Je crois qu'il doit être là.

Elle attrapa une brosse à sourcils dans un tiroir qui venait d'être rangé et le passa sur le crâne piquant de la jeune fille.

— Tu n'as jamais pensé à les laisser repousser...?

— *Non*! répondit catégoriquement Vanessa en repoussant la brosse d'un geste.

Elle vida le sac-poubelle sur le tapis pêche, sauva son rasoir électrique, le déposa dans le tiroir du haut à côté des recourbe-cils d'Olivia.

— Désolée, lança Olivia. J'aurais dû te demander.

— C'est bon. (Vanessa tripota les recourbe-cils d'un air curieux.) À quoi ça sert, bordel?

Olivia s'en empara avec enthousiasme et fit asseoir Vanessa sur la cuvette des W.-C.

— Ne ferme pas les yeux. Et ne t'inquiète pas, ça ne fait pas mal. (Elle tint les recourbe-cils à quelques centimètres des cils de Vanessa, plissant les yeux.

Puis elle les reposa.) Tu sais quoi ? lui dit-elle. Tu n'en as pas besoin. Tes cils sont épais et recourbés. (Elle plissa de nouveau les yeux comme si elle n'arrivait pas à y croire.) En fait, ils sont carrément *parfaits*.

Vanessa se leva et examina ses yeux dans le miroir de la salle de bains, se sentant extrêmement flattée même si elle ne le reconnaîtrait jamais.

— On peut aller manger quelque chose, bon sang ? On a passé toute cette foutue journée à refaire la déco !

Pour une fois, Olivia avait été tellement préoccupée qu'elle n'avait même pas pensé à manger. Ce soir, ce serait sa première soirée dans l'appartement et elle avait passé toute l'après-midi à déballer ses affaires et à s'organiser. Que faisait Vanessa pour dîner d'habitude ? se demanda-t-elle. De la vraie *cuisine* ?

Les deux filles sortirent tranquillement de la salle de bains et allèrent dans la cuisine ouverte, passant l'appartement en revue, les mains sur les hanches. La décoratrice qui avait refait la chambre du bébé de la mère d'Olivia avait envoyé son équipe de peintres mercredi et jeudi chez Vanessa pendant que celle-ci était en cours, et tout l'appartement avait été repeint dans des teintes vert céleri et gris-perle – rien de trop fille, afin de ne pas froisser Vanessa. Jeudi après les cours, Vanessa avait découvert des rideaux usés chez Domsey's qu'elle pourrait bien supporter parce qu'ils étaient noir et blanc, même s'ils étaient en toile aux motifs de feuilles de palmier et d'oiseaux exotiques. Et ce matin, la décoratrice avait programmé la livraison de six chaises en bois modernes du XXe siècle, une petite table ovale, une table basse Noguchi en verre cool en forme de haricot rouge, et deux saccos en cuir suédé gris, que les deux filles n'arrêtaient pas de trimballer dans le séjour tellement c'était drôle.

— Je n'arrive pas à croire que je dis ça, mais j'aime bien, reconnut Vanessa.

— Vraiment ? s'enquit Olivia d'un ton prudent.

C'était une transformation plutôt énorme et Olivia n'aurait pas été surprise si Vanessa l'avait fichue à la porte avant même qu'elle n'ait eu le temps de défaire ses valises Louis Vuitton.

— On pourrait faire un dîner, lança Vanessa d'un air songeur. (Elle se dirigea vers la table ovale en bouleau et repositionna les six fauteuils pivotants géniaux en bouleau tout autour.) Sauf que je n'ai personne à inviter.

Personne n'organisait de soirée mieux qu'Olivia Waldorf. Même si ce n'était qu'un petit dîner bobo à Brooklyn.

Olivia extirpa son portable d'un coup de la poche de son jean James et appuya sur la touche de numérotation abrégée du numéro de Serena.

— À moins que ta rock-star et toi soyez, genre, déjà au pieu, ça te dit de venir dîner dans mon nouvel appart ?

— Je suis déjà en train de rentrer, répondit Serena. Désolée de te décevoir, mais je suis seule.

Puis Olivia appela Stan V.

— Pourquoi as-tu mis tant de temps ? voulut-il savoir.

Et elle appela son demi-frère Aaron.

— Que fais-tu à manger ? demanda-t-il d'un ton suspicieux. Dois-je apporter du tempeh ?

Olivia n'avait pas vraiment réfléchi à la partie bouffe.

— On peut commander chez Nobu. (Elle cacha le micro avec sa main.) Est-ce qu'il y a au moins un Nobu à Brooklyn ?

Vanessa lui balança une carte de pizzeria à la figure et Olivia constata qu'il y avait un truc qui s'appelait la Cheeseless Paradise Pie, dans les menus végétariens.

— Ne t'inquiète pas, dit-elle à son demi-frère. J'ai pensé à tout.

— Alors à quoi ressemble Vanessa au juste ? demanda Aaron d'un ton curieux.

Oliva se fendit d'un sourire diabolique.

— Si tu savais…

même les françaises se font casser

— *Allô** ? fit Lexie avec son accent français reconnaissable entre mille dans l'interphone de Nate. Je peux monter, s'il te plaît ?

Enfermé avec une pipe à eau dans sa chambre toute la semaine, à jouer à Grand Theft Auto San Andreas sur sa Xbox, Nate n'avait reçu aucune visite à l'exception de Jeremy, Anthony et Charlie, qui passaient une fois de temps en temps réapprovisionner son stock de drogue et lui raconter ce qui se passait en classe. Son aile de l'hôtel particulier des Archibald sentait les burritos à moitié mangés, la pipe à eau renversée et les gâteaux salés Pepperidge Farms saveur pizza – mais il n'y avait personne dans le coin pour sentir. Après l'avoir puni, ses parents avaient remonté l'Hudson dans le *Charlotte* afin de rendre visite à des amis à Kingston et de s'assurer que Nate ne revolait pas le bateau avant leur croisière de charité. S'il n'avait pas tout foutu en l'air avec Olivia, ils auraient eu la baraque à eux tout seuls, et auraient même pu baiser sur le piano à queue dans le séjour.

Oh, très bien.

— Je suis malade, mentit-il à l'interphone. C'est vraiment contagieux. J'ai loupé une semaine entière de cours.

— C'est bon. Je suis malade moi aussi ! répondit Lexie d'un ton allègre. (Elle toussa pour lui montrer combien elle était malade.) On peut partager nos microbes !

Trop cool !

Nate venait de piquer un Hummer, mais quand Lexie avait sonné, elle l'avait déconcentré et, maintenant, il avait les flics au cul. Il envoya les manettes de sa Xbox valdinguer dans sa chambre et lécha ses lèvres gercées par la pipe à eau. Il avait l'impression que sa bouche avait été enduite de goudron aromatisé au shit et il n'avait pas changé de T-shirt depuis Dieu savait quand.

— Je pue, dit-il dans l'interphone. Sérieux. Ça craint.

— On prendra un bain, répondit gaiement Lexie. Fais-moi entrer. Je te ferai un mass-aaage, bé-bé, ajouta-t-elle, l'air encore plus française que quelques minutes plus tôt.

Nate devina qu'elle n'allait pas abandonner et ce n'était pas comme si Olivia ne le trompait pas en ce moment même. De plus, Lexie était chaude et en mourait manifestement d'envie, et il se faisait gravement chier.

— OK, répondit-il lentement, à deux doigts d'appuyer sur le bouton pour la faire entrer.

— Oh, je t'aime ! s'écria Lexie dans l'interphone.

Nate cilla lentement. Avait-elle dit « *aimer* » ? Il laissa retomber sa main. Les filles – tout ce qu'elles savaient faire, c'était tomber amoureuses de lui et lui créer des tas d'ennuis. Olivia, Serena, Jennifer, Georgie et maintenant Lexie, cette Française, hippy et chaudasse, au faux accent.

Attendez, serait-ce par hasard une autre *révélation* ?

Le problème, c'est qu'il allait passer le bac et se barrer à Yale. Il voulait traîner avec les filles avec lesquelles il avait grandi et qu'il avait toujours connues et aimées. Pas avec une nouvelle meuf.

Surtout pas une qui ne parlait même pas la même langue que lui.

— Écoute, je suis puni, dit-il d'un ton ferme. Rentre chez toi.

— *Mais non** *!* gémit Lexie en se mettant à pleurer. *Mais si !*

s va-t-elle cracher le morceau ou se dégonfler ?

La porte de l'appartement d'Olivia et Vanessa était grande ouverte. Serena entra, ouvrant en grand sa bouche tout juste glossée lorsqu'elle constata combien ça avait changé depuis la soirée d'anniversaire de Vanessa. Voilà quelques semaines, il y avait encore des draps noirs aux fenêtres, et du plâtre qui s'effritait sur les sols très peu meublés. Mais l'appartement venait d'être repeint, et rempli de meubles cool et modernes. Des bougies parfumées au lemon-grass brûlaient sur la table basse, et des rideaux cool en toile noir et blanc se gonflaient aux fenêtres du séjour ouvertes.

— Waouh ! haleta-t-elle.

— Je sais, cria Vanessa depuis la cuisine ouverte où elle était occupée à remplir des petits bols en céramique d'olives grecques, de petites carottes et d'amandes grillées pour que leurs invités aient quelque chose à se mettre sous la dent avant que la pizza n'arrive.

— T'arrives à y croire ?

Elle ficha sa jambe pâle en l'air et agita les pieds, pour que Serena voie qu'elle avait emprunté les

Mary Janes à semelles compensées en cuir verni noir Sigerson Morrison d'Olivia.

— T'aimes mes chaussures ?

Olivia sortit pieds nus de la chambre, un gobelet de glace vide dans la main, l'air très Williamsburg en T-shirt noir moulant, jupe en jean Seven noire courte, et rouge à lèvres rose argenté. Elle embrassa Serena sur la joue.

— C'est super, non ? fit-elle, l'air sincèrement aux anges.

Pendant que son taxi avançait au ralenti sur le Williamsburg Bridge pour l'amener ici, Serena s'était préparée pour lui annoncer qu'elle avait décidé d'entrer à Yale l'an prochain. Mais maintenant qu'elles se trouvaient face à face, elle sentait qu'elle se dégonflait.

Elle plongea la main dans le verre d'Olivia et piqua un glaçon à la vodka-tonic.

— J'espère que vous avez fait des photos avant et après.

— Ne t'inquiète pas, dit Vanessa en sortant de la cuisine d'un pas lourd dans les chaussures d'Olivia, et en tendant à Serena une vodka-tonic maison. J'ai même pris la raie du cul des peintres.

Évidemment.

Les trois filles s'installèrent sur le vieux futon de Ruby qui avait été remis à neuf avec un nouveau cadre en bouleau et une nouvelle housse grise en faux cuir suédé.

— Alors, qu'est-ce qui s'est passé avec Damian ? s'enquit Olivia. Je croyais qu'on lirait un truc sur vous deux dans le journal demain.

Serena remonta les jambes de son jean sur ses genoux osseux.

— Eh bien, il est beau et tout mais… (Elle hésita et redescendit les jambes de son jean. Puis elle but une gorgée de vodka et changea rapidement de sujet.) Qui d'autre vient ce soir au fait ?

Olivia se mordit la lèvre. Il ne lui était pas vraiment venu à l'esprit que Serena pourrait être en trop.

— Ça ne va pas te plaire, mais j'ai en gros invité Stanford Parris fils, de la soirée Yale. Et Aaron – tu sais mon demi-frère ? Je me suis dit que Vanessa et lui étaient genre, *faits* l'un pour l'autre.

Vanessa but un bon coup de son rhum-Coca.

— On verra, rota-t-elle bruyamment.

Les immenses yeux bleu marine de Serena brillèrent alors qu'elle digérait cette information. À vrai dire, elle avait été amoureuse d'Aaron une semaine ou deux l'hiver dernier, mais il était passé assez de temps depuis pour qu'elle puisse supporter de le voir en ami. Et Olivia avait raison – Vanessa et Aaron étaient *parfaits* l'un pour l'autre.

— Cool, dit-elle gracieusement à son amie, même si selon elle, ce Stan V était un pauvre abruti prétentieux.

L'interphone d'en bas sonna, et Olivia et Vanessa se levèrent toutes deux d'un bond pour se précipiter à la fenêtre qui donnait sur la rue. Aaron Rose et Stanford Parris V se tenaient sur le trottoir, regardant l'appartement du deuxième étage d'un air dubitatif.

— Oh mon Dieu, ils sont là ! crièrent à l'unisson les deux colocs totalement dépareillées.

D'un seul coup, Serena eut l'impression d'être le

chaperon à une soirée-pyjama au collège. Elle roula des yeux.

— Vous voulez que j'aille ouvrir la porte, les filles, pour que vous puissiez aller vous recoiffer ou autre ? proposa-t-elle en plaisantant.

— Oui, s'il te plaît ! s'écria Olivia.

Elle attrapa Vanessa par le bras et l'entraîna dans la salle de bains.

Serena mâchouilla un glaçon et alluma le lecteur CD de Vanessa en attendant que les garçons montent l'escalier. « Crème glacée », le morceau des Raves, brailla et elle sélectionna rapidement le disque suivant – un des albums de disco allemande bizarre de Ruby.

Quelqu'un frappa à la porte et elle se précipita pour ouvrir. Si maintenant ils pouvaient éviter le sujet de la fac pour le reste de la soirée…

Peu probable.

comment aliéner ta sœur et perdre ton boulot

Dan eût été ravi de manger des sushis avec Monique et de se faire un vieux film français dans ce cinéma prétendument artiste sur la 12e Rue. Mais Monique avait insisté pour qu'ils se faufilent en douce à la soirée de Damian, piquent une bouteille de champagne et quelques cigares, puis filent discrètement par l'une des sorties de secours et se fassent une fête en amoureux.

Bedford Street était tout à fait le genre de quartier select et hypercool de West Village où Dan s'imaginait vivre lorsqu'il serait devenu une rock-star ridiculement célèbre, et c'était extrêmement cool de descendre la rue en fanfaronnant avec Monique-la-magnifique à son bras. Elle portait une robe bain-de-soleil en soie blanche totalement transparente lui arrivant aux chevilles et des sandales blanches, et lui, son pantalon de velours côtelé préféré, rouille et usé, et un T-shirt noir doux. Il trouvait qu'ils allaient superbien ensemble.

Faut croire que personne ne leur avait parlé du code vestimentaire blanc à eux non plus.

La porte de l'hôtel particulier de Damian était grande couverte, et l'odeur de nouilles thaïes aux crevettes flottait vers eux. Avant qu'ils ne parviennent en haut des marches, Dan reconnut distinctement la voix de sa sœur Jenny. Et elle ne parlait pas – elle *chantait*.

« *Happy birthday to me, happy birthday to me !* »

Dan lâcha la main de Monique et cilla dans la blancheur aveuglante. Ses doigts tremblèrent et ses mains se mirent à transpirer. Toute la maison de Damian était blanche, blanche, blanche. Même les autres invités étaient en blanc. Bien sûr, c'était cool. Il aurait juste voulu qu'on le prévienne.

La voix de Jenny continuait à beugler dans la chaîne hi-fi.

« *Happy birthday to me, happy birthday to me !* »

— Hé ! cria Dan d'une voix inégale. (Il se dirigea vers le canapé modulaire blanc où Jenny était assise, son cul sur les genoux de Lloyd et ses mollets sur les genoux de Damian.) Qu'est-ce qui se passe ? Papa m'a dit que tu passais le week-end dans la maison de campagne d'Elise.

Jenny gloussa, manifestement enchantée d'être aussi rusée.

— Elise *est* à la campagne. (Elle pouffa et s'appuya contre la poitrine de Lloyd.) Mais moi je suis *là*. Papa est tellement crédule.

Dan n'aimait pas l'idée que Jenny mente à leur père. Évidemment, il avait raconté sa part de mensonges gentillets, lui aussi, mais les petites sœurs étaient censées être pures, innocentes et sincères, pas des menteuses intrigantes qui s'asseyaient sur les genoux de types plus âgés et flirtaient comme des bêtes dans des maillots de corps blancs légers et transparents et dans des boxer-shorts de mec. Il aurait bien écrit un poème sur combien elle lui rappelait Ophélie, sauf qu'il était bien trop foutrement énervé.

— Avec des seins pareils, tu peux te permettre de faire n'importe quoi, lança Monique en désignant les lolos très peu vêtus de Jenny.

Les mains de Dan tremblaient sans pouvoir s'arrêter à présent. Il attrapa le paquet de Camel dans sa poche arrière et en fourra une dans sa bouche.

— Je ne sais même pas ce que tu fous ici, marmonna-t-il à sa sœur, la cigarette éteinte entre ses dents. C'est *mon* groupe, ajouta-t-il, passant pour un gros gamin immature.

Damian arqua ses sourcils blond clair joliment voûtés.

— En fait, Jenny chante pour nous maintenant.

Dan attendit que Damian éclate de rire et lui dise qu'il plaisantait, mais celui-ci garda son sérieux.

— Papa dit toujours qu'il faut que je me trouve un petit boulot pour financer ma manie du shopping, s'écria Jenny, le visage brillant d'excitation et parsemé d'adorables fossettes.

— Et on a décidé qu'il nous fallait un son plus doux, ajouta Lloyd en caressant les cheveux frisés de l'adolescente. Évidemment, on se servira encore de tes chansons. Mais avec la voix de Jenny.

Excusez-moi ?*

Dan alluma sa cigarette avec son briquet Bic en plastique vert fluo puis le balança sur le canapé blanc par pure rébellion. La façon dont Damian tenait les pieds nus de sa sœur alors qu'il ne portait même pas de chemise sur son torse viril et bien développé était complètement exaspérante.

Damian zieuta Monique avec méfiance.

— Je croyais que tu étais retournée à Saint-Bart, ma belle ?

Monique se fendit d'un grand sourire.

— Bien, j'ai essayé de convaincre Dan de rentrer là-bas avec moi, mais il dit qu'il doit d'abord finir l'école. (Elle roula des yeux.) *Gonflant.*

— Serena van der Woodsen est venue, annonça Jenny à son frère. Mais elle est partie. Si tant est que ça t'intéresse.

— Et elle est plus belle que toi, Monique, ajouta Lloyd, vache. (Il serra Jenny à la taille.) Mais loin d'être aussi mignonne que toi, bouboule.

Dan tira frénétiquement sur sa cigarette, tentant désespérément de ne pas hurler à s'en arracher ses putains de poumons. Ça aurait été sympa de voir Serena, mais il avait d'autres choses en tête.

— Euh, Damian, je pourrais te parler une minute ? demanda-t-il entre ses dents.

— Ciao ciao, darling ! cria Monique à quelqu'un à l'autre bout de la pièce, en s'éloignant de Dan pour étouffer avec ses baisers mouillés parfumés au pignon un sosie chauve de Moby en jogging en lin blanc.

Dan attendit que Damian ôte ses mains des pieds de Jenny, se lève, enfile un T-shirt et vienne lui parler en privé, comme un homme.

Ouais.

Mais Damian ne bougea pas.

— Tout ce que tu as à dire, tu peux le dire devant Lloyd et ta grande sœur. On forme une famille, d'accord ?

Grande sœur ?

La main libre de Dan se ferma en un poing en sueur.

— Jenny n'est pas ma grande sœur, siffla-t-il. Je

vais avoir dix-huit ans dans quinze jours, elle en aura quinze en juillet.

— Merci beaucoup ! râla Jenny.

Les yeux de Damian et Lloyd s'exorbitèrent quelque peu, mais ils ne dirent rien. Puis Lloyd ébaucha un sourire.

— Eh bien, au moins elle n'est pas mariée.

Damian lui donna un coup de coude dans les côtes.

— Laisse, je m'en charge.

Il sortit une petite bouteille de Stoli de sa poche arrière et but une gorgée. Ses cheveux blond-roux étaient plus courts qu'il y a une semaine et plus élégamment ébouriffés.

Peut-être était-ce parce que Sally Hershberger les lui avait coupés pas plus tard qu'hier ?

— Dan, poursuivit Damian, tu as chanté comme une merde samedi dernier. Et tu as pratiquement dégueulé sur scène. Puis tu as couché avec ma femme.

Femme ?

L'estomac de Dan entama une chute libre. Monique ne lui avait jamais dit qu'elle était la *femme* de quelqu'un. Il ressentit le besoin urgent de prendre une très longue douche froide.

— Nous sommes séparés, clarifia Damian.

Oh très bien, quel soulagement.

— Je respecte tes paroles, non ? lui dit Damian d'un ton solennel. Mais je ne ressens pas l'amour, c'est tout.

Dan posa son regard sur les autres invités – des incarnations de coolitude, de sophistication, portant des fringues blanches de créateurs, descendant allégrement leurs Martinis aux œufs durs, et mâchouillant des nouilles de riz et des *shu mais* aux crevettes, les cheveux aussi brillants et Sally Hershbergerisés que ceux de Damian. Dan portait un pantalon de velours de chez Old Navy et se faisait couper les cheveux chez Supercuts une fois par an. Il aimait le café instantané et les hot dogs achetés dans la rue. Il aimait rentrer chez lui le soir et rire avec son père devant les infos locales. Sa chambre comportait une moquette bordeaux pelucheuse dont il raffolait. Il ne possédait que deux paires de chaussures. Il n'avait jamais eu l'intention de devenir une rock-star.

— Viens Jenny. On rentre.

Il tendit une main sinistre à sa petite sœur.

Jenny darda un regard noir sur lui. Était-il fou ? Les mecs des Raves s'en fichaient bien qu'elle n'ait que quatorze ans. Elle restait, point final.

— *Tu* rentres, le défia-t-elle.

Dan agita une main moite à son intention.

— On peut prendre un taxi. Je paierai.

Jenny eut un mouvement de recul et colla son dos au torse de Lloyd.

— Ne sois pas idiot, s'il te plaît, Dan, bâilla-t-elle dédaigneusement. Et ne dis rien à papa. Je m'en occuperai toute seule.

— Bien, dit Dan en fourrant ses mains dans ses poches.

Il avait le sentiment que sa sœur avait envie d'avoir des problèmes avec son père, mais il ne la dénoncerait pas. Elle s'en sortait très bien toute seule, côté problèmes.

— Mais si vous croyez que je vais vous donner un de mes poèmes, oubliez.

Damian arqua les sourcils. Lloyd roula des yeux,

et Jenny donna un coup de son pied nu dans le sofa blanc – comme si la petite tirade de Dan les gonflait royalement. À l'autre bout de la pièce, Monique mangeait des nouilles à même le plat avec une paire de baguettes laquées d'ivoire. Une fille en boléro brodé blanc qui ressemblait beaucoup à Chloé Sevigny nattait les longs cheveux miel de Monique pendant qu'elle mangeait.

— Dis à ta femme que je lui ai dit adieu, marmonna Dan à Damian.

Il hésita, laissant une dernière chance à Jenny de partir avec lui, mais elle gigota sur les genoux de Lloyd de façon à lui tourner le dos.

— Salut Dan, dit-elle, comme si elle avait hâte qu'il s'en aille.

Dan descendit les marches en marbre en traînant les pieds et sortit sur Bedford Street, hésitant entre rire et pleurer. C'était une sorte de soulagement de savoir qu'il n'aurait plus jamais à chanter sur scène. Il pourrait aller à la fac, être un gamin normal, avoir une petite amie normale et une vie normale.

Quoi que cela signifiât.

Olivia resta dans la salle de bains, à préparer son entrée, laissant Vanessa traîner près de la cuisine, comme une gamine de treize ans timide, tandis que Serena ouvrait la porte. Vanessa avait l'impression d'être une pauvre abrutie avec le gloss superbrillant d'Olivia et le seul Levis en stretch noir qu'elle avait cessé de porter voilà un an, trop moulant à son goût. En fait, elle avait l'impression d'être une pauvre abrutie tout court. Aaron serait sûrement un gros snob qui la prendrait pour une tarée, grosse et chauve, comme Olivia l'avait toujours considérée, avant de perdre la tête et de décider de s'installer chez elle.

— Salut, fit Aaron en entrant dans l'appartement et en embrassant Serena sur la joue. Tu habites là, toi aussi ?

Il portait un marcel en chanvre orange, son sempiternel treillis, et des tongs en plastique noir non testées sur les animaux. Il avait attaché ses dreadlocks foncées en arrière avec deux barrettes turquoise en forme de cœur volées dans la salle de bains d'Olivia, dans le but manifeste de tester la tolérance de Vanessa aux accros au végétalisme, en ayant justement l'air le plus accro au végétalisme possible.

Serena fut soulagée de constater qu'elle l'avait bel et bien oublié.

— Oh non. Je suis juste là pour ouvrir la porte.

Stan V se dressa de manière imposante, tout en blondeur, dans le couloir, portant deux gros cartons de pizzas, l'incarnation même du gosse de riche en costume Hugo Boss kaki, chemise Brooks Brothers rose, et cravate Turnbull & Asser à rayures rose et vert pomme.

— Le livreur était en bas, expliqua-t-il, estomaqué. On peut dire que c'est différent ici, ajouta-t-il, faisant clairement comprendre que c'était la première fois qu'il fichait les pieds à Brooklyn de toute sa vie.

— Bonjour encore, fit Serena. J'imagine que vous avez déjà fait les présentations.

Elle s'empara des pizzas et les emporta dans la cuisine. Stan V traînait près d'Aaron, balayant le minuscule appartement des yeux, à la recherche de la fille qui l'avait invité.

Encouragée par la vision de la coiffure ridicule d'Aaron, Vanessa se risqua à avancer de quelques pas.

— Salut ! les salua-t-elle, espérant ne pas avoir l'air trop guillerette et bête. Je suis Vanessa.

Aaron sourit, et elle aima sur-le-champ ses fines lèvres rouges, et la façon dont ses yeux foncés, presque noirs, brillaient à la lueur de la bougie. Il s'approcha et lui serra la main. Il était maigre, et légèrement plus grand qu'elle. Un mètre quatre-vingts, peut-être, aussi grand que Dan – mais il faisait plus corpulent, plus athlétique. Il désigna ses pieds du doigt.

— Hé, ce sont les chaussures d'Olivia, non ? Mon

chien a essayé de les manger pour le petit déjeuner, une fois.

— Elle n'a pas dû s'en rendre compte, observa Vanessa. Elle doit avoir huit cents paires.

Ils gloussèrent, se gratifiant d'un sourire rayonnant. Admiration mutuelle.

Serena était sur le point d'aller extirper Olivia de la salle de bains lorsque celle-ci apparut dans un nuage de parfum Carolina Herrera, les cils fraîchement recourbés, la raie refaite dans ses cheveux, et le visage saupoudré de poudre à bronzer rose brillante. Elle portait le même T-shirt noir moulant, mais elle avait mis un autre soutien-gorge et sa poitrine tenait davantage du bonnet C que du B.

— Qui veut boire quelque chose ? demanda-t-elle, en gratifiant Stan V d'un sourire timide.

— Avec plaisir, répondit Stan V.

Il s'approcha d'elle et l'embrassa sur la joue. Il était plus grand et plus guindé que dans ses souvenirs. Mais il sentait Polo for Men, qui comptait parmi ses parfums préférés.

Olivia le regarda en battant de ses cils recourbés. *Je vais te séduire ce soir*, lui dit-elle silencieusement.

Serena ne pouvait pas supporter comme tout le monde se comportait bizarrement. De plus, il était près de vingt-deux heures – l'heure de dîner était largement passée. Elle ouvrit un carton de pizza d'un coup.

— Ça vous dérange si on mange maintenant ? Je meurs de faim.

Vanessa et Aaron se servirent chacun une part végétalienne, un rhum-Coca puis s'assirent à table. Olivia rafraîchit son verre avant de glisser une énorme part de pizza fromage/peperroni sur son assiette, songeant qu'elle allait avoir besoin d'un maximum d'énergie. Stan V prit deux parts au pepperoni – à l'évidence, lui aussi imaginait qu'il aurait besoin d'énergie. Et Serena prit une de chaque, parce qu'elle avait toujours été une grosse mangeuse.

— Pourquoi on ne jouerait pas à un jeu, genre? suggéra-t-elle une fois qu'ils furent attablés.

En temps normal, ça ne l'aurait pas dérangée mais ce soir, elle ferait n'importe quoi pour qu'ils arrêtent de se sourire aussi... crétinement.

Olivia avala un gros morceau de pizza qu'elle fit passer avec de la vodka-tonic.

— Oui ! acquiesça-t-elle en hurlant pratiquement. Action ou vérité !

Serena tripota sa pizza du bout de sa fourchette. Tant qu'elle s'en tenait aux « actions », ça irait.

Aaron plia sa part de pizza en deux et mangea deux énormes morceaux. Vanessa aimait comme ses petites oreilles mignonnes montaient et redescendaient quand il mâchait.

— Je commence, proposa-t-il spontanément en s'essuyant la bouche sur une serviette en papier. Action.

Olivia poussa sa pizza vers lui. De gros ronds de pepperoni baignaient sur du fromage graisseux.

— Facile, je te défie de manger ça.

Aaron roula des yeux.

— Pas moyen. Vérité, alors.

Olivia essaya de trouver une bonne question, mais Vanessa lui coupa l'herbe sous le pied.

— Crois-tu au coup de foudre?

Elle garda les yeux rivés sur sa pizza, tripatouillant

les petits boutons verts d'un morceau de brocoli pour éviter de rougir de honte d'avoir posé une question aussi concon.

La jambe d'Aaron sembla s'approcher un tant soit peu de la sienne puis le genou de son treillis effleura très légèrement son jean. Il s'empara du reste de sa pizza qu'il reposa sans même en prendre une bouchée.

— Merde oui ! déclara-t-il, ses minces lèvres rouges s'étalant sur ses dents blanches et droites. En ce moment, oui.

Olivia donna un petit coup de pied à Vanessa sous la table et la tête entière de celle-ci s'empourpra de la couleur de l'uniforme en laine bordeaux de Constance Billard.

— Je te l'avais dit, articula Olivia dans un silence ravi. Elle enleva un morceau de pepperoni de sa pizza et le fourra dans sa bouche.

— À moi, action.

Tout le monde essaya de trouver quelque chose de bien. Le problème des « actions », c'est que c'était toujours un truc idiot. Les vérités étaient toujours bien plus intéressantes.

Pas forcément.

— Je te défie de m'embrasser, dit tranquillement Stan V en reculant sa chaise pour qu'Olivia puisse passer. Pendant cinq minutes.

Plus cinquième, tu meurs.

— Bien.

Olivia se leva et replaça ses cheveux foncés derrière ses oreilles. Croyait-il qu'elle ne l'embrasserait pas s'il n'osait pas faire le premier pas ? Eh bien, elle avait l'intention de faire plus que l'embrasser un peu plus tard dans la soirée. Elle se jucha sur ses genoux et enveloppa ses bras autour de son cou. Un petit pâté de sauce à pizza s'était amassé au coin de sa bouche et comme elle avait un tantinet trop bu et mangé sa pizza un tantinet trop vite, cette vision lui donna des haut-le-cœur. Elle ferma les yeux et inspira Polo for Men.

— Quelqu'un commence à chronométrer, ordonna-t-elle.

Elle colla ses lèvres aux siennes, tenta de se détendre et de se mettre dans l'ambiance, mais c'était dur, surtout en public. Les lèvres de Stan V étaient salées, inconnues et bizarrement mouillées. Elle allait se détacher, juste histoire de reprendre son souffle, lorsqu'elle se rappela un concours de baisers auquel Nate et elle avaient participé chez Serena quand ils étaient en cinquième. Ils étaient entrés dans le placard de plain-pied de Serena et celle-ci était restée à l'extérieur pour les chronométrer pendant qu'ils se faisaient leur affaire. Ils avaient tenu quarante-sept minutes, mais, la vérité, c'est qu'ils ne s'étaient pas embrassés tout le long. Ils s'étaient murmuré des choses tout doucement, lèvres collées serrées, donc c'était presque comme s'ils s'embrassaient quand ils se parlaient et vice versa. Ce qui était, à vrai dire, bien plus romantique.

— Temps écoulé, cria Aaron.

Olivia se détacha de Stan V. Penser à Nate pendant qu'elle l'embrassait avait rendu ses lèvres bien plus agréables.

— J'aurais pu tenir plus longtemps, déclara-t-elle en descendant doucement de ses genoux.

Elle s'assit à sa place et siffla sa vodka.

— À toi, dit-elle à Stan. Action ou vérité.

— Vérité.

Olivia essaya de trouver quelque chose de croustillant à lui demander, mais elle ne le connaissait que dans le contexte de Yale.

— Si ton grand-père ne faisait pas partie du conseil de Yale, serais-tu allé dans une autre fac ?

Stan V s'éclaircit la gorge et détacha sa cravate BCBG à rayures rose et vert pomme. Son cou était rouge.

— La vérité ? dit-il. (Il regarda Olivia et passa sa main sur son visage.) Je ne vais pas à Yale, dit-il d'un ton calme. Je n'ai pas été reçu.

Tout le monde garda le silence. Olivia sentit de la bile affluer dans sa gorge. Elle repoussa sa chaise à la va-vite et se précipita dans la salle de bains.

Serena gratifia Stanford Parris V du sourire cool de sa mère signifiant : « Casse-toi et crève. »

— Je te défie de partir tout de suite, lui dit-elle aimablement.

Stan V haussa les épaules comme s'il ne voyait pas où était le problème.

— Olivia, ça va aller ? lança-t-il.

Comme s'il en avait quelque chose à faire.

— Ça va aller, le rassura Serena.

— Il y a un endroit où tu peux commander une voiture au coin de la rue, l'informa Vanessa, ayant trop la tête qui tournait pour comprendre ce qui se passait.

Stan V se leva et ajusta sa cravate. Serena l'accompagna à la porte.

— Merci pour la pizza, dit-il d'un ton piteux avant de partir.

Les doigts de Vanessa et d'Aaron se touchèrent sous la table.

— Action ou vérité ? murmura-t-elle.

— Vérité, répondit Aaron.

— Crois-tu que je devrais me laisser pousser les cheveux ?

Aaron se pencha vers elle et l'embrassa rapidement sur les lèvres.

— Sûrement pas, bordel !

Serena alla voir comment allait Olivia, s'attendant à la trouver agenouillée devant les toilettes comme elle l'avait trouvée d'innombrables fois auparavant. Mais elle était vautrée dans la baignoire, nue, recouverte de bulles vertes Vitabath, un gant de toilette mouillé plié sur les yeux, telle une comédienne surmenée.

— Je ne sais pas ce que je croyais, marmonna-t-elle en tournant la tête vers Serena.

Elle était juste tellement en colère contre Nate et désirait tellement entrer à Yale, et Stan V lui avait laissé croire que c'était dans la poche...

Serena se déchaussa d'un coup de pied et remonta son jean. Puis elle s'assit au bord de la baignoire et trempa son pied dans l'eau.

— Je ne sais pas moi non plus.

Elle remua ses orteils vernis de rose sous les bulles, se défiant d'avouer à Olivia qu'elle comptait entrer à Yale, l'an prochain.

Olivia tendit la main à l'aveuglette et fit exploser une bulle sur la joue de Serena.

— Je te défie de me rejoindre.

Serena gloussa et déboutonna son jean. Elles parleraient de Yale une autre fois.

Dans le séjour, les choses étaient tout aussi torrides.

— Est-ce ce que tu es censé faire alors que tu es à deux doigts de passer le bac ? demanda Vanessa en aidant Aaron à ôter son marcel orange tout fin.

Elle l'embrassa dans le cou, jusqu'à ses fines lèvres rouges qu'elle avait adorées à la minute où elle les avait vues.

— Tu veux dire, devenir copine avec la fille la plus garce et la plus difficile à satisfaire de ta classe, puis coucher avec son demi-frère ? répondit-il sincèrement avant de rire. Je ne sais pas. (Il passa le doigt sur le dessus du crâne rasé et piquant de Vanessa.) J'imagine que nous sommes tous prêts à tenter de nouvelles expériences.

J'imagine aussi !

gossipgirl.net

thèmes ◄précédent suivant► envoyer une question répondre

Avertissement : tous les noms de lieux, personnes et événements ont été modifiés ou abrégés afin de protéger les innocents. En l'occurrence, moi.

salut à tous !

UNE STAR EST NÉE ET ELLE S'EN FICHE PAS MAL

Vous vous souvenez, voilà quelques mois, lorsqu'un certain génie du cinéma au crâne rasé, habitant Brooklyn, a gagné le concours de cinéma de son lycée ? Le prix était un voyage au festival de Cannes, pour concourir dans la catégorie du nouveau cinéaste le plus prometteur. Toute fille normalement constituée aurait cherché la bonne robe, les bonnes chaussures, la bonne coiffure, la bonne escorte dès qu'elle aurait appris qu'elle avait gagné. Elle aurait compté les jours. Décrocher cette récompense reviendrait à être la reine d'un jour. Mais notre amie cinéaste de génie s'en fiche pas mal. Elle a zappé le tout, et Ken Mogul, cinéaste indépendant et maître de cérémonie du festival, a dû aller chercher la récompense à sa place, la qualifiant de « voix la plus originale du cinéma depuis Charlie Chaplin ». Pas forcément un compliment dans la mesure où Charlie Chaplin faisait des films *muets*. Toutefois, ce n'est pas tous les jours que des milliers de célébrités aux tenues sublimes se lèvent pour vous applaudir. La plupart d'entre nous auraient voulu y être. Une chose est sûre, elle n'est pas branchée fringues ou gloire – chose que j'ai bien du mal à comprendre !

MAINTENANT, À PROPOS DE SON FILM…

Vous vous souvenez le mois dernier lorsque la même cinéaste au crâne rasé squattait le parc et interviewait tous les lycéens qui le souhaitaient pour qu'ils parlent des facs dans lesquelles ils allaient – ou pas – entrer et combien leurs vies étaient – ou pas – nulles à chier ? Eh bien, devinez quel film a reçu le trophée du nouveau cinéaste à Cannes ? Oserons-nous remontrer nos têtes en France ?

VOS E-MAILS

Q: Chère GG,
J'ai été collée sur liste d'attente à Yale et je viens de recevoir une lettre d'eux ce matin. Une lettre de refus. Il paraît que tous ceux qui sont collés sur liste d'attente ne sont pas admis parce que tous ceux qui ont posé leur candidature décident d'y entrer. Dommage pr moi.
— andouille

R: Chère andouille,
Tu n'es pas une andouille pour ne pas avoir été admise. Ta conseillère d'orientation ne t'aurait pas laissée poser ta candidature si elle estimait que tu n'avais aucune chance. Je connais des tas de gens follement intelligents qui n'ont pas été reçus et des andouilles qui ont été reçus. Enfin bref, est-ce que cela veut dire que tous ceux qui sont sur liste d'attente auront des nouvelles cette semaine ? J'imagine qu'on va pas tarder à le savoir…
— GG

Q: Chère GG,

Je t'en prie, dis-moi comment reconquérir le cœur du garçon que j'aime. Il est déprimé parce que son père ne veut pas le laisser sortir de chez lui car il est puni pour un crime. Mais je l'aime et il faut absolument que je le voie sinon je vais mourir.

— *tristesse**

R: Chère *tristesse**,

J'imagine que l'anglais n'est pas ta langue maternelle. Laisse-moi t'expliquer les choses en termes simples : peut-être que le garçon en question n'est pas aussi fou de toi que tu l'es, *n'est-ce pas** ?

— GG

ON A VU

O et **S** au **Five and Dime** à **Williamsburg**, pour une soirée ciné, boire des cosmos et faire l'interprétation mimée de **Audrey Hepburn** dans *Charade*. **V** et **A** au salon de coiffure **Mousy Brown** de Williamsburg. Ne me dites pas qu'il va se raser le crâne pour l'assortir au sien ! **K** et **I** faire des pancartes plastifiées INTERDIT AUX GARÇONS dans un **Kinko's** de l'Upper East Side. Les idiotes, elles ne comprennent pas qu'elles *cherchent* les problèmes ? Une Française brune en poncho **Prada** frangé et mocassins **Fendi** escalader les murs de l'hôtel particulier de **N** dans l'East Side. C'est clair, il attire les cinglées. **J** et les autres **Raves**, sur le toit du chanteur, en train de chanter à pleins poumons au beau milieu de la nuit – un *dimanche* en plus. Devinez qui a passé tout le week-end à faire la fête chez une certaine rock-star ? Voilà une fille qui est branchée gloire. *Essaie*-t-elle d'avoir sa tronche dans le journal ou est-ce simplement inné chez elle ?

Maintenant nous avons un sujet de conversation pour lundi en cours – comme si on était en manque de sujets de conversation !

P.S. : jeudi soir, c'est la tant attendue croisière de bienfaisance des Archibald dans les Hamptons. N'oubliez pas d'emporter votre gilet de sauvetage monogrammé Louis Vuitton !

Vous m'adorez, ne dites pas le contraire.

gossip girl

l'intelligence est quelque chose de terrible

Mardi matin, alors que Jenny s'appliquait de l'eye-liner Chanel noir sur les paupières pour un effet fumé qui dure toute la nuit, et qui allait parfaitement avec ses nouvelles lunettes de soleil roses Gucci énormes qui exciteraient l'envie de toutes les troisièmes de Constance Billard, son père frappa à sa porte et lança :

— Tu ne vas pas en cours aujourd'hui, bébé.

Jenny reposa son eyeliner et ouvrit la porte.

— Comment ça ? Pourquoi ?

Rufus portait une casquette de base-ball des Mets taille enfant qu'il avait achetée à Dan lorsqu'il avait huit ans. On aurait dit une minicasquette pour bébé sur un nid de cheveux gris crépus. Il portait en outre un pantalon de coton à rayures blanc et bleu élastiqué à la taille, qui avait tout l'air d'un pantalon de pyjama.

— Mme M et moi avons eu une petite conversation hier soir, lui expliqua Rufus.

Oh oh.

Jenny tira sur son uniforme en crépon de coton supercourt.

— Comment ça ? fit-elle d'un ton innocent, bien qu'elle sût parfaitement de quoi il s'agissait.

Rufus ignora son numéro de Mlle-J'ai-Rien-Fait-Du-Tout.

— En gros, elle n'y est pas allée par quatre chemins. Soit tu redoubles ta troisième, soit tu vas dans un autre établissement l'an prochain.

Jenny résista à l'envie de se ruer sur son père et de le serrer bien fort dans ses bras. Elle allait entrer en pension ! Ça se passait vraiment !

Pas si vite, ma petite demoiselle !

— Je n'irai *pas* là, insista Jenny, avant même que le taxi ne se soit arrêté.

— C'est ce que tu crois, grommela son père. (Il paya le chauffeur et ouvrit la portière.) Viens, espèce de poule de luxe. Allons jeter un œil.

Ils s'étaient garés devant le Sloan Center For Bright Minds, une école hippie expérimentale située sur une étendue large et plate d'immeubles à trois étages à l'air gonflant, à Flushing, dans le Queens. L'établissement, à des kilomètres de Manhattan, n'avait rien à voir avec les bâtiments de briques bordés de lierre du pensionnat de ses rêves. Sur la route, Rufus lui avait fourgué une brochure du Sloan Center, et elle l'avait feuilletée. Il n'y avait pas de véritable code vestimentaire, la cantine était bio et végétarienne, les élèves avaient tous des cheveux gras et de l'acné, et aucun professeur ne portait de tailleur Chanel. En d'autres termes, Jenny le détestait déjà.

Un signe de paix géant en écorce de bouleau les accueillit lorsqu'ils passèrent les portes de l'école en chêne naturel cultivé biodynamiquement. Le signe de paix pendillait au plafond du hall d'entrée, tournant et tournoyant sous la brise créée par le moulin à eau, qu'avaient fabriqué les élèves et qui trônait en bas des marches. De l'eau de source pure tombait en cascade le long d'une gouttière en bambou au centre de l'escalier, abreuvant le moulin.

— Nos terminales ont construit le moulin à eau l'hiver dernier, expliqua Calliope Trask, la directrice de l'école, au début de la visite. En janvier, chaque année, nous avons ce que nous appelons Travail d'Hiver. Il n'y a pas d'examens à proprement parler, et les élèves se concentrent sur la création de quelque chose de fonctionnel avec leurs mains. L'an dernier, nous avions un poulailler avec vingt poules pondeuses juste là dans notre gymnase. Nous avons eu tellement d'œufs que nous avons organisé une vente d'œufs et, avec l'argent, nous avons acheté de nouveaux tapis en chanvre sur lesquels peuvent dormir nos petits en âge préscolaire.

Youh ouh !

Les cheveux de Calliope Trask pendillaient en tresse grise jusqu'à ses fesses et elle portait une robe sans manches en lin Eileen Fisher jaune moutarde qui faisait ressortir ses poils noirs frisés sous les bras. Ses jambes n'étaient pas non plus rasées et de gros poils noirs saillaient entre les lanières de ses chaussures Earthe en toile beige attachées à la cheville.

— Ce sont de merveilleuses lunettes, dit-elle en désignant les gigantesques lunettes de soleil Gucci roses masquant les yeux noisette provocants de Jenny. Mais à Bright Minds, nous n'autorisons aucune marque de créateurs, emblème sur des vêtements ou accessoire d'aucune sorte.

Mais avant même que Jenny ne pût dire : « C'est quoi ce bordel ? », Rufus avait ôté les lunettes de son visage et les avait fourrées dans la poche de sa veste grise en tissu de pantalon de jogging.

— C'est mieux. Maintenant nous pouvons voir ton magnifique visage, roucoula Calliope, alors que Jenny lui jetait un regard affreusement mauvais.

Elle suivit Calliope et son père à l'étage, tentée de leur dire à tous les deux de fumer les tapis de chanvre du Sloan Center for Bright Minds, pendant qu'elle s'enfuirait en République tchèque pour vivre avec sa mère folle, égoïste et négligente. Les Raves pourraient faire une tournée en Europe de l'Est et elle pourrait acheter au noir tout le Gucci qu'elle désirait, deux fois moins cher.

Parvenue au deuxième étage, Calliope ouvrit la porte d'une salle de classe.

— Nos classes sont des classes uniques, morcelées en « paquets » portant le nom des espèces en voie de disparition des Galapagos. Jennifer, tu serais dans l'un des paquets des treize/quinze ans. Je vais t'accompagner là où est réuni le paquet de la Tortue géante pour l'atelier du matin et ensuite, ton guide prendra le relais.

Le sol de la salle de classe était recouvert de sable, les murs bordés de tiges de bambou, et le plafond tapissé de feuilles de palmier. Une immense pancarte peinte à la main arborait l'inscription INTERDICTION DE FUMER.

Jenny n'avait jamais vraiment été une grosse fumeuse, mais elle brûlait d'envie d'une cigarette. Elle ôta son cardigan blanc Miss Sixty pour faire apparaître le mignon petit crocodile Lacoste marchant sur le sein gauche de son nouveau polo rose, que lui avait offert Lloyd Collins des Raves. Tout était bon pour éviter de devenir une Tortue géante.

— Hakuna matata, Mlle Calliope, fit une fille grassouillette, vêtue de ce qui ressemblait à un bikini en peau de chèvre.

— Hakuna matata, Cherisse, répondit Calliope dans un sourire. Le paquet de la Tortue géante explore la Namibie en Afrique cette semaine, déclara-t-elle à Jenny et Rufus, comme si cela expliquait tout.

Jenny fixa les autres Tortues géantes – cinq filles dodues aux cheveux gras et aux dents de travers, et trois garçons maigres, binoclards et couverts d'acné – tous portant une espèce de vêtement en peau de chèvre qui aurait pu être stylé s'il avait été dessiné par Stella McCartney et non par Hippie R Us. Ils se tenaient en cercle, mains jointes, entonnant un chant de pluie namibien.

Même Rufus avait l'air quelque peu interloqué.

— Avez-vous des données sur les universités dans lesquelles entrent vos bacheliers ? demanda-t-il, ressemblant beaucoup aux parents des camarades de classe de Jenny à Constance Billard.

Bien qu'il ne l'eût jamais admis, Rufus prenait extrêmement au sérieux toute cette histoire d'entrée à la fac et il avait failli ouvrir toutes les lettres d'admission de Dan avant même que ce dernier ne rentre de l'école. Il avait beau être un anarchiste, c'était un fervent adepte des études secondaires.

Calliope se rembrunit.

— Nous essayons que notre école reste le moins compétitive possible. Nos élèves sont encouragés à prendre des vacances pour partir explorer le monde. Vivre des ressources naturelles. Une fois qu'ils ont décidé quelle était leur vocation, libre à eux de chercher une formation supplémentaire.

Quoi que cela pût bien vouloir dire, putain.

— Il paraît que tu es une artiste, dit Cherisse en souriant à Jenny, dévoilant ses dents jaunes de travers. Viens, je vais te montrer notre peinture murale. Elle est exclusivement réalisée avec des crottes de daim.

Rufus, protecteur, tint la main de sa fille lorsque Cherisse les conduisit vers une bizarre peinture murale d'éléphants et de zèbres s'ébattant dans l'herbe. Cherisse plongea la main dans un saladier d'argile par terre et étala un truc marron sur le dos d'un éléphant. Rufus secoua la tête d'un air las et entraîna Jenny vers une table au coin de la salle, où il s'assit. Il adorait le *concept* d'une école alternative, mais, au fond de lui, il désirait que sa fille soit diplômée de Berkeley ou Columbia, pas qu'elle fasse le tour du monde en réalisant des peintures murales avec de la merde de daim.

Jenny s'assit en face de lui et sortit un flacon de vernis à ongles Vamp de Chanel de son sac Hobo rose DKNY.

— Pourquoi on est là, au juste ? demanda-t-elle.

Elle ouvrit le flacon et se mit à se faire les ongles.

Rufus replaça sa casquette de baseball et frotta ses yeux larmoyants, comme s'il lui fallait six heures de sommeil et trois tasses de café supplémentaires.

— Écoute, Jen, lui dit-il, très sérieusement. Tu ne peux pas te contenter de te mettre à la colle avec des rock-stars dans des hôtels et de mentir tout le temps à ton père. Mais je veux que tu sois heureuse. Que *veux*-tu faire ?

Jenny referma son flacon de vernis qu'elle rangea dans son sac. Elle savait que son père n'aimerait pas ce qu'elle allait dire parce que, secrètement, il adorait avoir une maison remplie de gamins fous, à qui il foutait la honte et qu'il exaspérait. Mais le seul moyen d'abandonner sa carrière de groupie des Raves était d'aller en classe loin de chez elle, où les opportunités d'aventure étaient illimitées. Hé, il l'avait dit lui-même : il voulait qu'elle soit heureuse.

À l'autre bout de la salle, Calliope Trask aidait les Tortues géantes à balancer de la merde de daim sur la peinture murale, à la Jackson Pollock.

Jenny leva les yeux sur son cher père, son regard noisette de biche plein d'espoir, formant un cœur avec sa bouche rouge lorsqu'elle murmura neuf mots mélodieux :

« *Papa, s'il te plaît ; je peux aller en pension ?* »

un bref rappel

Chères terminales de Constance Billard,

Au cas où vous auriez besoin qu'on vous le rappelle, le Week-end Spa des terminales commence demain ! Nous tenions juste à vous dire combien nous sommes excitées ! Et afin de nous assurer que vous serez habillées convenablement pour la balade en bateau, nous avons fait confectionner par Three Dots ces fantastiques mini T-shirts à manches longues spécialement pour vous. Et n'oubliez pas, nous sommes les invitées des Archibald. Essayons de nous comporter en vraies dames. Mais dès que nous serons arrivées dans la propriété des Coates, tout sera possible !

Vivement demain – à demain !

Affectueusement ;

Vos camarades de classe, Isabel et Kati.

une vue d'ensemble

C'était l'après-midi idéale pour faire du bateau. Le soleil était chaud et la brise, fraîche. Le ciel était bleu marine ; la mer, calme. De petites tables rondes recouvertes de nappes en soie aux couleurs du *Charlotte* – or et bleu – jonchaient le pont, un vase en marbre lourd était rempli de bougies flottantes au centre de chacune. À l'avant du yacht, un homme en smoking blanc jouait de la contrebasse tandis qu'une grosse femme en *muumuu*[1] rouge reprenait parfaitement des chansons de Nina Simone. Les habitants des meilleures adresses de l'Upper East Side se cramponnaient à leurs cocktails en papotant, vêtus de tenues de vacances haute couture dernier cri achetées à Cannes et à Saint-Bart. Derrière eux, la ligne d'horizon rapetissait à vue d'œil, à mesure qu'ils voguaient en direction de Long Island Sound et Sag Harbor.

— Comment va votre fils ? demanda Misty Bass à Mme Archibald, ses sourcils noirs ultrafins froncés d'inquiétude. (Un collier de diamants se balançait lourdement autour de son cou bronzé au Cap d'Antibes à mesure que le *Charlotte* dansait sur les vagues, voiles blanches gonflées.) J'ai entendu dire qu'il avait

1. Longue robe traditionnelle fleurie hawaïenne. *(N.d.T.)*

de nouveaux problèmes. Ce n'est pas la... *drogue*, n'est-ce pas? tenta-t-elle, pressée d'apprendre les derniers potins.

— Nate va bien, s'irrita Mme Archibald, les coins de ses lèvres peinturlurées de rouge tombant d'un air de défi. Il est à la maison ; il étudie, mentit-elle, refusant d'admettre que son fils avait été puni pour avoir volé le bateau familial. Chuck est-il content d'entrer à l'université militaire?

Misty Bass descendit d'un coup le reste de son bourbon. Chuck avait son propre appartement et elle avait beaucoup voyagé ces derniers temps, de fait, la vérité était qu'elle ne l'avait pas vu depuis un moment.

— Oh oui, répondit-elle d'un ton vague. (Elle chercha un serveur du regard.) Si seulement ces verres étaient plus grands!

— Oh Misty! s'écria Eleanor Waldorf en se jetant au cou de sa vieille amie. Il faut absolument que vous voyiez la villa que j'ai achetée à Cyrus en Toscane. Elle a un site Web et tout et tout!

Sur le côté sous le vent du bateau, les filles aînées des invités étaient rassemblées en petits groupes compacts, arborant leurs T-shirts roses à manches longues « Week-End Spa des Terminales », se cachant de leurs parents et faisant comme si leurs Cocas n'étaient pas arrosés de rhum.

— Quand je pense que Nate Archibald n'est même pas venu à sa propre fête! se plaignit Isabel Coates.

— C'est parce qu'on a dit que c'était interdit aux garçons, idiote, rétorqua Kati Farkas, songeant que, pour une fois, elle était plus intelligente que sa meilleure amie.

— Ne sois pas ridicule, se moqua Isabel. Les garçons ne sont pas interdits à bord, uniquement chez moi pour le Week-end Spa.

Ah bon ?

— Oh, répondit Kati, comme si elle venait tout juste de piger.

— Alors où est-il ?

Les deux filles fixèrent Lexie. Elle allait à L'Ecole, pas à Constance Billard, ce qui signifiait qu'elle n'était *pas du tout* invitée au Week-end Spa des Terminales. De plus, tout le monde savait que sa mère et celle de Nate avaient fréquenté un pensionnat catholique en France et ne pouvaient pas se blairer. Que fichait donc Lexie à bord du *Charlotte*, portant la tunique Missoni au décolleté plongeant que toutes deux convoitaient mais n'avaient jamais pu trouver, même sur le Net, ses longs cheveux noirs nattés comme une espèce de Heidi hippy française ?

— Nate est puni, les informa Olivia, bien qu'elle ne lui eût pas personnellement parlé depuis leur petite confrontation au Plaza. Il n'est pas là.

M. Archibald était tellement peau de vache – pas étonnant que Nate ait été puni. Elle tangua dans ses sandales de bateau Prada beiges, et suça la cerise dans son verre de Coca vide, hyperfière de ne pas arracher les yeux à Lexie, étant donné qu'elle arrivait à parler de Nate sans qu'il lui manque un tant soit peu.

Ouais, bien.

Serena tendit à Olivia un autre Coca tout beau tout neuf.

— Je n'en suis pas si sûre.

Elle était d'avis que Nate ne louperait pour rien au monde la croisière de ses parents dans les Hamptons, même s'il *était* puni, et qu'il se planquait quelque part sur le bateau.

— Nate n'est pas aussi futé, riposta Olivia, lisant les pensées de son amie. S'il était là, on le saurait.

— Nate est paaarfait, lança Lexie d'une voix traînante, en tirant sur un joint.

Aucun adulte à bord ne parut remarquer qu'elle se défonçait sur le pont, peut-être parce qu'elle était française et portait du Missoni.

Olivia roula des yeux et tourna le dos à cette idiote de misérable Française. Il avait beau être le seul garçon qu'elle eût jamais aimé, quiconque pensant que Nate Archibald était parfait était un idiot de première. Elle observa Aaron son demi-frère filer sous le pont sous le pont principal pour apporter un autre rhum-Coca light à Vanessa, sa tête fraîchement rasée pour être assortie à celle de la jeune fille. Aaron connaissait à peine Nate et n'avait clairement pas été invité, mais ces jours-ci, où que Vanessa aille, il y allait. Si tous deux n'étaient pas aussi *anti* mignons, ils auraient presque pu former le couple le plus mignon du monde.

D'un seul coup, Serena sentit quelqu'un tirer sur le bord de son T-shirt rose Week-End Spa.

— Salut ! fit Jenny, en se mettant sur la pointe des pieds pour l'embrasser sur la joue. (Elise était à son côté, et toutes deux portaient les mêmes T-shirts roses que les terminales, ainsi que de gigantesques lunettes Gucci roses assorties.) Tu ne vas pas nous nous balancer, hein ?

Serena dut admirer l'audace de Jenny. Apparemment elle se spécialisait dans le rayon vilaine fille. Elle porta ses doigts à ses lèvres.

— Je ne dirai rien, promit-elle, mais comme elles étaient une quarantaine de terminales, les deux troisièmes non invitées ne risquaient pas de passer inaperçues.

Jenny se fendit d'un grand sourire et entraîna Elise sous le pont principal pour se procurer une bouteille de champagne et Dieu savait quoi d'autre. Aucun doute : les filles seraient de plus en plus coquines à mesure que la soirée avancerait.

— Honnêtement, je laisse tomber, soupira Dan en observant sa sœur et son amie disparaître dans une rafale de rose chewing-gum.

Lui non plus n'avait pas été invité, mais il suivait Jenny partout afin de s'assurer qu'elle ne commettait rien de trop illégal. Il s'adossa au bastingage et alluma une Camel, attendant patiemment que Vanessa le remarque.

L'odeur familière de fumée de Camel dériva jusqu'à ses narines et Vanessa se retourna d'un coup, face à Dan, qui lui souriait timidement, ses cheveux ébouriffés et détachés, son pantalon de velours rouille gonflé par la brise. Il était tellement improbable que l'un des deux se trouve sur un yacht à destination des Hamptons ou qu'elle porte un T-shirt rose, qu'elle éclata de rire.

— Qu'est-ce qu'il y a de si drôle ? demanda Dan.

Vanessa avait l'air tellement heureuse que cela l'attrista quelque peu de savoir que son bonheur n'avait rien à voir avec lui.

Aaron surgit avec sa boisson et une bière pour lui. Lorsqu'il vit Dan et Vanessa discuter, il offrit immédiatement sa bière à Dan.

— Je vais m'en chercher une autre, leur dit-il, accommodant.

Dan n'arrivait pas à le croire – même leurs *têtes* allaient bien ensemble.

Vanessa resta plantée, un sourire d'abrutie sur le visage, attendant qu'Aaron revienne. Son bonheur était exaspérant, même pour elle.

— Désolée, s'excusa-t-elle auprès de Dan. Je ne sais pas ce qui m'arrive.

Dan sirota une gorgée de bière et désigna sa bouche du doigt.

— Est-ce du *brillant à lèvres* ? s'enquit-il avec amusement et incrédulité.

Vanessa gloussa.

— Sticky Toffee Pudding de Nars, plus exactement. Je l'ai emprunté à Olivia.

Ils se fixèrent, chacun attendant que l'autre balance une vanne sur l'étalage de richesse dégoûtant et l'inutilité de la fête. Mais, la vérité, c'est qu'ils étaient tous les deux là pour la même raison. En dépit du fait qu'ils avaient passé des années à tenter de se distinguer, ces gens étaient leurs pairs ; et en dépit des moqueries et du rejet que cela suscitait en eux, ils appréciaient d'être de la fête.

La boule orange-Fanta qu'était le soleil glissa derrière un filet de nuage horizontal. L'eau était vert brillant, et plate comme du verre. Aaron revint avec sa bière et embrassa nonchalamment Vanessa sur la joue.

— Tu es jolie, lui dit-il tranquillement.

Dan se demanda s'il avait jamais dit à Vanessa qu'elle était jolie, mais c'était un peu tard pour les regrets.

— Bon boulot de s'être fait virer par le groupe, railla une voix tellement familière que ça en était agaçant.

Chuck Bass gîtait en direction de Dan depuis l'avant du bateau, l'air bourré et légèrement malade, arborant un étrange costume de marin en lin bleu clair, pantalon remonté jusqu'aux genoux. Son singe blanc s'agrippait à son épaule, visiblement terrifié à l'idée de tomber à l'eau.

Chuck était tellement odieux que ça ne servait à rien de s'énerver. De plus, Dan était *enchanté* d'être redevenu un gosse normal et non plus une grosse rock-star. Il tendit la main à son camarade de classe porteur de singe en le gratifiant d'un sourire neutre.

— Merci, man.

— Les Raves sont finis de toute façon, mec, observa Aaron. Je leur laisse un autre album et ils sont finis.

— Exact, fit Chuck en serrant la main de Dan comme s'ils étaient des amis de toujours. Alors où vas-tu l'an prochain, mon garçon ?

Mon garçon ?

Les Raves étaient un groupe new-yorkais et Dan avait entendu dire que Chuck entrait dans une école militaire quelque part dans le nord du New Jersey. Ce serait bien de s'éloigner physiquement d'eux deux le plus possible.

— Evergreen, lança-t-il comme s'il l'avait toujours su. C'est dans l'Ouest, dans l'État de Washington.

— Bien, bâilla Chuck, que la conversation gonflait déjà. Quelqu'un a vu Serena ? Il paraît qu'elle sort avec un membre du conseil d'université de Yale de quatre-vingts ans. Quelle pute.

Vanessa ronchonna de dégoût et laissa les garçons

entre eux, partant à la recherche d'Olivia et Serena. Elle avait besoin de moments entre filles pour cadrer avec son T-shirt rose.

Les autres élèves de sa classe, rassemblées près de la proue, écoutaient à moitié la musique tout en s'agrippant à la rambarde, essayant de ne pas vomir dans les vagues écumeuses de Long Island Sound. Le soleil était moins vif et la brise s'était levée. Quelques filles couvrirent leurs bras avec des pashminas ou des sweat-shirts or et bleu roi du *Charlotte*, empruntés à l'équipage, mais la plupart des passagers étaient trop pompettes pour sentir le froid. Derrière elles, la silhouette de Manhattan dansait et miroitait, tel un paradis argent miniature dans un globe presse-papiers de chez Tiffany.

Serena et Olivia étaient blotties l'une contre l'autre sur un coussin finement rayé de bleu et or, au pied d'un mât, partageant une bouteille de Heineken.

— Quand je pense qu'on va bientôt être diplômées ! soupira Serena en laissant tomber sa tête sur l'épaule de son amie.

— Dieu merci, répondit Olivia sans donner dans la sensiblerie. J'aimerais juste savoir où je vais entrer l'an prochain, putain.

Serena s'assit bien droit, se demandant si elle devait sauter sur l'occasion pour lui avouer qu'elle avait décidé d'aller à Yale. Mais étant donné qu'elles se trouvaient sur un bateau, elle n'avait nullement envie qu'elle la balance par-dessus bord.

Vanessa les rejoignit et s'allongea, la tête sur les genoux d'Olivia.

— Arrêtez de jaser sur les gens, espèces de garces, leur dit-elle en fermant paresseusement les yeux.

— Il faut que je te remette du gloss, observa Olivia.

Elle sortit un bâtonnet de Juicy Tub de Lancôme de la poche de sa jupe en jean Earl et en appliqua délicatement sur les lèvres de la jeune fille.

— Merci maman, marmonna Vanessa en gardant les yeux fermés.

Serena rit et laissa tomber sa tête en arrière contre le mât. Étrange que, si près du bac, toutes les pièces d'un puzzle aussi bancal, qui, à l'évidence, n'étaient absolument pas faites pour s'imbriquer, s'emboîtent parfaitement d'un seul coup. Peut-être Olivia et elle finiraient-elles par se retrouver toutes les deux à Yale et partageraient une piaule. Elles seraient les demoiselles d'honneur au mariage de Vanessa et Aaron, rencontreraient deux frangins et les épouseraient, vivraient dans le même pâté de maisons sur la 5e Avenue, enverraient leurs gosses dans la même école – amies à jamais.

Mais il manquait quelqu'un. Quelqu'un qui avait toujours été une pièce capitale du puzzle, dans son genre adorable bien à lui de défoncé et de tricheur.

— Si seulement Nate était là, dit Serena d'un ton songeur.

Olivia referma son tube de gloss et se mit à masser distraitement le front pâle de Vanessa.

— Parfois je me demande si l'on ne serait pas mieux sans lui, avoua-t-elle.

Après tout, Nate n'était-il pas à l'origine de presque toutes les disputes qu'avaient eues les filles ?

Serena plissa les yeux et passa une fois de plus le pont en revue. Elle l'avait cherché partout.

Mais elle n'avait pas pensé à *lever* les yeux.

En haut, bien au-dessus de leurs têtes, au sommet du mât, Nate, tapi dans le mât de vigie, les observait. Il se sentait un peu seul et il faisait froid là-haut, mais il avait apporté un pack de six bières et quelques joints pour lui tenir compagnie. Et dès qu'ils arriveraient à Sag Harbor, et que ses parents et leurs amis se seraient dispersés dans leurs presbytères des Hamptons, il descendrait de son mât et surprendrait tout le monde comme Spider Man.

Vues de là-haut, les filles en T-shirts roses avaient presque l'air interchangeables. Même cette meuf chauve aurait pu être sexy avec un peu de cheveux. Il s'alluma un nouveau pétard, brusquement gagné par le manque qu'il avait d'elles, parce qu'il les aimait – il les aimait toutes.

les filles deviennent gagas des soirées-pyjamas entre nanas

Quand il faisait chaud, les Hamptons dégageaient cette odeur bien particulière de sel, de cuir neuf, de lotion solaire et d'argent. D'immenses maisons modernes étaient tapies près des plages de sable blanc, flanquées de piscines et de Mercedes SUV noires. Des gamines en bikinis Petit Bateau allaient en ville en scooter acheter des glaces italiennes. Des chevaux de concours au poil lustré galopaient élégamment le long de la route, derrière des clôtures à claire-voie blanches virginales. Tel un country club géant, les Hamptons étaient le genre d'endroit où seuls ceux qui *en étaient*, en étaient.

Mais, naturellement, toutes nos filles en étaient.

— Vérification du nombre de personnes présentes ! aboyèrent Isabel Coates et Kati Farkas alors que les terminales de Constance Billard descendaient de la flotte de voitures de ville métallisées devant la résidence secondaire des parents d'Isabel à Southampton, et entraient dans la cour en file.

La maison était une structure moderne en verre en forme de L à un étage, conçue par Philippe Stark, avec plage privée et piste d'hélicoptère sur le toit.

Dans l'angle du L, se trouvait une cour abritant une piscine carrelée de rose, éclairée par des projecteurs, et une cabine en stuc rose. Autour de la piscine étaient disposées quarante méridiennes en plastique blanc, une serviette rose arborant « Week-end Spa des Terminales » drapée sur le dos de chacune. À côté de la piscine, une tente blanche avait été installée, un buffet recouvert d'une nappe rose, et un bar bien achalandé, avec des serviettes de table roses à l'effigie du Week-end Spa des Terminales. Ça ressemblait presque à un mariage – mais sans le mariage.

Jenny Humphrey et Elise Wells esquivèrent la file pour éviter le comptage des personnes présentes, traversèrent la cour à toute allure, et entrèrent dans la cabine.

— Hé ! murmura Rain Hoffstetter à Laura Salmon d'une voix perçante. (Rain et Laura portaient toutes deux des chapeaux roses géants Kate Spade pour se protéger du soleil et les bords de leurs chapeaux se cognaient.) Qu'est-ce *qu'elles* font là ?

— Qui ? demanda Laura Salmon en plissant les yeux sous son chapeau.

— Servez-vous de cocktails et de canapés ! cria Isabel dans un mégaphone, adorant chaque minute de son rôle de cheftaine-en-chef.

Bien que Rollins ne fût pas une fac aussi bonne que Princeton, Isabel avait décidé d'y entrer l'an prochain avec Kati – à la grande déception de ses parents – parce que Rollins lui avait offert le poste de conseillère de résidence, dans l'une des résidences pour filles de première année, et ce serait à elle de mener tout le monde à la baguette – y compris Kati – pendant un an.

— Il y a un hammam dans la cabine. Pas plus de

six à la fois, s'il vous plaît, poursuivit-elle, sa grande bouche collée au mégaphone. Il y a des films dans la salle de projection, et la piscine est chauffée, donc vous pouvez nager toute la nuit si ça vous chante. Notre petit déjeuner hyperprotéiné et énergétique sera servi à sept heures demain matin et le premier soin du visage, Origins aura lieu à huit, donc nous aurons besoin d'être fraîches et dispos demain matin. Il y a de grands matelas doubles dans chaque chambre. Trois par lit, les filles – ce sera cosy !

L'air bourdonna du bruit des filles se rassemblant au bar ou se déversant dans la maison pour faire des batailles de polochons sur les lits aux draps de soie ou une razzia des sacs-cadeaux Origins qui n'étaient pas censés être ouverts avant le lendemain. Quelques courageuses se mirent en sous-vêtements ou en maillots de bain et plongèrent comme des boulets de canon dans la piscine ; les paresseuses se réunirent quant à elles dans la salle de projection de M. Coates et se vautrèrent sur les bergères à oreilles en cuir marron pendant que le générique de *Gatsby le Magnifique*, avec Robert Redford et Mia Farrow, défilait sur l'écran géant.

Olivia, Serena et Vanessa s'assirent au bord de la piscine, jambes pendillant dans l'eau.

— C'est sympa, observa Vanessa, dans l'espoir d'être optimiste.

Elle se demanda comment Olivia et Serena faisaient pour avoir des jambes aussi bronzées. Les siennes étaient clairement cadavériques, comparées aux leurs.

— Hé, les mecs ! dit Jenny en entrouvrant la porte

en verre de la cabine et en leur faisant signe de la rejoindre à l'intérieur.

Elle était uniquement vêtue d'une serviette et sa tête arborait un turban de bain incrusté de diamants blancs, vieille relique style Hollywood que Mme Coates mettait à la piscine pour ne pas se mouiller les cheveux.

— Faut que vous veniez voir le hammam !

Olivia ne raffolait pas franchement des deux troisièmes qui se la jouaient terminales, mais elle n'allait pas laisser passer la chance de brûler quelques kilos non désirés.

— Ok, mais c'est moi qui mettrai le turban, lança-t-elle, ouvrant la voie.

Elle arracha le turban de la tête de Jenny et l'enfila. Sur Jenny, il était ridicule, mais sur Olivia, il était royal.

Seules les véritables divas peuvent se permettre de porter des turbans.

Jenny leur tendit à chacune une serviette géante en coton égyptien blanc, et les filles se mirent nues, feignant toutes de ne pas reluquer le corps plus que parfait de Serena, mais le reluquant tout de même. En secret, elles espéraient découvrir une poche de cellulite cachée qu'elle avait planquée sous son uniforme toutes ces années, mais elle était aussi fine des hanches et parfaite qu'elles l'avaient redouté.

— Soi-disant, M. Coates est un gros fumeur de hasch, leur lança Serena en ôtant son T-shirt rose, sans se soucier des regards rivés sur elle. C'est pour cela qu'il ne fait plus que des doublages pour des pubs à la place de films. Il fume tellement qu'il est incapable de se souvenir de son texte.

— Je sais, acquiesça Jenny. Regarde.

Elle dévissa la tête d'un buste en marbre blanc d'Appolon tout innocent et en extirpa un sac géant de marijuana.

Les trois terminales la dévisagèrent. Pourquoi donc la petite Jenny Humphrey s'amusait-elle à dévisser les têtes des bustes, au fait ?

— Non pas que j'en veuille, leur dit-elle d'un ton innocent. Elise l'a trouvé par hasard.

Brusquement la tête chauve d'Aaron passa devant la fenêtre et les filles poussèrent des cris perçants, cachant leurs corps nus sous leurs serviettes. On aurait dit qu'il était venu à moitié à la nage. Ses vêtements étaient mouillés et ses joues, croûtées de sel.

Vanessa décida de se cacher un moment, juste pour rire.

— Vite ! Dans le hammam ! Tout de suite !

Jenny ouvrit la porte à la volée et elles s'esquivèrent à l'intérieur. Le hammam, intégralement carrelé de blanc, devait faire la taille du placard de plain-pied de Serena, avec deux niveaux de marches sur lesquelles s'asseoir. À travers la buée, elles arrivèrent tout juste à distinguer Elise, blottie sur une marche carrelée de blanc dans un coin, son corps enveloppé dans une énorme serviette blanche, et un long porte-cigarette en argent avec un joint au bout pendillant de sa bouche.

— Elise se défonce, les informa Jenny. (Elle se hissa sur la marche la plus basse et tendit une bouteille de Poland Spring à son amie.) Tout ce dont elle veut parler, c'est qu'elle est encore amoureuse de mon frère.

— Pas amoureuse, dit Elise en ouvrant la bouteille et en sifflant l'eau. À vrai dire, si.

— Eh bien, il est mignon, concéda Serena, sincère.

Elle grimpa sur la marche du haut, et s'assit, croisant ses jambes ridiculement longues et parfaites. Si Dan n'était pas aussi sérieux dans tous les domaines, elle sortirait de nouveau avec lui sans problème. Au moins une journée.

— C'est vrai, acquiesça Vanessa en s'asseyant sur la marche sous Serena.

Elle se sentait plus ou moins possessive envers Dan, en dépit du fait qu'ils avaient rompu. Si quelqu'un était apte à juger le côté mignon de Dan, c'était bien elle.

— J'imagine, en convint Olivia en s'affalant avec langueur sur la marche du bas.

Elle se souvenait à peine à quoi ressemblait Dan.

Jenny vint s'asseoir à côté de Serena, serrant ses genoux.

— Vraiment ? demanda-t-elle, perplexe.

Brusquement, la porte s'ouvrit et Dan en personne passa la tête à l'intérieur. Il fallut un moment pour que ses yeux s'accoutument à l'humidité trouble et embuée. Surprise, surprise – la pièce était remplie de filles !

— Entre, entre, croassa Vanessa de sa meilleure voix de film d'horreur. Nous t'attendions.

Dan sourit d'un air penaud et se mordit la lèvre inférieure. Il portait un slip de bain rouge et rien d'autre, et ses cheveux étaient mouillés. Ses bras pâles étaient parsemés de chair de poule.

— Est-ce que ma sœur est là ?

— Oui, loser, et Elise aussi, répondit Jenny derrière la buée. Elle est toujours amoureuse de toi.

— Nous sommes *toutes* amoureuses de toi, proclama Serena.

Dan s'assit sur la marche carrelée de blanc à côté d'une fille au turban blanc incrusté de diamants.

— Je ne suis pas amoureuse de toi, précisa la fille. Je ne te connais même pas.

Bien, quel soulagement.

La porte s'ouvrit de nouveau et Aaron passa la tête à l'intérieur.

— Nessa? cria-t-il d'un ton doux, ses joues roses croûtées de sel.

— Par ici, répondit Vanessa dans un nuage de buée. Viens donc prendre part à Transpirationland. Mais ne regarde pas les autres filles nues.

Aaron traversa le carrelage sur la pointe des pieds dans son T-shirt Harvard bordeaux et son treillis vert maculé de sable et s'assit sur les genoux de Vanessa. Jenny tendit le bras et tourna le cadran pour augmenter la température de la vapeur.

Comme si elle avait besoin d'être montée.

— Waouh, c'est *cool*, observa Serena. (Elle enleva la sueur sur sa lèvre supérieure et se releva délicatement.) Je vais faire pipi. Quelqu'un veut quelque chose?

— Ouais, mais *tu* ne peux rien y faire, répondit Olivia d'un ton suffisant.

Elle avait tenté de se convaincre que cette espèce de copinage entre filles lui convenait parfaitement, mais maintenant qu'il y avait tous ces mecs dans le coin, ses véritables sentiments remontaient à la surface. Elle voulait que *son* petit copain surgisse dans la buée et la surprenne. Il glisserait une bague en diamant à son doigt, draperait une cape en cachemire sur ses épaules, et l'enlèverait en quatrième vitesse dans sa Jaguar gris perle décapotable sur une plage privée au clair de lune, où il implorerait son pardon à grands coups de baisers. À l'aube, son voilier surgirait dans la brume pour les emmener dans des contrées lointaines, et ils passeraient le reste de leur vie à vivre des aventures et à faire l'amour. Elle désirait la vraie fin hollywoodienne.

D'où le turban.

Serena ouvrit la porte du hammam à la volée. L'air frais envahit son visage.

— Merde Olivia, entendit-elle Aaron dire derrière elle. J'arrive pas à croire que j'ai oublié. J'ai quelque chose pour toi.

Et qu'est-ce que ça pouvait bien être ?

si tu es trop défoncé pour trouver celle que tu aimes, aime celle avec qui tu es

La porte du hammam se referma derrière elle et Serena traversa la cabine à pas feutrés à la recherche de la salle de bains. Pour une cabine, elle était vraiment spacieuse. Elle comportait une table de ping-pong, deux canapés-lits king size en cuir ivoire, et un aquarium avec un barracuda vivant à l'intérieur. Sans parler du hammam et de la salle de bains qui devaient bien être quelque part.

Quelqu'un avait clairement trouvé la cachette de hasch de M. Coates car la tête d'Appolon roulait sous la table de ping-pong, telle une balle de ping-pong gigantesque. À côté de l'aquarium se trouvait une porte blanche avec la photo d'un petit garçon bleu et d'une petite fille rose se tenant la main découpée dessus. Serena l'ouvrit d'un coup.

La salle de bains était décorée de feuilles d'or et comportait un de ces étranges lavabos bas que l'on trouve dans des hôtels en Europe mais dont on ne se sert jamais.

Parce qu'ils servent à se laver les fesses, ce qui est dégueu de chez dégueu ?

Le rideau de douche était en plastique clair, orné

d'étoiles dorées. Derrière, assis dans la baignoire, la réserve de marijuana de M. Coates sur les genoux, les fringues trempées d'eau de mer et les yeux tout rouges et endormis, Nate Archibald – le célèbre porté disparu. Serena entrouvrit le rideau de douche et grimpa dans la baignoire, serrant sa serviette sur elle.

— Natie ? Que fais-tu là ? Pourquoi n'étais-tu pas sur le bateau ?

Nate lui décocha un sourire idiot. Serena était nue à l'exception d'une serviette blanche enroulée autour de son torse. Il était impossible de ne pas lui sourire : on aurait dit une déesse grecque. Son front était humide et ses cheveux blonds emmêlés de sueur, mais elle était tout de même sublime. Plus que sublime.

Elle releva ses cheveux sur sa tête et s'éventa le visage.

— Mon Dieu, il fait trop chaud !

Naturellement, Nate pensait la même chose.

— Je ne suis pas censé être ici, lui confia stupidement Nate. La pancarte disait INTERDIT AUX GARÇONS.

Serena attrapa une bouteille de bain moussant Clarins en verre clair sur le rebord de la baignoire et l'examina. « Aqua » était le premier ingrédient. Ça ne voulait pas dire eau ? s'interrogea-t-elle. Pourquoi faire compliqué ? Elle reposa la bouteille.

— C'est bon. Le demi-frère d'Olivia est là. Et Dan Humphrey. Je savais bien que la mesure « interdit aux garçons » ne marcherait pas.

Les yeux de Nate n'avaient pas quitté son visage. De minuscules gouttes d'eau perlaient sur les bouts blonds de ses cils. Dieu qu'elle était jolie. Il était venu chercher Olivia, mais Serena se trouvait juste en face de lui, ne portant qu'une *serviette*.

— J'ai décidé d'entrer à Yale l'an prochain, lâcha-t-elle étourdiment, en dégageant des mèches blondes humides de son visage. Je ne l'ai pas encore annoncé à Olivia parce que je ne veux pas qu'elle soit en colère au cas où elle ne serait pas admise. Mais c'est là où j'ai décidé d'aller.

Nate opina du chef. C'était drôle que le visage de Serena et même sa voix soient quelque part fragiles, mais son corps, pas du tout. Il était long, musclé et fort, comme celui d'un coureur de marathon.

— Moi aussi j'y vais, lui dit-il, étourdiment, d'une voix cassée. J'ai déjà envoyé mes arrhes.

Serena se fendit d'un grand sourire.

— On va tous les deux à Yale !

Nate se pencha vers elle et étreignit le haut de ses bras nus et humides entre ses mains. Il fourra son nez dans ses longs cheveux blond clair. Elle dégageait une odeur suave et chaude, comme l'été. « Mmmm », murmura-t-il, et il embrassa son cou doux et chaud, goûtant le mélange d'huiles essentielles au patchouli qu'elle portait toujours.

Ouh ouh ? Alerte ! Trompage de fille !

Serena se fendit d'un grand sourire lorsque ses lèvres passèrent de son cou à sa bouche.

— Que fais-tu ? murmura-t-elle sans le repousser.

Voilà un moment qu'on ne l'avait pas embrassée et c'était agréable. Évidemment, ce n'était pas bien, mais ce n'était pas comme si Nate et elle s'embrassaient pour la première fois. Et quelque part, savoir qu'ils seraient ensemble l'an prochain normalisait ce baiser.

Elle ferma les yeux et s'abandonna au baiser. Sa serviette tomba et le T-shirt gris trempé de Nate prit le même chemin.

C'était la fin de l'année, le bac approchait à vitesse grand V – une petite baisouille entre meilleurs amis pour fêter ça n'avait rien de mal.

Ouais. Mais leur *autre* meilleure amie, alors ?

je suis parfaite, et alors ?

Olivia dégoulinait de sueur et mourait d'envie d'une vodka-tonic. Elle remonta sa serviette.

— Qu'est-ce que c'est ? demanda-t-elle à Aaron d'un ton impatient.

Le jeune homme se leva et tapota les poches de son short militaire.

— Je l'ai, expliqua-t-il. Du moins, j'espère qu'elle y est encore.

Il farfouilla un moment puis sortit ce qui ressemblait à une enveloppe blanche trempée.

Olivia ferma bien fort les yeux puis les rouvrit. Elle était quasi sûre de savoir ce que contenait l'enveloppe.

— Et tu as ça depuis combien de temps au juste ? lui demanda-t-elle d'un ton furieux avant de la lui arracher des mains.

Aaron haussa innocemment les épaules.

— Elle est arrivée ce matin.

Même à travers la buée, Olivia distingua le bleu roi familier de l'insigne de Yale, imprimé dans l'angle supérieur gauche de l'enveloppe. La moiteur fit se désintégrer l'enveloppe quand elle tenta de l'ouvrir avec ses mains tremblantes et impatientes. « Et merde ! » souffla-t-elle avant de la déchirer avec les dents.

Un seul morceau de papier, fin et mordu, était plié à l'intérieur. Voilà des mois que sa vie était en jeu. Difficile à croire qu'elle ne dépendait que de *ça*.

Les autres attendirent dans un silence respectueux.

Chère Olivia Waldorf,

Après mûre réflexion, nous avons le plaisir de vous accueillir à Yale à la rentrée prochaine…

Olivia serra le morceau de papier contre sa poitrine et décampa du hammam. « Serena ! » hurla-t-elle d'une voix perçante, traversant la cabine à toute vitesse en direction de la salle de bains. Elle ouvrit la porte d'un coup, s'attendant à trouver son amie innocemment juchée sur la cuvette des W.-C.

À la place, un enchevêtrement de jambes familières, nues et sublimes, l'accueillit depuis la baignoire. Nate et Serena la regardèrent en cillant stupidement, leurs têtes dorées à quelques centimètres l'une de l'autre.

— Nous fêtions ça… bafouilla Serena.

Elle sortit de la baignoire, sa serviette inefficacement serrée autour de son corps nu, et désigna le morceau de papier trempé dans la main de son amie.

— Qu'est-ce que c'est ? demanda-t-elle dans la tentative désespérée de changer de sujet.

Olivia avait envie de faire prendre un bain à la bouche parfaitement angélique de Serena dans le bidet débile des Coates.

— Je suis admise à Yale. Enfin. (Elle plissa les yeux.) Comme si vous en aviez quelque chose à faire.

Nate se releva non sans mal, renversa le sac géant de marijuana dans la baignoire et arracha le rideau de douche de la tringle en essayant de retrouver son équilibre. Aussi rageant que ce fût, il était toujours aussi beau. Ses cheveux châtain doré étaient ondulés par le vent et l'air salé, et ses joues étaient enflammées à force d'avoir pris le soleil, fumé du hasch et embrassé Serena. Et ce torse nu – rien que le regarder rendit Olivia malade.

— Hé, tu sais que c'est justement de ça que l'on parlait, dit-il, cherchant ses mots, la langue pâteuse à cause du mélange de hasch, de confusion et de culpabilité. Serena et moi, et toi maintenant. On va tous à Yale – tous les trois !

Yoooupi !

— Merci de m'avertir, lança Olivia d'un ton cassant.

Elle s'était figuré partager une bouteille de champagne avec Serena pour fêter ça sur la plage privée des Coates. Ensuite elle aurait capitulé et appelé Nate sur son portable et il l'aurait kidnappée de la fête avant de lui faire sauvagement l'amour sur une autre plage.

Tant pis pour son imagination.

Nate était toujours debout dans la baignoire, ses pieds nus saupoudrés de hasch. Elle s'approcha et régla le jet de douche au maximum, aspergeant sa tête d'eau glacée. Puis elle arracha d'un coup la serviette de Serena et la fourra sous son bras, claquant la porte sur leurs visages de menteurs et de traîtres.

Lexique, ou quel que fût son putain de prénom, se

dirigeait vers la cabine dans sa tunique Missoni à la con, ses nattes rebondissant sur ses seins sans soutif, juste au moment où Olivia passait la porte.

— Il est là, non ? Mon chéri, mon Nate ?

Olivia montra les dents avec une satisfaction diabolique.

— Oh oui, il t'attend dans la salle de bains, dit-elle à la stupide garce française, en claquant la porte de la cabine derrière elle et en se ruant au bar au bord de la piscine.

Apparemment, il y avait plus de garçons que de filles sous la tente. Damian, Lloyd et Marc des Raves frayaient avec les terminales de Constance Billard, distribuant des cigares et des exemplaires de leur dernier single *Petite Sœur désabusée* sur lequel chantait Jenny Humphrey en personne. Les filles avaient ôté leurs T-shirts et portaient toutes des hauts de bikinis vifs et pastel, telles les figurantes des vieux films de plage d'Elvis.

Chuck Bass essayait de convaincre Rain Hoffstetter, Laura Salmon et Kati Farkas d'entrer avec lui dans son école militaire. « Peu importe la fac dans laquelle vous allez. Ce qui compte, c'est de vous éclater », Olivia l'entendit-elle dire. « Imaginez, ce serait fabuleux qu'on se retrouve tous ensemble ! »

Olivia alla au bar, s'empara d'une bouteille d'Absolut à moitié pleine et l'apporta près de la piscine.

— Hé, pas de verre autour de la piscine ! cria Isabel dans son mégaphone.

Olivia l'ignora et grimpa l'échelle du grand plongeoir. Elle fit tomber sa serviette et se rendit à pas feutrés au bout du plongeoir.

Une diva nue en turban incrusté de diamants, lampant son breuvage préféré.

Ignorant les murmures choqués de ses camarades de classe et les quolibets enchantés des mecs sous la tente, Olivia mit un moment pour rembobiner le film. Nate et elle avaient de toute évidence rompu – une fois de plus – et Serena et elle aussi – une fois de plus. Elle vivait dans ce putain de Brooklyn avec Vanessa, une fille au crâne rasé à qui elle n'avait jamais adressé la parole jusqu'à un mois auparavant. Et elle était enfin, enfin, admise à Yale.

La majeure partie de sa vie avait été une boucle infinie de répétitions, remplie des mêmes personnes, des mêmes fêtes et de prévisibilité. Même ses rêves avaient été prévisibles, et ça lui plaisait. Aujourd'hui, elle ne savait plus trop à quoi s'attendre.

Elle porta la bouteille à ses lèvres et but une lampée géante avant de la reposer délicatement sur le plongeoir. Puis elle leva les bras, droits comme des flèches, se mit sur la pointe des pieds et plongea. Retenant son souffle, elle glissa dans l'eau bleu-vert, se délectant du silence. Derrière elle, le turban incrusté de diamants dansait à la surface.

Quand elle y repensait, toute cette année avait été une série de hauts et de bas, avec plus de bas que de hauts. Mais si sa vie ne prenait pas la tournure qu'elle avait imaginée dans le film qu'elle s'était fait dans sa tête, et si tous les acteurs qui la soutenaient étaient en réalité de gros cons ? Elle allait déplacer le film sur un autre lieu de tournage et embaucher de tout nouveaux acteurs. Et personne mieux qu'Olivia ne savait comment ravir la vedette.

Sa tête brune surgit à la surface dans un gros plouf

bruyant et théâtral. Les autres la fixaient, riant sottement sous la tente, mais Olivia ne leur prêta pas attention. Flottant sur le dos, elle entonna un petit poème débile pour se donner du courage.

« Deux, quatre, six, huit, plus que dix-neuf jours avant le grand jour. »

gossipgirl.net

thèmes ◄précédent suivant► envoyer une question répondre

Avertissement : tous les noms de lieux, personnes et événements ont été modifiés ou abrégés afin de protéger les innocents. En l'occurrence, moi.

salut à tous !

WEEK-END SPA DES TERMINALES = WEEK-END CATA DES TERMINALES

Apparemment presque tous ceux qui ont utilisé le hammam ou la piscine des Coates, ou qui ont emprunté une serviette à quelqu'un ayant utilisé le hammam ou la piscine, se sont réveillés avec une éruption cutanée dégoûtante, urticante et toute dégoulinante sur tout le visage. L'équipe d'Origins a immédiatement été renvoyée chez elle, et un dermato sérieux a été appelé pour limiter les dégâts. Curieusement, **O**, notre naïade, n'a quasiment pas eu de traces sur le visage. Le dermato a expliqué qu'elle était probablement immunisée, mais qu'elle pourrait être porteuse. Encore plus curieux, l'éruption cutanée ressemble comme deux gouttes d'eau à celle qu'a eue un certain bébé à qui s'est exposée **O,** en dépit des efforts de sa famille de mettre le bébé en quarantaine. Eh bien, au moins tout le monde a une bonne excuse pour louper la classe vendredi ! Et avec 99 % des terminales en quarantaine, Constance Billard n'a d'autre choix que de leur donner une semaine de vacances.

O a sauté sur l'occasion pour aller rendre visite à son

père à Paris et est tombée par hasard sur sa mère chez Chanel sur la rive gauche. Apparemment sa mère essayait d'acheter toute la société en cadeau pour **O**, histoire de fêter son admission à Yale. La société n'étant pas à vendre, **O** a choisi quatre jupes, six paires d'escarpins à bride, et trois pochettes de soirée – comme c'est raisonnable de sa part ! **V** l'aurait bien accompagnée, mais elle était en quarantaine, la pauvre. Non pas qu'elle ne s'amuse pas à jouer au docteur avec son nouveau petit copain. Et **S** et **N** ? On l'a vu sur le chemin de son hôtel particulier sur la 5e Avenue, sous prétexte d'aller lui emprunter sa crème anti-boutons, mais il me semble que ça lui plaît bien de jouer au docteur, lui aussi.

CE QUE TOUT LE MONDE ATTEND AVEC IMPATIENCE DÈS QUE LEUR PEAU DEVIENDRA NETTE

Fêtes de folie sur le toit pour fêter le bac.
Shopping pour acheter des robes blanches en vue de la soirée de remise des diplômes, robes qui transgresseront le règlement du zéro décolleté, mais qui ne nous feront pas ressembler à des demoiselles d'honneur en surpoids.
Shopping pour trouver des escortes en vue de la soirée de remise de diplômes, escortes qui ne seront pas trop bourrées et ne dégueuleront pas partout sur nos nouvelles robes sublimes.
Shopping pour trouver la paire idéale de talons blancs à assortir à nos robes de soirée. Pas trop hauts, toutefois – nous devrons marcher au combat… c par ordre de taille et personne ne souhaite être la dernière.

Faire une liste de cadeaux de bac. Vous savez comment ça s'écrit *V-O-I-T-U-R-E*, tout le monde ?
Avoir tout ce qui figure sur notre liste. Vroum, vroum, vroum !
Le bac !!!!!!

QUELQUES AFFAIRES À RÉGLER

S et **N** sont-ils un couple ? Sinon, que *sont*-ils au juste ?
O leur reparlera-t-elle un jour ? Se vengera-t-elle ?
O et **V** continueront-elles à cohabiter maintenant qu'**A** est tout le temps là ?
D continuera-t-il à être un gosse normal – si l'on peut dire ? Rencontrera-t-il une fille normale ?
J entrera-t-elle au pensionnat ? N'aura-t-elle aucun ennui avant d'y entrer ?
Obtiendrons-nous tous notre diplôme ?
Devinez qui détiendra toutes les réponses ?

Vous m'adorez, ne dites pas le contraire.

gossip girl

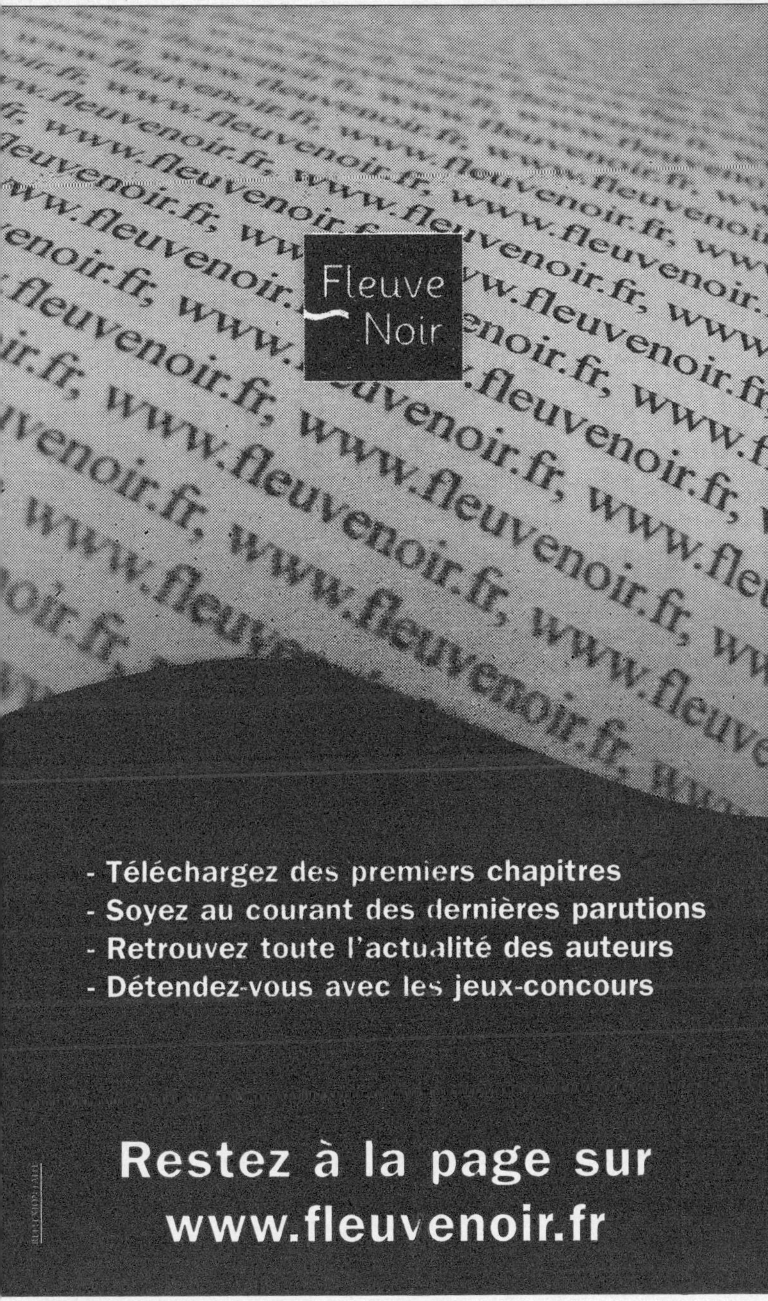
Fleuve Noir
www.fleuvenoir.fr
- Téléchargez des premiers chapitres
- Soyez au courant des dernières parutions
- Retrouvez toute l'actualité des auteurs
- Détendez-vous avec les jeux-concours
Restez à la page sur
www.fleuvenoir.fr

Achevé d'imprimer sur les presses de

BUSSIÈRE

GROUPE CPI

à Saint-Amand-Montrond (Cher)
en septembre 2007

FLEUVE NOIR
12, avenue d'Italie
75627 Paris Cedex 13

— N° d'imp. : 71180. —
Dépôt légal : février 2007.
Suite du premier tirage : septembre 2007.

Imprimé en France